C. J. BOX

Keine Schonzeit

Buch

Der junge Joe Pickett aus Wyoming schickt sich an, in die Fußstapfen seines legendären Lehrers Vern Dunnegan als Jagdaufseher im Twelve Sleep County zu treten. Redlich müht er sich, dessen Grundsätzen zu folgen und seine wachsende Familie mit einem kleinen Einkommen über Wasser zu halten. Doch bereits in seinem ersten Jahr wird er mit den korrupten Machenschaften einiger Ortspolitiker konfrontiert: Als drei Jagdführer unter verdächtigen Umständen ums Leben kommen – einer von ihnen stirbt in Joes Garten, als er offenbar eine Botschaft überbringen will –, kann er nicht verstehen, dass seine Kollegen den Fall unter den Teppich kehren wollen. Joe beginnt auf eigene Faust nachzuforschen und stößt bald auf ein verzweigtes Komplott, das offenbar mit dem geplanten Bau einer Erdgaspipeline und einer für ausgestorben gehaltenen Tierart zu tun hat, die ausgerechnet von seiner ältesten Tochter »wiederentdeckt« wurde. Die Verschwörer wollen mit allen Mitteln verhindern, dass diese Entdeckung bekannt und die Gegend zum Naturschutzgebiet erklärt wird, weil das den Bau der Pipeline und damit den lukrativen Verkauf des Landes verhindern würde. Die Angst vieler Einheimischer vor dem Verlust ihrer Existenz scheint ihnen Recht zu geben. Und so dauert es nicht lange, bis nicht nur Joes berufliche Zukunft in Frage steht, sondern seine ganze Familie in tödlicher Gefahr schwebt …

Autor

C. J. Box lebt in Cheyenne im amerikanischen Bundesstaat Wyoming. Er arbeitete als Jagdaufseher und Journalist, zudem koordiniert er Tourismus-Programme in den Rocky Mountains. Sein Debüt-Roman »Keine Schonzeit« wurde in den USA mit Begeisterung aufgenommen.

C. J. BOX

Keine Schonzeit

Roman

Aus dem Amerikanischen
von Andreas Heckmann

BLANVALET

Die Originalausgabe erschien unter dem Titel »Open Season«
2001 bei G.P. Putnam's Sons, New York.

Umwelthinweis:
Alle bedruckten Materialien dieses Taschenbuches
sind chlorfrei und umweltschonend.

Blanvalet Taschenbücher erscheinen im Goldmann Verlag,
einem Unternehmen der Verlagsgruppe Random House GmbH.

Deutsche Erstveröffentlichung 1/2003

Umschlaggestaltung: Design Team München
Umschlagfoto: Photonica
Satz: Uhl + Massopust, Aalen
Druck: Elsnerdruck, Berlin
Titelnummer: 35759
Redaktion: Joern Rauser
V. B. · Herstellung: Heidrun Nawrot
Printed in Germany
ISBN 3-442-35759-4
www.blanvalet-verlag.de

1 3 5 7 9 10 8 6 4 2

Für Molly, Becky,
Roxanne und besonders für Laurie –
meine Partnerin, meinen Halt,
meine erste Leserin und
meine große Liebe.

Und Dank an Andy und Martha,
die Geburtshelfer dieses Buches.

Prolog

Wenn eine Gewehrkugel mit großer Wucht trifft, erzeugt das ein bestimmtes Geräusch – ein Pow-WHOP, das selbst über weite Entfernungen schwer zu verwechseln ist. Nur selten hört man dabei ein klares Echo oder einen verschwommen abklingenden Widerhall. Und ein länger anhaltendes, grollendes Summen ist typisch für einen Fehlschuss. Bei einem Treffer rollt erst ein satter Knall übers Gelände, wird dann aber plötzlich unterbrochen, als pralle er zurück. Der Einschlag klingt durch die Luft wie ein deutliches, kräftiges Ächzen. Wer das einmal gehört und erkannt hat, wird es kaum wieder vergessen.

Als Joe Pickett, Jagdaufseher in Wyoming, dieses Geräusch vernahm, errichtete er gerade einen gut zwei Meter hohen Wapitizaun um das Heulager eines Ranchers. Er hielt mit der Kombizange in der Drehbewegung inne, trat ein paar Schritte zurück, senkte den Kopf und lauschte. Er schob die Zange in seine Jeans, nahm seinen Cowboyhut aus Stroh ab und wischte sich mit einem Tuch über die Stirn. Sein rotes Uniformhemd klebte an der Brust, und er spürte, wie ihm ein Schweißtropfen langsam das ganze Rückgrat herunterlief.

Er wartete. Mit den Jahren hatte er gelernt, dass man draußen auf dem Land leicht von allen möglichen Geräuschen genarrt werden konnte. Ein plötzlicher Knall in der Entfernung konnte ein Gewehrschuss sein, ja, aber auch ein umstürzender Baum, ein brechender Ast, eine Kuh, die im Winter durchs Eis kracht, oder die Fehlzündung eines Motors. Erst der zweite Schuss lässt dich den ersten zweifelsfrei erkennen – das war eine Grundregel in der freien Natur. Auch erfahrene Wilderer wussten das. Darum waren sie gewöhnlich sehr gute Schützen.

In gewisser Hinsicht hoffte Joe, keinen zweiten Schuss zu hören. Der Zaun war noch nicht fertig, und wenn jemand schoss, war es Joes Pflicht, dem nachzugehen. Er war erst seit einer Woche im Amt und mit der Arbeit, die sich seit dem Ausscheiden des legendären Jagdaufsehers Vern Dunnegan vor drei Monaten aufgehäuft hatte, hoffnungslos im Rückstand. Der Staat war dafür verantwortlich, Wapitirudel von den Heulagern der Bauern fern zu halten, und die Arbeitsaufträge für diese Zäune stapelten sich zwei Zentimeter hoch auf seinem Schreibtisch. Selbst wenn er vom Morgengrauen bis tief in den Abend Zäune errichtete, würde er damit zu Beginn der Jagdsaison noch immer nicht fertig sein.

Hier im Twelve Sleep County, Wyoming, war es eigentlich nicht ungewöhnlich, zu jeder Tages- und Nachtzeit und das ganze Jahr über Schüsse zu hören. Jeder besaß Waffen. Ein Rancher mochte auf einen Kojoten geschossen haben. Oder ein paar junge Kerle aus der Stadt hatten ihre Gewehre auf eine Zielscheibe gerichtet.

Pow-WHOP.

Joe sah nach Nordwesten, von wo der zweite Schuss gekommen war. Dort zogen sich auf den Ausläufern der Berge Wälder wie ausgestreckte Finger in die Ebene hinunter, wo der hoch aufgeschossene Salbei in der Hitze blau schimmerte. Der Schuss war aus großer Entfernung gekommen, aus fünf bis acht Kilometern.

Auch Maxine, die achtjährige Labradorhündin, hatte den Knall gehört und kam aus dem Schatten unter Joes grünem Pick-up hervor. Sie spürte, dass es Arbeit gab. Joe öffnete die Beifahrertür, die das Emblem der Wild- und Fischbehörde von Wyoming trug, und Maxine sprang in den Wagen. Dann zog Joe sein Gewehr mit Zielfernrohr aus dem Waffenkoffer hinterm Sitz, tat es ins Gestell an der Heckscheibe, nahm seinen Pistolengurt vom Boden des Autos und schnallte ihn um. Zwar schrieb die Dienstordnung vor, stets eine Handfeuerwaffe zu tragen, doch Joe hasste es, mit angelegtem Holster Auto zu fahren – die schwere Pistole drückte dabei unangenehm.

Als er in den Wagen stieg, hörte er kurz hintereinander zwei weitere Schüsse. Der erste summte grollend durchs Unterholz, der zweite war sicher ein weiterer Treffer. Da hat's mindestens zwei Tiere erwischt, dachte Joe.

Er schaltete auf Vierradantrieb und fuhr so schnell nach Westen auf die Berge zu, wie es das Gelände nur erlaubte. Es gab hier keine befestigten Straßen. Deshalb folgte er mit den linken Reifen einem Kuhpfad und brach mit den rechten durch kniehohes, dann oberschenkelhohes Salbeigestrüpp. Die großen Vorderpfoten auf dem Armaturenbrett, lehnte Maxine gegen die Windschutzscheibe und behauptete bei den heftigen Unebenheiten des Geländes ihr Gleichgewicht. Ihre Zunge schwang nach links und rechts und spritzte Speichel auf die Konsole.

»Mach dich auf was gefasst«, sagte Joe zu ihr – aber worauf, das wusste er nicht.

Sie bretterten in ein trockenes Bachbett runter und kämpften sich mühsam wieder heraus. Die vier Räder griffen unabhängig voneinander und schossen Staubfontänen in die Luft. Joe verlor beinahe die Herrschaft übers Lenkrad, das heftig zu den Seiten ausbrach. Dann bekam er es wieder unter Kontrolle und raste einen mit viel Gestrüpp bewachsenen Hang hinauf. Sein Mund war trocken, und er hatte – offen gesagt – große Angst.

Ein Jagdaufseher trifft in seinem Revier selten auf Unbewaffnete. Jäger haben natürlich Gewehre, Schrotflinten und Pistolen dabei. Aber auch Wanderer, Angler und Camper schleppen viel zu oft Waffen mit sich herum. Und selbst Bogenschützen besitzen manchmal Geräte, mit denen sie dicke, dabei rasiermesserscharfe Pfeilspitzen durch Autotüren schießen können. All das gilt aber nur für die Jagdsaison. Jetzt war Sommer und allgemeine Schonzeit. Nur Wilderer oder Viehdiebe brachten da große Tiere zur Strecke. Und sie konnten zum Äußersten entschlossen und gefährlich sein, wenn man sie auf frischer Tat ertappte.

Joe Pickett erreichte die Hügelkuppe und überblickte rasch die Lage – drei große Maultierhirsche lagen tot am Fuß des Hügels. Ihre Kehlen waren zum Ausbluten aufgeschlitzt, aber die Tiere waren noch nicht aufgebrochen und ausgeweidet. Ein bärtiger Mann in T-Shirt und Jeans und mit einer Kappe auf dem Kopf saß rittlings auf dem stattlichsten Hirsch. Der Mann war groß und kräftig gebaut, hatte starke Arme und einen gewölbten Brustkasten. Auf seinem T-Shirt stand »Glück ist ein dampfender Scheißhaufen«. Er war bestimmt zwanzig Kilo schwerer als Joe, schien aber nicht gefährlich, nur sehr aufgeregt darüber, dass man ihn geschnappt hatte. In der Hand hielt er ein tropfendes Messer. Sein Gewehr lehnte etwa fünfzehn Meter entfernt an einem großen Salbeibusch. Er schien keine Pistole zu tragen. Sein Pick-up, ein verbeulter Dreivierteltonner, war am Hügel gegenüber halb im Wald abgestellt.

Der Mann sah kurz zu Joes Auto hoch und machte ein langes Gesicht. »Verflucht«, sagte er dann so laut, dass Joe es trotz laufenden Motors hören konnte.

Joe fuhr rasch den Hügel runter und hielt zwischen Mann und Gewehr, damit der Wilderer sich die Waffe nicht greifen konnte. Er stieg aus, sagte »Platz!« zu Maxine und näherte sich dem Mann und dem erlegten Wild.

»Lassen Sie bitte das Messer fallen.« Joe taxierte Hirsch und Wilderer. Der Mann warf das Messer zur Seite ins Gras. Warum sollte Joe seinen Revolver ziehen? Er sah dafür nur selten einen Grund. Und selbst wenn er ihn mal zog, zweifelte er, irgendetwas damit treffen zu können. Joe war ein berüchtigt schlechter Pistolenschütze. Ganz gleich, auf welche Entfernung – er war immer Klassenletzter gewesen.

»Für die Rotwildsaison sind Sie vier Monate zu früh dran.« Jetzt erkannte Joe den Mann. Er war aus der Gegend, hieß Ote Keeley und war Ausrüster, führte also Leute von auswärts auf die Jagd. Joe hatte sein Foto am ersten Arbeitstag auf seinem Schreibtisch liegen sehen. Zusammen mit Otes Bitte, ihm für die Verlängerung seiner Ausrüsterlizenz die erforderlichen Referenzen zu geben.

Ote seufzte. »Ist nur zur Selbstversorgung, Aufseher, ist alles nur zur Selbstversorgung. Einige Leute haben schließlich Familie.« Ote sprach mit tiefem Südstaatenakzent, den Joe nicht genauer lokalisieren konnte.

Joe hockte sich neben den nächsten und größten

Hirsch und fuhr mit den Fingern über die dicht behaarte Basthaut, die das neu gebildete Geweih wie ein Filz bedeckte.

»Ich glaub kaum, dass Sie ausgerechnet die einzigen Geweihträger des Rudels töten mussten, um Ihre Gefriertruhe zu füllen.« Er sah Ote Keeley scharf an. »Jemand, der auf Fleisch aus ist, hätte sich wahrscheinlich mit einer trocken stehenden Hirschkuh zufrieden gegeben. Oder mit zweien.«

Joe wusste, dass es einen Schwarzmarkt für Geweihe mit Basthaut gab – und dass eins dieser Größe in Asien Tausende von Dollar eintrug. Als Pulver eingenommen, wurden dem Hirschhorn dort Heilkräfte und eine potenzsteigernde Wirkung zugeschrieben.

»Ich werd Sie anzeigen müssen. Sie sind Ote Keeley, nicht?«

Ote war wirklich überrascht. Er wurde puterrot.

»Das meinen Sie doch wohl nicht im Ernst, Mensch?« Ote schien sich sehr zu beherrschen, als befürchtete er, sich sonst noch eine Anzeige wegen Fluchens einzufangen.

Joe erhob sich, zog den Formularblock aus der Hosentasche und schlug ihn auf. »Ich meine das vollkommen ernst.«

Ote stieg über den erlegten Hirsch und kam auf Joe zu. »Aber Sie kenn ich doch! Sie sind der brandneue Jagdaufseher, nicht?«

Joe nickte und begann, das Formular auszufüllen.

»Ich hab von Ihnen gehört. Wie alle. Sie sind doch der Armleuchter, der den Gouverneur von Wyoming wegen Angeln ohne Genehmigung festgenommen hat, stimmt's?«

Joe spürte, wie ihm der Nacken heiß wurde.

»Ich hab nicht gewusst, dass es der Gouverneur war«, sagte er und wünschte sofort, er hätte den Mund gehalten.

Ote Keeley lachte und schlug sich auf die Schenkel.

»Nicht gewusst, dass es der Gouverneur war«, wiederholte er. »Ich hab's in der Zeitung gelesen. Wie alle. ›Jagdaufseher Grünschnabel verhaftet Gouverneur Budd.‹«

Dann wurde Ote ernst. »Mensch – Sie wollen mir doch nicht wirklich eine Anzeige verpassen? Ich bin Jagdausrüster – das ist mein Beruf. Ich kann meine Familie nicht durchbringen, wenn meine Konzession einkassiert wird. Ich mach jetzt keinen Spaß. Wir können uns doch sicher einigen.«

Joe musterte Ote Keeley. »Ich mach auch keinen Spaß. Ihren Führerschein, bitte.«

Keeley schien erst jetzt zu begreifen, was eigentlich vorging. Joe war über seine fast atemberaubende Dummheit erstaunt. Dann bemerkte er, dass Ote kurz dahin sah, wo er sein Gewehr gelassen hatte.

»In Wyoming gibt's mehr Hirsche als Menschen«, zischte Ote. »Die drei hier vermisst doch niemand. Das Rudel bestand aus fast dreißig Tieren. Vern Dunnegan hätte so eine Schweinerei nicht gemacht.«

»Ich bin nicht Vern Dunnegan.« Joe ließ sich die Überraschung über das, was Ote über seinen Vorgänger und Förderer gesagt hatte, nicht anmerken.

»Das sicher nicht«, sagte Keeley bitter, zog seine Brieftasche aus der Hose und hielt sie Joe hin. Der griff danach, und Ote packte seinen Arm, drückte ihn jäh zurück und brachte Joe so aus dem Gleichgewicht. Bevor er sich wieder gefangen hatte, hatte Ote ihm schon den Revolver aus dem Holster gezogen.

Einen Augenblick lang sahen Joe Pickett und Ote Keeley einander völlig entgeistert an. Dann hob Ote die Pistole und zielte Joe direkt ins Gesicht.

»Wer hätte das gedacht«, sagte er dabei ein bisschen scheu und ehrfürchtig.

»Ich schlage vor, Sie geben mir die zurück.« Joe bemühte sich, mit keiner Wimper zu zucken. Er hatte furchtbare Angst. »Geben Sie sie her, und wir sind quitt.«

Ote Keeley spannte langsam den Hahn. Joe sah, wie sich die Trommel drehte. In jeder Kammer wartete ein matter Bleikopf auf ihn, und der Lauf der Waffe war schwarz und riesig, die Mündung klaffte. Ote legte auch die andere Hand um den Griff, um ruhiger zu zielen.

»Jetzt stecken wir beide ganz, ganz tief in der Scheiße«, sagte Ote mehr zu sich als zu Joe.

Der dachte an seine Töchter Sheridan und Lucy, die beide zu Hause waren und wahrscheinlich hinten im Hof spielten. Er dachte an seine Frau Marybeth, die immer befürchtet hatte, dass einmal so etwas passieren würde.

Und dann gab es für Joe nur noch eine einzige und sehr einfache Frage – würde er mit offenen oder mit geschlossenen Augen sterben?

Erster Teil

Ziele:

Durch dieses Gesetz sollen
- das Ökosystem gefährdeter und bedrohter Arten erhalten,
- das Überleben dieser Arten durch einen Katalog von Maßnahmen gesichert
- und die Ziele der anschließend aufgeführten Verträge und Abkommen erreicht werden.

Aus: Zusätze (1982) zum Gesetz über gefährdete Arten

1

Joe lebte, aber darauf war er nicht besonders stolz. Inzwischen war es Herbst, und ein schiefergrauer, kalter Sonntagmorgen dämmerte herauf. Joe bereitete für seine Töchter gerade Pfannkuchen zu, als er zum ersten Mal von dem Monster hörte, das aus den Bergen gekommen war und versucht hatte, in der Nacht ins Haus einzudringen.

Die siebenjährige Sheridan Pickett erzählte ihrem Teddybären, dem sie alles anvertraute, halblaut einen Traum. Die dreijährige Lucy hörte entsetzt mit. Der Fernseher lief, obwohl die uralte Satellitenantenne nur schlechte, verschneite Bilder lieferte – wie immer.

Das Monster, so Sheridan, sei tief in der Nacht aus den Bergen durch den dunklen, steilen Canyon hinterm Haus gekommen. Sie habe das vom oberen Etagenbett durch einen Vorhangschlitz beobachtet. Sheridan hatte immer vermutet, aus dem Canyon werde mal ein Monster auftauchen, und jetzt war sie stolz, wenn auch etwas ängstlich, dass sie richtig gelegen hatte. Nur der Mond habe die Szene durch die welken Blätter der Pyramidenpappel beleuchtet. Das Monster habe erst am hinteren Tor gerüttelt, dann den Riegel öffnen können und sei schließlich schwerfällig – so wie Mumien in alten Filmen – durch den Hof zur Hintertür getaumelt. Seine Augen und Zähne hätten gelblich gefunkelt, und Sheridan habe einen elektrischen Schlag verspürt, als der Kopf des Monsters plötzlich herumgefahren sei und es offenbar gezielt in ihre Augen gesehen habe. Dann sei es geflohen. Behaart sei es gewesen und geglänzt habe es – wie mit Flüssigkeit übergossen. Zweige und Blätter hätten an seinem Körper geklebt, und es habe etwas Weißes – einen großen Sack vielleicht oder einen Karton – in der Hand gehalten.

»Hör auf, Sheridan. Erzähl keine Monstergeschichten«, rief Joe. Der Traum beunruhigte ihn durch seine Genauigkeit in den Details. Normalerweise träumte Sheridan eher märchenhafte Geschichten, die von sprechenden Haustieren oder fliegenden Dingen bevölkert waren. »Du machst deiner kleinen Schwester noch Angst.«

»Hab schon Angst«, erklärte die und zog ihre Bettdecke bis zum Mund hoch.

»Dann ist der Mann langsam über den Hof und durchs Tor zum Holzstapel gegangen. Dort ist er zusammengebrochen und im Dunkel verschwunden. Und er ist immer noch da draußen.« Sheridan sagte den letzten Satz besonders eindringlich und mit aufgerissenen, Lucy zugewandten Augen, um bei ihr richtig Eindruck zu machen.

»Moment mal, Sheridan«, sagte Joe plötzlich und kam mit dem Pfannenwender ins Zimmer. Er trug einen abgetragenen Frotteebademantel, den er vor zehn Jahren auf der Hochzeitsreise mit Marybeth in Jackson Hole aus einer Laune heraus gekauft hatte, und schlurfte in Filzpantoffeln, die ihm eine Nummer zu groß waren. »Du hast ›Mann‹ gesagt, nicht ›Monster‹. Du hast von einem ›Mann‹ gesprochen.«

Sheridan sah zweifelnd und mit großen Augen auf. »Vielleicht war's ein Mann. Vielleicht war's gar kein Traum.«

Joe hörte ein Auto, das viel zu schnell über die geschotterte Bighorn Road raste, aber bis er durchs Wohnzimmer gegangen war und die ausgeblichenen Vorhänge geöffnet hatte, war das Fahrzeug schon verschwunden. Nur eine Staubwolke wälzte sich träge über die Straße.

Der Vorgarten wirkte noch recht grün und lag voller Plastikspielzeug. Dahinter stand der weiße, vor kurzem neu gestrichene Zaun entlang der Schotterpiste. Auf der anderen Straßenseite fiel das Gelände zum Twelve Sleep River ab, der sich hier in sechs Arme verzweigte, in denen Biber viele Dämme gebaut hatten. Aus dem brackigen Wasser stiegen im Sommer Wolken von Stechmücken auf. In diesem kleinen Binnendelta schien der Fluss Atem zu schöpfen, bevor er in kraftvollem Lauf durch die Stadt Saddlestring und weiter strömte. Dahinter stieg das Tal erst sanft, dann stärker an, um schließlich eine Steilwand namens Wolf Mountain zu bilden. Dieser Berg gehörte zur Kette der Twelve Sleep Mountains.

Mit der Steilwand vor der Nase und den Gebirgsausläufern und dem Canyon im Rücken lebte Familie Pickett gut zehn Kilometer von der Stadt entfernt auf einem fast immer tief verschatteten Fleckchen Erde.

Die Haustür öffnete sich, und Maxine kam reingefegt, gefolgt von Marybeth, deren Wangen knallrot waren. Joe fragte sich, ob das an der frischkalten Luft oder am langen Spaziergang mit dem Hund liegen mochte. Jedenfalls schien sie ärgerlich zu sein. Sie trug, was sie stets auf Winterspaziergängen trug: leichte Wanderschuhe, Drillichhose, Anorak und Wollmütze. Der Anorak spannte über ihrem hochschwangeren Bauch.

»Ziemlich kalt draußen.« Marybeth nahm die Mütze ab, und blondes Haar fiel ihr bis auf die Schultern. »Hast du den Wagen durchrasen sehen? Das war Sheriff Barnum, und er fuhr viel zu schnell in die Berge.«

»Barnum?« Joe war reichlich verblüfft.

»Und dein Hund ist ausgeflippt, als wir nach Hause kamen. Er hat mir fast den Arm ausgerissen.« Marybeth hakte Maxines Leine vom Halsband los, und der Hund trottete zum Wassernapf und schlabberte spritzend.

Wenn Joe nachdachte, wirkte sein Gesicht ganz ausdruckslos. Das regte Marybeth manchmal auf, denn sie fürchtete, die Leute könnten ihn für einfältig halten. Genau diese Miene war durch ein Foto in der ganzen Gegend bekannt geworden. Eine Nachrichtenagentur hatte es verbreitet, als Joe – damals noch in der Ausbildung – einen baumlangen Kerl wegen Angelns ohne Genehmigung festgenommen hatte. Den neuen Gouverneur von Wyoming, wie sich dann zeigte.

»Wo wollte Maxine denn hin?«

»Hinters Haus. Richtung Holzstapel.«

Joe drehte sich um. Sheridan und Lucy hatten ihr Frühstück unterbrochen und sahen ihn an. Dann schaute Lucy weg und aß weiter. Sheridan dagegen blickte ihm in die Augen und nickte triumphierend.

»Nimm lieber deine Pistole mit.«

Joe lächelte schwach. »Iss lieber weiter.«

»Worum geht's hier eigentlich?«, fragte Marybeth.

»Um Monster.« Sheridan machte schon wieder große Augen. »Im Holzstapel hockt ein Monster.«

Plötzlich waren erneut laute Motorengeräusche zu hören. Diesmal rasten gleich mehrere Wagen von Saddlestring her über die Bighorn Road in die Berge. Joe dachte, was Marybeth aussprach: »Irgendwas ist los. Komisch, dass niemand angerufen hat.«

Er nahm den Hörer ab – das Telefon funktionierte.

»Vielleicht, weil du der Neue bist. Die Leute hier haben sich immer noch nicht daran gewöhnt, dass Vern Dunnegan nicht mehr dabei ist.« Joe wusste sofort, dass Marybeth diesen Satz bereute.

»Was wird denn jetzt mit dem Monster, Dad?«, fragte Sheridan beinahe entschuldigend aus der Küche.

Joe schnallte sein Pistolenhalfter über den Bademantel, setzte den schwarzen Texashut auf und trat auf die hintere Veranda. Er war überrascht, wie kühl und frisch der Herbst schon war. Als er das geronnene Blut zwischen seinen zu großen Pantoffeln sah, schien ihm die Luft gleich noch kälter. Joe zog den Revolver, öffnete die Trommel und vergewisserte sich, dass er geladen war. Dann blickte er kurz über die Schulter.

Sheridan, Lucy und seitlich hinter ihnen Marybeth standen wie gerahmt im Esszimmerfenster. Seine drei Mädchen – verschieden groß, verschieden alt, doch alle mit dem gleichen, fast schmerzhaft schönen blonden Haar. Ihre grünen Augen schauten ihn an, und ihre Gesichter wirkten ganz erwartungsvoll. Er wusste, wie lächerlich er aussah. Schwer zu sagen war dagegen, ob sie auch sehen konnten, was er sah: Blutflecken auf dem alten Betonweg, der mitten über den Hof führte, und platt gedrücktes, bereiftes Gras, wo jemand – oder etwas – sich gewälzt zu haben schien. So flach wie das Gras und die froststarren Herbstblätter waren, sah es fast nach dem Nachtlager eines Hirschs oder eines Wapitis aus.

Die Pistole mit beiden Händen im Anschlag, wich Joe einer jungen Kiefer aus und näherte sich durchs offene Tor des altersschwachen Zauns langsam dem Holzstapel.

Dann atmete er heftig ein und trat unwillkürlich einen Schritt zurück. Sein Herz klopfte in den Ohren, und auch das klang fast wie Pow-WHOP.

Ein großer, bärtiger Mann lag ausgestreckt auf dem Holzstapel, die Pranken überm Bauch. Ein Bein hing seitlich herunter. Sein Kopf lag auf einem dicken Scheit, und der Mund war gerade weit genug geöffnet, dass man zwei gelbe Zahnreihen sehen konnte, die Maiskörnern auf dem Kolben ähnelten. Seine Lider schienen nicht ganz geschlossen, und wo man feuchte, spiegelnde Augen erwartete, war eine trübe, trockene Membran, die wie zusammengeknitterte Frischhaltefolie aussah. Langes Haar und Vollbart waren blutverfilzt und wirkten fast wie Dreadlocks. Über das dicke, beige Lederhemd und die Jeans des Mannes war Blut in dicken, dunklen Streifen geflossen. Es war Ote Keeley, und Ote sah tot aus.

Joe streckte die Hand vor und berührte Otes fleischige, bleiche Pranke. Sie war kalt und starr. Vom geronnenen Blut in Haar und Kleidung und der wächsernen Haut abgesehen, schien Ote sehr bequem zu liegen, als würde er sich im Ruhesessel entspannen, Bier trinken und sich im Fernsehen ein Footballspiel der Denver Broncos anschauen.

In einer Hand hielt er den Henkel einer Kühlbox aus Plastik, deren Deckel fehlte. Joe kniete sich hin und spähte hinein. Die Box war so gut wie leer. Nur ein Häufchen Kot lag darin, klein und tropfenförmig. Die Innenwände der Box waren zerkratzt, offenbar von Krallen. Was immer da drin gewesen war, hatte verzweifelt rausgewollt und es schließlich auch geschafft.

Joe erhob sich und sah, dass neben der Koppel noch ein weiterer Apfelschimmel stand. Die Zügel hingen ihm vom Zaum. Das Pferd war scharf geritten worden und hatte so viel Gewicht verloren, dass der Gurt verrutscht war und der Sattel kopfüber unterm Bauch hing.

Joe starrte in das leere Gesicht des Toten und dachte an den Junitag, an dem Ote ihm mit Joes eigener Pistole ins Gesicht gezielt und den Hahn gespannt hatte. Obwohl Ote sich eines Besseren besonnen, theatralisch geseufzt und – den Finger am Abzugsbügel – die Waffe gedreht und ihm mit dem Griff voran hingehalten hatte wie der einsame Ranger, war Joe danach nicht mehr derselbe gewesen. Damals hatte er erwartet zu sterben und das eigentlich auch verdient, weil er sich seine Waffe so dämlich hatte abnehmen lassen. Aber er war noch mal davongekommen. Danach hatten seine Hände so stark gezittert, dass der Lauf fast nicht ins Holster finden wollte, sondern Tänze darum aufzuführen schien. Seine Knie waren so weich gewesen, dass er sich an seinem Pick-up hatte abstützen müssen, um nicht zusammenzubrechen. Ote hatte ihn dabei die ganze Zeit amüsiert beobachtet. Wortlos hatte Joe dann mit zitternder Hand die Anzeige wegen Wilderei ausgeschrieben und Ote Keeley gegeben, der sie in die Tasche gestopft hatte, ohne auch nur einen Blick darauf zu werfen.

»Ich halt den Mund, wenn Sie den Mund halten«, hatte er gesagt.

Joe hatte das Angebot nicht angenommen, Ote aber auch nicht verhaftet. Damit war der Handel gemacht – Otes Schweigen im Tausch für Joes Leben und Karriere. Später hatte sich Joe oft den Kopf darüber zermartert, meist mitten in der Nacht. Ote Keeley hatte ihm etwas genommen, das er nie mehr zurückbekommen würde. In gewisser Weise hatte Ote Keeley ihn doch getötet, jedenfalls zu einem Teil. Dafür hasste Joe ihn, obwohl er außer zu Marybeth nie ein Wort darüber verlor. Schlimmer wurde das Ganze dadurch, dass der Vorfall schließlich doch ans Licht kam.

Irgendwann im Sommer hatte Ote sich betrunken und allen in der Kneipe erzählt, was passiert war. Die Geschichte vom neuen Jagdaufseher, der sich seine Dienstwaffe von einem Ausrüster aus der Gegend hatte abnehmen lassen, hatte fröhlich die Runde gemacht und war sogar in der bösartigen, anonymen Kolumne »Ranch-Tratsch« der Wochenzeitung von Saddlestring erschienen. Solche Geschichten liebten die Leute im Twelve Sleep County. In der letzten Version hatte Joe sich sogar in aller Form in die Hose gemacht und Ote um seine Waffe angebettelt. Joes Vorgesetzter in Cheyenne, der Hauptstadt von Wyoming, hatte von den Gerüchten gehört und Joe angerufen, der daraufhin beschrieben hatte, was wirklich geschehen war. Dennoch hatte sein Vorgesetzter ihm einen Tadel verpasst, der für immer in seiner Personalakte stehen würde. Selbst eine förmliche Untersuchung des Vorfalls war noch möglich.

In zwei Wochen hätte Keeley sich vor Gericht wegen Wilderei verantworten müssen. Klar, dass er jetzt nicht mehr erscheinen konnte.

Ote Keeley war der erste Tote, den Joe außerhalb eines Sarges sah. Otes Gesichtsausdruck schien so leblos wie unwirklich. Er sah weder glücklich aus noch verblüfft, weder traurig noch gequält. Sein Gesicht – seit Stunden erstarrt – sagte Joe nichts darüber, was er sterbend gedacht oder gefühlt haben mochte. Joe unterdrückte das Bedürfnis, ihm die Augen und den Mund zu schließen, um ihn mehr wie einen Schlafenden aussehen zu lassen.

Er hatte schon viel erlegtes Wild gesehen, doch nur die Reglosigkeit und der durchdringende Geruch waren gleich. Wenn er tote Tiere sah, hatte Joe verschiedene Empfindungen, je nach den Umständen – von Gleichgültigkeit bis zu Mitgefühl und manchmal sogar bis zu stillem Zorn, der sich gegen gedankenlose Jäger richtete. Jetzt ist es anders, dachte Joe, denn der Tote hier ist ein Mensch. Es hätte auch mich erwischen können.

Joe riss die Augen von der Leiche los und stand auf. Hier hatte tatsächlich ein Monster gewütet.

Er hörte ein Geräusch und drehte sich um.

Die Hintertür fiel laut ins Schloss. Sheridan kam im Nachthemd von der Veranda und hüpfte ihm – die Hände in die Luft gereckt – über den Betonweg entgegen, um zu sehen, was er gefunden hatte.

»Geh ins Haus zurück«, befahl Joe mit so strenger Stimme, dass Sheridan auf ihren nackten Füßen herumfuhr und stracks kehrtmachte.

Als Joe wieder drin war, erzählte er Marybeth auf dem Weg zum Telefon, wer der Tote war.

2

Natürlich war Sheriff O.R. »Bud« Barnum nicht in seinem Büro. Auch sein Stellvertreter McLanahan befand sich außer Haus, wie Joe von der Telefonistin – einer Kettenraucherin namens Wendy, die überall Verschwörungen witterte – erfuhr. Beide seien am Morgen wegen eines Notfalls zu einem Campingplatz der Bundesforstverwaltung in die Berge aufgebrochen.

»Ein paar Camper haben berichtet, gestern Abend sei ein verwundeter Mann mitten durch ihre Zelte geritten«, erzählte Wendy. »Der Verdächtige sei angeblich mehrmals durchs Camp geritten, habe dabei mit einer Waffe herumgefuchtelt und die Zelter mit besagter Waffe bedroht.«

O ja, Wendy genoss es, im Zentrum des Geschehens zu stehen, aufgeblasen davon erzählen zu können und dabei Worte wie »angeblich« und »besagte Waffe« zu verwenden. Schließlich hatte sie im Twelve Sleep County nicht oft Gelegenheit, solche Ausdrücke zu benutzen.

»Ich hab die gesamte Polizei und beide Rettungswagen alarmiert. Das war heute Morgen um sieben Uhr zwölf.«

»Haben Sie eine Beschreibung des Reiters?«

Nach einer kurzen Pause las Wendy aus dem Protokoll vor: »Ende dreißig, mit Bart, blutiges Hemd, groß. Und mit wahnsinnigem Blick, heißt es. Der Verdächtige fuchtelte angeblich auch mit einer Art Plastikschachtel oder Kühlbox herum.«

Joe lehnte sich weit im Stuhl zurück, um aus seinem kleinen Büro zu sehen, das gleich neben der Eingangstür lag. Sheridan und Lucy klebten noch immer gespannt am Wohnzimmerfenster und sahen in den Hof. Marybeth strich hinter ihnen herum und versuchte, die Kinder dadurch abzulenken, dass sie eine Packung mit Brezeln schüttelte. Genauso machte sie es immer mit Hundekuchen, um Maxine ins Haus zu locken.

»Warum hat mich niemand verständigt?«, fragte Joe beherrscht. »Ich wohne in der Bighorn Road.«

Keine Antwort. Schließlich: »Auf die Idee bin ich überhaupt nicht gekommen.«

Joe dachte an das, was Marybeth über Vern Dunnegan gesagt hatte, hielt aber den Mund.

»Sheriff Barnum auch nicht«, sagte Wendy etwas kleinlaut.

»Der Verwundete fuchtelte drohend mit einer Waffe und hielt in der anderen Hand eine Plastikschachtel? Wie hat er dann sein Pferd gezügelt?«

»Das steht so im Protokoll«, sagte Wendy verschnupft. »Das haben die Camper so berichtet. Die sind nicht von hier. Aus Massachusetts oder Boston oder so.« Das sollte wohl als Erklärung für die Ungereimtheit der Aussage dienen.

»Welcher Campingplatz?«

»Hier steht Crazy Woman Creek.«

Crazy Woman war der letzte befestigte Zeltplatz der Bundesforstverwaltung an der Bighorn Road und diente Wanderern und Reitern im Allgemeinen als Sprungbrett in die Berge.

»Haben Sie Funkkontakt mit Sheriff Barnum?«

»Das denk ich doch.«

»Dann melden Sie ihm, dass der Reiter Ote Keeley gewesen ist und tot auf einem Holzstapel hinter meinem Haus liegt.«

Joe hörte, wie Wendy nach Luft schnappte und sich bemühte, gefasst zu klingen.

»Bitte noch mal.«

Joe legte auf und ging zur Hintertür.

»Du gehst doch nicht noch mal da raus?«, flüsterte Sheridan.

»Nur für einen Moment.« Joe hoffte, dass seine Stimme beruhigend klang.

Er schloss die Tür hinter sich und näherte sich langsam Ote Keeley. Dabei ließ er seinen Blick durch den Hof schweifen und prägte sich den blutbefleckten Gehweg, den Holzstapel und den Eingang zum Canyon genau ein. Er wollte sich ein klares Bild davon verschaffen, wie alles genau jetzt aussah, vor Ankunft des Sheriffs und seiner Leute. Nur nicht wieder alles vermasseln.

Joe hockte sich neben die Kühlbox und zog Bleistift und zwei Briefumschläge aus der Bademanteltasche. Mit dem Radiergummikopf des Stifts schnipste er einige Kotkügelchen aus der Box in einen Umschlag. Den würde er zur Analyse an die Zentrale schicken. Dann tat er etwas Kot in den anderen Umschlag, klebte beide zu und schob sie wieder in die Tasche. Sollte sich der Sheriff um den Rest kümmern.

Er ging wieder ins Haus und zog seine Alltagsuniform an – Jeans und ein rotes Hemd mit Ellbogenschützern aus Pronghornleder. Über der Brusttasche steckte sein Namensschild. »Jagdaufseher« stand da. Und darunter »J. Pickett«.

Als Joe die Treppe runterkam, lagen seine Töchter vor dem verschneiten Fernsehbild, und Marybeth saß am Tisch, auf dem noch das benutzte Geschirr stand. Sie hielt einen großen Becher Kaffee in Händen und blickte gedankenverloren in Joes Richtung.

Als sie spürte, dass er sie ansah, schaute sie ihm in die Augen.

»Das wird schon wieder«, sagte Joe und zwang sich dabei ein Lächeln ab. Dann bat er Marybeth, ein paar Sachen zu packen und mit den Kindern nach Saddlestring zu fahren. Sie könnten ins Motel gehen, bis hier alles geklärt und die Spuren des Verbrechens beseitigt wären. Schließlich sollten die Kinder den Toten nicht sehen. Sheridan träumte auch so schon reichlich lebhaft.

»Joe, wer bezahlt das Motel? Der Staat?«, fragte Marybeth leise, damit die Kinder es nicht hörten.

»Du meinst, wir können uns das nicht leisten?«, gab Joe ungläubig zurück. Marybeth, die strenge Verwalterin der chronisch knappen Haushaltskasse, schüttelte den Kopf. Schließlich war Monatsende. Sie wusste immer, wann sie pleite waren, und es war offensichtlich wieder so weit. Joe spürte, wie er errötete. Vielleicht könnten sie bei jemandem übernachten? Aber bei wem? Zwar hatten sie inzwischen ein paar Bekannte in der Stadt, doch sie waren noch immer neu hier, und Joe hatte keine Ahnung, wen er um einen solchen Gefallen bitten könnte.

»Und mit Kreditkarte?«

»Die ist fast ausgereizt und reicht höchstens noch für ein, zwei Nächte.«

Joe spürte, wie ihm eine zweite Hitzewelle über den Nacken lief.

»Tut mir Leid, Schatz«, murmelte er, setzte seinen staubigen schwarzen Hut auf und ging nach draußen, um auf den Sheriff zu warten.

3

Nachdem die Hilfssheriffs den Holzstapel vermessen, markiert und fotografiert hatten, sperrten sie den Tatort mit einem gelbem Band ab und packten einen Leichensack aus.

Joe postierte sich so auf der hinteren Veranda, dass niemand durchs Wohnzimmerfenster sehen konnte, wie Keeley hineingestopft wurde. Otes Arme und Beine waren schon leichenstarr, und es dauerte ein bisschen, bis der Reißverschluss zu war und der Tote weggebracht werden konnte. Ote war schwer, und als zwei Polizisten ihn aus dem Hof und ums Haus zum Krankenwagen schleppten, hing der Sack durch und schleifte übers Gras.

Sheriff O.R. »Bud« Barnum war als Erster gekommen und hatte Joe angeherrscht, er solle ihm zeigen, wo Ote Keeley liege. Trotz seines Alters bewegte sich Barnum noch immer schnell, wenn auch etwas steifleinern. Sein Gesicht war bleich und ledrig, die Augen blassblau und von einem Faltenmeer umgeben. Joe beobachtete, wie diese blauen Augen den Tatort und den Hof musterten.

Er hatte Fragen erwartet, war auf sie vorbereitet und hatte Barnum gesagt, er habe Kot gesammelt und versandfertig gemacht, doch der Sheriff hatte ihn weggewunken.

»Klare Sache, das ist Ote«, hatte Barnum festgestellt und war wieder zu seinem dicken Geländewagen gegangen. »Sie schreiben darüber einen Bericht?« Joe hatte genickt – und das war's gewesen. Keine Fragen, keine Bemerkungen. Joe war überrascht und fühlte sich unnütz.

Jetzt stand er neben dem Haus und beobachtete, wie der Sheriff mit der einen Hand das Mikro seines Polizeifunkgeräts an die Lippen hielt und mit der anderen in der Luft gestikulierte – offenbar wurde Barnum über jemanden oder irgendetwas zunehmend ärgerlich. Joe ging es genauso, doch er versuchte, das nicht zu zeigen.

Er trat ins Haus. Marybeth saß auf der Couch und sah ihn nervös an.

»Ist sie weg?« Sie – die Leiche. Marybeth wollte nicht »Ote« sagen.

Joe nickte.

Wie bleich Marybeth aussah. Und ihre Miene – wie festgezurrt. Sie rieb sich mit der Hand über den dicken Bauch. Ganz unbewusst. Wie sie es auch früher getan hatte, als sie mit Sheridan und Lucy schwanger war. Das tat sie immer, wenn sie das Gefühl hatte, gleich breche das Chaos aus. Sie verschränkte ihre Arme vor dem Bauch, als wollte sie das Ungeborene vor Zumutungen von außen schützen. Sie ist eine prima Mutter, dachte Joe. Und sie ist zu den Kindern sehr fürsorglich. Sie nimmt es äußerst übel, wenn die Außenwelt ohne ihre Zustimmung oder Planung in die Familie eindringt.

»Der Kerl hat dir doch vor einiger Zeit den Revolver abgenommen?«, kam es Marybeth allmählich in den Sinn. »Ich hab seine Frau bei der Hebamme getroffen. Die ist auch schon mindestens im sechsten Monat.« Sie verzog das Gesicht. »Sie haben ein Kind fast in Sheridans Alter. Und noch ein jüngeres, glaub ich. Die armen Dinger…«

Joe nickte und füllte Kaffee in einen Becher, um ihn Sheriff Barnum ans Auto zu bringen.

»Wär das wenigstens nicht hier passiert«, fuhr Marybeth fort. »So was geschieht nun mal, aber warum musste er hierher kommen? Ausgerechnet zu unserem Haus?«

Als ob das unser Haus wäre, dachte Joe – es gehört dem Staat Wyoming, wir leben hier nur. Aber er schwieg und öffnete mit einem schnellen »Bin gleich wieder da« die Haustür.

Barnum sagte gerade »Over« und knallte das Mikrofon ärgerlich in den Halter am Armaturenbrett. Joe hielt ihm den Becher hin, und Barnum griff wortlos danach.

»Bis jetzt wissen wir, dass Keeley am Donnerstag mit

zwei anderen Ausrüstern in die Berge gegangen ist, um Wapitis aufzuspüren.« Barnum schaute Joe dabei nur halb an. »Irgendwo da oben haben sie ein Jagdlager. Sie wurden nicht vor Morgen zurückerwartet. Deshalb hat sie noch niemand vermisst.«

»Wer sind die anderen?«

»Kyle Lensegrav und Calvin Mendes.« Jetzt sah Barnum Joe endlich an. »Kennen Sie die?«

Joe nickte. »Sie sind mir ein paar Mal zufällig begegnet. Ihre Namen und der von Ote Keeley sind im Zusammenhang mit einem Wildererring aufgetaucht. Aber soweit ich weiß, hat sie nie jemand auf frischer Tat ertappt.« Joe hatte mit den beiden mal in der Stockman Bar ein Bier getrunken. Sie waren Mitte dreißig und gehörten zu der Sorte Männer, die irgendwann die Rückkehr in die Zeit der Trapper und Waldläufer angetreten hat. Lensegrav war groß, dünn und trug eine dicke Brille auf der Hakennase. Er hatte einen zotteligen, blonden Bart. Mendes war klein und untersetzt, hatte dunkle Augen und ein gewinnendes, plötzlich aufblitzendes Lächeln. Joe hatte gehört, Mendes und Ote Keeley seien zusammen beim Militär gewesen und Anfang der 90er bis Kuwait gekommen.

»Tja, Lensegrav oder Mendes hat niemand gesehen«, sagte Barnum. »Ich schätze, die sind gerade schwer damit beschäftigt, aus Wyoming rauszukommen, weil sie ihrem guten alten Kumpel Keeley gleich mehrmals in die Brust geschossen haben – warum auch immer.«

»Oder sie sind noch oben in den Bergen.«

»Tja.« Barnum sah vor sich hin und zog dabei die Lippen kraus. »Oder das. Jedenfalls wird auf allen Fernstraßen Wyomings nach ihnen gesucht. Fragt sich bloß, womit sie unterwegs sind. Keeleys Pick-up und sein Pferdeanhänger stehen oben am Crazy Woman Creek. Von da sind die drei los. Wir versuchen gerade rauszufinden, ob auch Mendes oder Lensegrav mit dem Wagen hochgefahren sind.«

Joe nickte Barnum zu. »Hmmmm.« Und dann herrschte zwischen ihnen eine geschlagene Minute lang unangenehmes Schweigen.

Sheriff Barnum war in der Twelve Sleep County eine Institution und seit vierundzwanzig Jahren im Amt. Bei der Wahl hatte er nur selten einen Gegenkandidaten, und wenn er mal einen hatte, fuhr er trotzdem gut siebzig Prozent der Stimmen ein. Er hielt die Zügel gern fest in der Hand und mischte überall mit – in Bürgervereinen ebenso wie bei der Eröffnung von Football- und Basketballspielen der Schulmannschaft der Highschool von Saddlestring. Er kannte jeden im County, und jeder kannte und respektierte ihn. Barnum entging kaum etwas. Mit den Jahren war er zu einer schillernden Persönlichkeit geworden, um die sich viele Geschichten rankten. Und manches Ereignis war längst Legende. Er hatte dem Vorarbeiter einer Ranch, der eben mit einer Schaufel Mutter, Bruder und einen mexikanischen Knecht zu Tode geprügelt hatte, eine Kugel stracks durch die Augenbraue gejagt. Er hatte mit seiner Sofortbildkamera Kühe fotografiert, die anscheinend von Außerirdischen, die in einem zigarrenförmigen Flugobjekt angedockt hatten, verstümmelt worden waren. Er hatte einen baskischen Schäfer in dessen LKW verhaftet und dabei ein grellrosa gefärbtes Mutterschaf namens Maria beschlagnahmt. Und einmal hatte er mehr als zwanzig Hell's Angels, die sich auf dem Weg zum größten Motorradfahrertreffen der Welt in Sturgis (South Dakota) befanden, zum Umdrehen gebracht, indem er sich breitbeinig auf die Mittellinie der Landstraße gestellt und eine fette Kettensäge angeworfen hatte.

»Ihr Büro hätte mich heute Morgen verständigen sollen«, sagte Joe plötzlich. »Schließlich bin ich hier am nächsten dran.«

Barnum nippte an seinem Kaffee und warf Joe einen kurzen Blick zu, als nehme er ihn gerade zum ersten Mal wirklich wahr.

»Stimmt.« Und dann: »Ote Keeley war doch der, der Ihnen die Pistole abgenommen hat, als Sie ihm eine Anzeige verpasst haben?«

»Ja«, sagte Joe und spürte, wie seine Ohren knallrot wurden.

»Merkwürdig, dass er hierher gekommen ist.«

Joe nickte.

»Vielleicht wollte er Ihnen die Pistole noch mal wegnehmen.« Barnum lächelte schief. War nur Spaß, sollte das heißen. Er war wirklich ein Aas, keine Frage. Joe kannte den Sheriff kaum, aber der hatte schon einen seiner Schwachpunkte getroffen. Joe zögerte einen Augenblick, bevor er Barnum fragte, ob er vorhabe, das Jagdlager ausfindig zu machen.

»Klar würd ich das, aber im Moment seh ich alt aus.« Barnum knallte die Faust aufs Armaturenbrett. »Das Lager liegt weitab von jeder Straße. Da kommen wir nicht hin. Unser Hubschrauber ist an die Bundesforstverwaltung ausgeliehen, um das Feuer im Medicine Bow Forest zu bekämpfen. Den kriegen wir auf keinen Fall vor morgen Abend zurück. Und die Jungs, die ich normalerweise als Reiter aufbieten kann, sind alle schon in den Bergen und bereiten sich auf die Jagd vor.« Barnum sah Joe verärgert an. »Wir können nur zum Camp latschen. Und das mach ich nicht.«

Joe dachte kurz nach. »Ich kenn einen, der weiß, wo dieses Lager ist. Und Pferde hab ich auch.«

Barnum wollte gerade ablehnen, beherrschte sich dann aber.

»Na ja, warum eigentlich nicht, wenn Sie's schon anbieten. Wann können Sie loslegen?«

Joe rieb sich das Kinn. »Heute Nachmittag. Ich muss meinen Pferdeanhänger holen und mich ausrüsten, aber ich bin ziemlich sicher, dass ich mich um zwei, drei Uhr auf den Weg machen kann.«

»Nehmen Sie McLanahan mit. Ich sag ihm über Funk, dass er seinen Sattel und ein paar dicke Kanonen schnappen und seinen faulen Hintern herbewegen soll. Kann sein, dass ihr da oben handfeste Probleme bekommt. Wenigstens seid ihr dann besser bewaffnet als Mendes und Lensegrav.«

Barnum nahm sein Mikro und wollte schon hineinsprechen, zögerte aber.

»Wer ist das eigentlich, der weiß, wo das Jagdlager ist?«

»Wacey Hedeman.«

»Wacey Hedeman?«, zischte Barnum. »Der hat erklärt, dass er bei der nächsten Wahl gegen mich antritt. Dieser geföhnte Lackaffe.«

Joe zuckte die Achseln. Wacey war Jagdaufseher des Nachbarbezirks, hatte aber vorübergehend auch im Twelve Sleep County seine Runden gedreht, als Vern Dunnegan schon aus dem Dienst geschieden und Joe noch nicht auf dessen Posten berufen war. Irgendwann hatte Wacey mal alle Jagdlager der Ausrüster im Einzugsgebiet des Crazy Woman Creeks auf einer Karte eingetragen.

»So ein verdammter Mist«, fauchte Barnum aufgebracht. »Ich hasse es, wenn die Dinge aus dem Ruder laufen.«

Der Sheriff fluchte noch mal und funkte Wendy an.

Wacey ging zu Hause nicht ans Bürotelefon und antwortete auch nicht auf den Funkruf, aber Joe hatte eine ziemlich klare Vorstellung, wo er ihn finden würde. Bevor er im Pick-up auf die Suche ging, gab er Marybeth und seinen Töchtern einen Abschiedskuss. Lucy reagierte sehr gelangweilt darauf, denn egal, wann und warum – sie billigte es absolut nicht, wenn Joe das Haus verließ, und zeigte ihm das auf diese Weise. Lucy hatte vieles von dem, was ihre ältere Schwester mühsam gelernt hatte, nebenher aufgesogen oder wie im Flug mit leichter Hand aufgefangen. Weil sie für ihr Alter viel zu klug war, behandelte Joe Lucy oft wie einen erwachsenen Mitverschworenen, um so die vielen frühreifen Anwandlungen ihrer lebhaften älteren Schwester zu bekämpfen.

Sheridan und Lucy waren verunsichert. Warum sollten sie denn ihr Zuhause verlassen? Marybeth erzählte ihnen gerade, wie aufregend es wäre, in einem Motel zu wohnen, aber sie waren noch nicht überzeugt.

An der Tür kehrte Joe noch mal um. Sheridan beobachtete ihn scharf.

»Alles klar, Liebling?«

»Alles klar, Dad.«

»Wenn du das nächste Mal sagst, du siehst ein Monster, werd ich dir glauben.«

»Klar, Dad.«

»Du denkst dran, wer morgen Abend kommt?«, fragte Marybeth.

Daran hatte Joe nach diesem turbulenten Vormittag überhaupt nicht mehr gedacht.

»Deine Mutter.«

»Meine Mutter«, wiederholte Marybeth. »Bis dahin sind wir wieder hier. Und du hoffentlich auch.«

Joe verzog das Gesicht.

4

Während Marybeth im Schlafzimmer einen Koffer packte, tat Sheridan genau das, was sie nicht sollte – sie ging zum Beobachten ans Esszimmerfenster. Vorher überzeugte sie sich aber davon, dass Lucy noch immer in eine Decke gekuschelt vor dem Fernseher lag. Lucy würde ihre ältere Schwester doch nur zu gern verpfeifen.

Der, den Dad Sheriff Barnum nannte, stand beim Holzstapel neben einem Mann, der auch Polizeiuniform trug. Er war jünger als der Sheriff, aber doch schon alt – wie Dad. Barnum hatte den Holzstapel im Rücken, zeigte in die Berge und redete. Sein Arm folgte den Gipfeln und dann der Straße, und die Augen des Jüngeren machten jede Bewegung treu mit. Sheridan konnte nicht hören, was der Sheriff sagte. Plötzlich kam Barnum aufs Haus zu, ganz bis zum Fenster. Sheridan war zu verängstigt, sich zu rühren. Über die Schulter rief er dem anderen zu, wie viele Schritte er gebraucht hatte. Und bevor er kehrtmachte, schaute er auf Sheridan runter und grinste. Das sollte bestimmt »Hau bloß ab, Mädchen« heißen. Sie war sich nicht sicher, ob sie den Sheriff mochte. Seine blassen Augen jedenfalls mochte sie nicht. Zigaretten auch nicht – und die konnte sie sogar durch das Fliegengitter vor der Scheibe an ihm wittern.

Barnum ging zum Holzstapel zurück, und Sheridan dachte daran, wie sehr sie von dem Gesehenen überrascht war. Wie konnte sich das, was sie in der letzten Nacht selbst für eine Ausgeburt ihrer »hyperaktiven Einbildungskraft« – wie ihre Mutter das immer nannte – gehalten hatte, als wirklich herausstellen? Als wären diesmal ihr Traum und die Realität verschmolzen. Plötzlich mischten lauter Erwachsene mit. Vielleicht war ihre Fantasie ja so mächtig, dass sie Dinge in die Wirklichkeit hinüberträumen konnte?

Ach nein, das war doch Quatsch. Wenn sie das wirklich könnte, hätte sie etwas viel Hübscheres erschaffen als dieses Chaos. Ein Haustier zum Beispiel, und zwar ein lebendiges, keinen Teddy. Und dieses Tier würde nur ihr gehören.

Sheriff Barnum fischte seine Zigaretten aus der Hemdtasche, schüttelte die Schachtel und ließ einen Glimmstengel in den Mund springen. Klasse Trick, alle Achtung. Den kannte Sheridan noch nicht. Der andere Mann zündete dem Sheriff die Zigarette an, und dem rauchte nun der Kopf.

Sheridan trug ihre Brille. Hätte sie die nur in der Nacht aufgehabt! Dann hätte sie das Gesicht des Mannes genau gesehen, ihrem Verstand getraut und das Ganze nicht als Fantasiegebilde abgetan. Dann wäre sie sofort ins Schlafzimmer ihrer Eltern gerannt, statt sich die ganze Zeit mühsam einzureden, dass das Monster aus den Bergen nur ein Albtraum war.

Schon prima, dass sie endlich deutlich sehen konnte. Aber furchtbar, dass sie als Einzige in ihrer Klasse eine Brille tragen musste. Ihr erster Schultag an der Twelve Sleep Grundschule war auch ihr erster Tag mit Brille gewesen. Ganz unvergesslich. Wenn sie auf ihre Schuhspitzen und den Boden sah, hatte sie den Eindruck, ein Riese zu sein. Und dieses komische Gefühl beim Gehen. Die Worte an der Tafel stachen so deutlich in die Augen, dass es wehtat. Schlimm genug, zu den Neuen an der Schule zu gehören und von den fieseren Mädchen unter »Landei« abgebucht zu werden (darunter fielen alle, die außerhalb der Weltstadt Saddlestring lebten). Schlimm auch, dass sie schon Bücher lesen und Gedichte aus dem Kopf aufsagen konnte, während die anderen noch mit jedem Satz kämpften. Aber dann auch noch mit einer Brille auftauchen zu müssen!

Und obendrein die Tochter des neuen Jagdaufsehers zu sein! Das war hier schon etwas Besonderes, weil fast alle Väter auf die Pirsch gingen. Natürlich wussten Sheridans Mitschüler, dass ihr Vater andere ins Gefängnis bringen konnte. Kurzum – in den zwei Wochen, die sie nun in die zweite Klasse ihrer neuen Schule ging, hatte sie absolut keine Freunde gefunden.

Ihre Tiere waren ihre einzigen Freunde – gewesen. Alle waren verschwunden. Der Verlust ihrer Katze Jasmin hatte Sheridan wirklich umgehauen. Sie hatte geweint und gebetet, dass sie zurückkäme – nichts. Dann hatte sie sich von ihren Eltern ein neues Haustier gewünscht – nichts. Sie sollte warten, bis sie etwas älter wäre. Und dann bekäme sie einen Fisch oder einen Vogel im Käfig, jedenfalls kein Tier, das aus dem Haus und sogar in die Hügel liefe. Einmal hatte sie mitgehört, wie Dad ihrer

Mutter von Kojoten erzählte. Das war nicht für ihre Ohren bestimmt gewesen, aber danach konnte sie sich zusammenreimen, dass ihre Katze gefressen worden war. Genau wie zuvor ihr kleiner Hund. Fische, Vögel – ganz hübsch, aber nicht das Richtige. Sie wollte ein Tier zum Schmusen. Am besten ganz im Geheimen. Ihre Eltern sollten nichts davon wissen, auch nicht die doofen Mädchen in der Schule. Und die Kojoten sowieso nicht. Ein heimliches Haustier ganz für sie allein, das sie richtig lieb haben konnte. Und das auch Sheridan richtig lieb hätte und verstehen und bemitleiden würde – ein einsames Mädchen, das ständig umzog, bevor sie Freunde finden konnte, und eine kleine Schwester hatte, die so anbetungswürdig war, dass einem glatt die Worte fehlten. Und jetzt war auch noch ein Baby unterwegs, das fast alle Zuneigung und Aufmerksamkeit ihrer Eltern verschlingen würde – und das womöglich für immer…

Dann sah Sheridan da draußen etwas, das sie schnell wieder auf die Erde brachte. Im Holzstapel hatte sich was bewegt. Braun und blitzschnell war es unten über die Scheite geflitzt und am Boden zwischen zwei Hölzern in einem dunklen Spalt verschwunden.

Der Sheriff und sein jüngerer Kollege redeten noch immer miteinander. Sie standen mit dem Rücken zum Zaun und zum Holzstapel. Was Sheridan gesehen hatte, war knapp hinter den beiden gewesen, vielleicht einen Meter entfernt. Aber sie hatten anscheinend nichts bemerkt und sich nicht mal umgedreht. Jetzt war nichts mehr zu sehen. Ob das ein Erdhörnchen war? Dafür war es zu groß. Ein Murmeltier? Dafür war es zu schnell und geschmeidig. So was hatte sie noch nie gesehen, obwohl sie jedes Fleckchen im Hof kannte. Und die Tiere, die sich dort herumtrieben. Sheridan wusste sogar, wo die winzigen Feldmäuse lebten, und hatte sich die rosafarbenen nackten Jungen genau angesehen, die gekrümmt und zappelnd mit noch geschlossenen Augen im Nest gelegen hatten. Aber dieses Tier war lang und dünn, und es war schnell wie der Blitz.

Sie schnappte nach Luft und zuckte zusammen, als ihre Mutter hinter ihr ärgerlich »Sheridan« sagte. Eilig fuhr sie herum, doch Marybeth sah gar nicht auf den Holzstapel, sondern streng auf sie runter. Sheridan hielt eisern den Mund, als ihre Mutter sie vom Fenster wegzog und mit ihr zum Auto ging.

Marybeth setzte rückwärts aus der Einfahrt und fuhr Richtung Saddlestring. Lucy trällerte eines ihrer unsinnigen Lieder. Und Sheridan beobachtete über die Schulter und durch die Heckscheibe, wie das Haus immer kleiner wurde. Von der ersten Hügelkuppe aus war es nur noch so groß wie eine Streichholzschachtel.

Hinter dem Streichholzhaus gibt es einen Holzstapel, dachte Sheridan. Und da ist das Geschenk drin, das ich mir herbeigewünscht habe.

Zweiter Teil

Gefährdete und bedrohte Arten:

Der Minister legt durch Rechtsverordnung fest, welche Arten als gefährdet oder bedroht gelten.

Dabei sind folgende Kriterien zu berücksichtigen:
a) die erfolgte oder drohende Zerstörung, Veränderung oder Verkleinerung ihres Biotops;
b) die übermäßige Beanspruchung zu kommerziellen, wissenschaftlichen, sportlichen oder pädagogischen Zwecken oder zu Zwecken der Erholung;
c) Krankheit oder Verfolgung;
d) die Unzulänglichkeit bisheriger Schutzbestimmungen;
oder
e) weitere natürliche oder zivilisatorische Faktoren, die das Fortbestehen der Art gefährden.

Aus: Zusätze (1982) zum Gesetz über gefährdete Arten.

5

In Wyoming gab es fünfundfünfzig Jagdaufseher – eine handverlesene Gruppe –, und Joe Pickett und Wacey gehörten dazu. Wacey hatte Wildbestandspflege studiert und das Geld für seine Ausbildung in den Semesterferien mit Stierreiten auf Sommerrodeos verdient. Joe hatte drei Jahre nach Wacey seinen Abschluss in Jagd- und Forstwissenschaft gemacht. Nach weiteren schriftlichen und mündlichen Prüfungen sowie einem psychologischen Eignungstest hatten die beiden dann die Polizeischule von Wyoming in Douglas absolviert, um danach in den Revieren Jeffrey City beziehungsweise Gillette die Ausbildung zum Jagdaufseher anzutreten. In diesem Beruf verdienten sie jetzt knapp sechsundzwanzigtausend Dollar im Jahr.

Auf dem Weg zum Eagle Mountain Club dachte Joe darüber nach, wie heftig dieser Morgen in den üblichen Gang der Dinge eingebrochen war. Ote Keeley war aus den Bergen direkt in den Sonntagstrott von Familie Pickett geritten. Dieser Trott hatte sie auf den vielen Umzügen durch ganz Wyoming begleitet – nach Baggs im Süden; nach Saddlestring, wo Joe seine Ausbildung bei dem sehr renommierten Vern Dunnegan abgeschlossen hatte; dann nach Buffalo, einer Kleinstadt östlich der Bighorn Mountains, wo Joe seine erste richtige Stelle als Jagdaufseher bekommen hatte. Sechs Dienstwohnungen in fünf Countys, und das in neun Jahren. Alle Wohnungen – und vor allem die jetzige – waren klein und runtergekommen. In der Zentrale passte man gut auf, dass die Steuerzahler nicht den Eindruck bekamen, die Gebühren für ihre Jagdlizenzen würden für komfortable Beamtenwohnungen ausgegeben. Das Haus der Picketts stand mit Scheune, Koppel und separater Garage am Ausgang eines kleinen Canyons. Sie waren wieder in die Twelve Sleep County gezogen, nachdem Vern plötzlich aus dem Staatsdienst ausgeschieden war und Joe endlich diesen heiß ersehnten Posten bekommen hatte – hier gefiel es ihm und Marybeth nämlich am besten.

Das hätte beinahe nicht geklappt. Vern hatte ihn empfohlen und seinen Einfluss in der Zentrale spielen lassen, damit Joe ein Bewerbungsgespräch beim Amtsleiter bekam. Aber Joe hatte den Termin falsch im Kalender eingetragen und das Treffen glatt versäumt. Er habe da einen seiner größeren Böcke geschossen, meinten Joe und Marybeth später darüber. Wenn Joe etwas versiebte, dann meist gründlich und in aller Öffentlichkeit. Der Amtsleiter war fuchsteufelswild gewesen, und Joe hatte es nur Verns Fürsprache zu danken gehabt, dass er einen zweiten Termin bekam und sich den Job sichern konnte.

Marybeth und Joe klagten bald, wie viel größer das Haus gewirkt habe, als Vern und seine Frau noch dort gewohnt und die beiden während Joes Referendariat oft eingeladen hatten. Damals hatten sie im Schatten hinterm Haus gesessen, Vern hatte Steaks gegrillt und seine attraktive Frau Georgia Cocktails gemixt. Die beiden waren kinderlos, und das Haus hatte beinahe elegant gewirkt – Joe und Marybeth waren ziemlich neidisch gewesen. Damals hatte ihre Zukunft noch rosig ausgesehen. Aber das war, bevor die Kinder gekommen und sie sich den Labrador angeschafft hatten. Als sie zu fünft in der Bighorn Road einzogen, platzte das Haus fast aus den Nähten. Und nur vier Monate später schien es wiederum zu schrumpfen – durch das dritte Kind würde alles noch enger werden. Außerdem fiel das Haus fast auseinander – die Haltbarkeit vom Staat gebauter Dienstwohnungen war reichlich kurz.

Der heutige Sonntag war wahrscheinlich für drei Monate der letzte, an dem Joe seinen Kindern hatte Frühstück machen können. Und an dem er in Ruhe hätte Zeitung lesen können, wenn Keeley nicht dazwischengekommen wäre. Denn die Jagdsaison für Hochwild begann im Twelve Sleep County, Wyoming, am Donnerstag. Dann lief die Schonzeit für Pronghorns ab, und danach waren Weißwedel- und Maultierhirsche, dann Wapitis und schließlich Elche dran. Joe musste in den Bergen seine Runden drehen. Am »Wapititag« war sogar schulfrei, damit die Kinder mit ihren Eltern zum Jagen in die Berge gehen konnten.

Jäger brachen vor Morgengrauen auf. Also würde auch Joe vor Morgengrauen aufbrechen. Jäger durften das Wild bis tief in die Abenddämmerung aufs Korn nehmen. Also würde Joe sich bis tief in die Nacht rumtreiben müssen, um Jagdscheine und Abschussgenehmigungen zu kontrollieren und dafür zu sorgen, dass das erlegte Wild korrekt registriert, die Gesetze eingehalten und Privatland nicht unbefugt betreten wurde. In Wyoming gehörte das Wild der Bevölkerung, und die nahm sich ihr Eigentum zu Herzen. So wie Joe sich seine Arbeit.

Sheridans »Nimm lieber deine Pistole mit« ließ ihm keine Ruhe. Sie hatte bestimmt gemerkt, dass er jeden

Abend mit umgeschnalltem Pistolengurt nach Hause kam. Und sein Gewehr blieb immer im Waffenständer an der Heckscheibe des grünen Ford Pick-up, seinem Dienstwagen. Die Kinder wussten, dass er bei der Arbeit eine Waffe tragen musste. Aber sie hatten ihm noch nie vorgeschlagen, damit zu schießen. Vielleicht war ihnen gar nicht klar, was er eigentlich den ganzen Tag machte. Im Vorbeigehen hatte er Sheridan mal sagen hören, ihr Dad rette Tiere. Das sei sein Beruf. Diese Beschreibung seiner Arbeit gefiel ihm, aber sie traf nur zum Teil zu.

Joe bremste ab, weil eine Herde Pronghorns die Straße kreuzen wollte. Er beobachtete, wie sie sich unter einem Stacheldrahtzaun durchzwängten und auf die Ausläufer des Gebirges zuhielten, dorthin, wo Wacey Hedemans Revier lag.

Wacey und später Joe waren von Vern Dunnegan im Gelände ausgebildet worden. Vern erzählte jedem, der es hören wollte, sie seien seine Goldjungen – und das klang immer auch ein wenig nach Laufjungen. Weil ihre Bezirke aneinander grenzten, erledigten Wacey und Joe ihre Aufgaben und Ermittlungen oft gemeinsam. Sie bauten zusammen Schutzzäune für das Heu, liehen sich gegenseitig Pferde und Motorschlitten für Geländepatrouillen aus, telefonierten miteinander, wenn sie Hilfe benötigten, und tauschten ihre Aufzeichnungen. Nach vielen gemeinsamen Stunden vor Morgengrauen im Pick-up kannte Joe Wacey inzwischen ganz gut. Sie waren sogar irgendwie befreundet. Joe war von Wacey so fasziniert wie abgestoßen. Der kannte die Gegend wie seine Westentasche und hatte zu Viehzüchtern wie Wilderern sehr guten Kontakt. Als ehemaliger Rodeoreiter hatte er einen lässig-öligen Charme, mit dem er einfach jeden einwickelte, auch Joe.

Selbst Marybeth schien Gefallen an Wacey zu finden, obwohl sie ihren Mann einmal mit der Bemerkung überrascht hatte, diesem Wacey traue sie nicht übern Weg.

Joe wusste einige Dinge über ihn, die Marybeth in dieser Ansicht bestärkt hätten. Aber die behielt er für sich.

Joe bog von der Landstraße in den Eagle Mountain Club ab und bremste vor der weißen, schindelgedeckten Pforte. Ein Wächter in Uniform winkte ihn durch, und das schmiedeeiserne Tor öffnete sich selbsttätig. Doch als Joe anfuhr, kam der Wächter plötzlich aus dem Pförtnerhaus auf die Fahrertür zu.

Er war Ende fünfzig, und seine Uniform spannte überm Bauch.

»Ich hab Sie mit jemandem verwechselt, als ich Sie durchgewunken habe.« Er neigte den Kopf zur Seite und blickte in den Wagen.

»Sie dachten, ich bin Wacey Hedeman. Der hat auch so ein Auto. Ich will ihn besuchen.«

Der Wächter musterte Joe scharf. »Sind Sie schon mal hier gewesen?«

»Einmal, mit Wacey.« Joe senkte die Stimme. »Jetzt lassen Sie mich bitte durch. In der Nähe von Saddlestring ist jemand umgebracht worden. Ich brauche Waceys Hilfe.«

Der Wächter trat zurück, zögerte aber einen Augenblick, bevor er Joe durchwinkte. Der beobachtete im Rückspiegel, wie der Pförtner in die Einfahrt trat und seine Autonummer notierte.

Eagle Mountain war ein exklusiver privater Ferienklub auf einem Hügelkamm über dem Bighorn River. Laut Wacey konnte man ihm nur beitreten, wenn man vorher zweihundertfünfzigtausend Dollar berappte, und selbst dafür brauchte man eine Einladung. Die Mitgliederzahl war auf zweihundertfünfzig begrenzt. Neuaufnahmen waren nur möglich, wenn Leute starben oder austraten. Oder wenn sie von ihren Klubkameraden mehrheitlich ausgeschlossen wurden, was nach Joes Wissen erst zwei Mitgliedern passiert war – einem bekannten TV-Erweckungsprediger, der seine Haushälterin getauft hatte, indem er ihr erst eine Wodkaflasche zwischen die Beine gerammt und sie dann im Forellenteich des Klubs versenkt hatte; und einem früheren Astronauten, der seine Frau mit der Bronzenachbildung der Mondlandefähre zu Tode geprügelt hatte. Der Klub verfügte über einen Golfplatz mit sechsunddreißig Löchern in den Ausläufern der Bighorn Mountains, Fischteiche, einen Schießstand, eine Start- und Landebahn und etwa sechzig Villen, von denen jede viele Millionen Dollar gekostet hatte – und das zu einer Zeit, als eine Million noch unverschämt viel Geld war. Das Einzige, was die auserwählte Klubgesellschaft gemein hatte, war der strikte Wunsch nach Abschottung. In Wyoming wussten nur wenige, dass dieser Klub überhaupt existierte. Und er war absichtlich schlecht zu erreichen – die nächste größere Stadt, Billings in Montana, lag gut zweihundert Kilometer entfernt, die Großstadt Denver sogar mehr als achthundert Kilometer.

Im Herbst war der Eagle Mountain Club fast verwaist, und Joe begegnete weder Autos noch elektrobetriebenen Golf-Wägelchen. Kaum ein Mitglied blieb den Winter über hier – die meisten waren schon abgereist. Als Joe die leeren, breiten Straßen abfuhr – überall peinlich gepflegte Rasenflächen, dahinter rundum die Gipfel der Bighorns –, bekam er das Gefühl, die ganze Gegend von hoch oben vor sich ausgebreitet zu sehen. Er befand sich in einer künstlichen Oase, die gut verborgen auf einer trockenen Bergkuppe in Wyoming lag, wo der Rasen nur wuchs, weil er ständig und bedenkenlos bewässert wurde, und wo alle Lebensmittel für das Vier-Sterne-Restaurant eingeflogen wurden. Joe spürte, dass dieser Klub nicht hierher gehörte. Zugleich wusste er, dass er genau deshalb hier lag. Der Eagle Mountain Club war der jüngsten Flucht reicher Berühmtheiten in die Rocky Mountains um etwa dreißig Jahre zuvorgekommen.

Die Villen lagen etwas von der Straße ab und meist hinter Bäumen verborgen. Straßenschilder gab es nicht. Doch an den Zufahrten waren Messingtafeln in die Fahrbahn eingelassen, auf denen der Familienname der Eigentümer stand. Als Joe bei »Kensinger« vorbeikam, bog er ab.

Waceys schmutzstarrender grüner Pick-up war verwegen neben dem massiven, zweistöckigen Gebäude geparkt, das aus ganzen Stämmen errichtet war und Blockhausatmosphäre verbreiten sollte. Joe hielt hinter Wacey und stieg aus. Seine Schritte auf den Steinplatten waren das einzige Geräusch ringsum. Er klopfte am Eingang.

Die breite Eichentür öffnete sich, und Wacey blinzelte ihn verärgert an. Er war noch immer dünn und drahtig – ein echter Bullenreiter – und trug den dicken, rotbraunen Schnauzbart des Revolverhelden. Er hatte nur sein rotes Uniformhemd an.

»Zieh die Hose aus und mach mit, Joe«, flüsterte Wacey. »So wie ich.« Ein Lächeln breitete sich von den Winkeln seiner blauen Augen übers ganze Gesicht aus.

Von hinten fragte ihn jemand – eine Frau – aus dem Dunkel, was er an der Tür treibe.

»Besuch. Mein Kollege Joe Pickett aus Saddlestring«, rief Wacey über die Schulter. »Ich komm gleich.«

Hinter Wacey sah Joe im Halbdunkel eine sehr hellhäutige und vollkommen nackte Frau vorbeigehen und hörte ihre Füße ganz leise auf dem Marmorboden.

Wacey bewegte nur die Lippen: »Aimee Kensinger.« Und dann, noch immer fast unhörbar: »Die steht auf Jagdaufseher.«

Joe konnte sich ein Lächeln nicht verkneifen. Wacey war schon speziell. Er hatte Joe mal erzählt, Aimee – die junge, sehr gut aussehende Frau des schwerreichen Donald Kensinger von Kensinger Communications – habe eine Schwäche für Cowboy-Typen in Uniform. Joe wusste, dass Wacey in letzter Zeit viel im Eagle Mountain Club gewesen war. Und dass seine Besuche immer mit Donald Kensingers Geschäftsreisen zusammenfielen.

Wacey kam auf die Veranda und zog die Tür hinter sich zu.

»Was gibt's denn? Ich war grad mittendrin.«

Das war Joe schon klar, denn Hedemans Hemd war genau an der Stelle ziemlich nass, wo es ihm spitz wie ein Zeltdach entgegenragte. Hedeman folgte Joes Blick.

»Irgendwie peinlich«, meinte Wacey. »Es hat schon angefangen zu tröpfeln. Das passiert einem eben mit dieser Frau, wenn man's nicht gewohnt ist.«

Joe berichtete Wacey, was am Morgen passiert war, ließ sich von ihm bestätigen, dass er wusste, wo Ote Keeleys Jagdlager genau lag, und erzählte ihm von der Kühlbox. Wacey schien interessiert.

»Ote Keeley. Das war doch der, der dir …«

»Stimmt«, unterbrach Joe knapp.

»Wann müssen wir denn los?«

»Sofort.«

»Ich muss Arlene anrufen.« Das war seine Frau.

»Vielleicht besser vom Auto aus?«

Schon wieder dieses ansteckende Lächeln. Wacey zwinkerte Joe zu und wies mit dem Kopf zur Haustür.

»Sie finanziert meine Kampagne bei der Wahl zum Sheriff«, sagte er verschwörerisch. »Und im Bett probiert sie wirklich alles aus. Heute Morgen hat sie sich sogar rasiert. Hast du schon mal mit 'ner Frau rumgemacht, die zwischen den Beinen glatt wie eine Flöte ist? Fast unheimlich, sag ich dir. Wie bei einem kleinen Mädchen und doch genau das Gegenteil, verstehst du? Man macht sich gar nicht klar, wie groß und voll die Lippen da unten sind, bis man sie mal richtig gesehen hat.«

Joe nickte unbehaglich.

Aimee Kensinger kam in einem dicken, weißen Bademantel aus dem Haus.

Joe sagte Hallo. Er hatte sie mal bei einem Abendessen getroffen, zu dem ihn Marybeth mitgenommen hatte. So eine Spendenaktion fürs Heimatmuseum. Logisch, dass Aimee Joe nicht wiedererkannte. Schließlich hatte er damals keine Uniform getragen.

»Hallo, Herr Polizist«, sagte, nein, schnurrte sie. Es klang selbstbewusst – ihre Absicht war eindeutig. Und Joe war so erschrocken wie erregt.

Aimee Kensinger hatte ein sehr offenes, sinnliches Gesicht, um das ihre dunklen Haare glockenförmig bis auf die Schultern fielen. Sie war barfuß, er konnte ihre schmalen Waden sehen. Geschminkt war sie nicht, aber ihr Gesicht war kräftig gerötet. Was immer sie und Wacey vorhin getrieben hatten – es musste sehr durchblutungsfördernd gewesen sein.

»Zwecklos, Schatz«, sagte Wacey sanft und stupste sie in den Arm. »Der ist verheiratet.«

»Du auch, Süßer.«

»Aber bei Joe ist das was anderes.« Dabei zuckte Wacey die Achseln, als könnte er das selbst nicht begreifen.

»Sei froh«, sagte Aimee. Joe war sich nicht sicher, ob sie das auch meinte.

6

Kaum war auf dem Zeltplatz Crazy Woman Creek ein Kommandoposten eingerichtet, herrschte dort schon völliges Durcheinander. Dass Ote Keeley ermordet worden war und sich irgendwo in den Bergen ein Lager schwer bewaffneter Tatverdächtiger befinden mochte, hatte die Fantasie der Talbewohner entfacht. Eine Menge Leute waren zum Zeltplatz am Fluss gekommen, darunter pensionierte Polizisten aus Saddlestring, Mitglieder der freiwilligen Feuerwehr, der Bürgermeister, der Herausgeber der Wochenzeitung »Saddlestring Roundup« und sogar alte Offiziere – Mitglieder der hiesigen Sektion der Kriegsveteranen, der »Veterans of Foreign Wars« – mit Karabinern aus der Zeit des Koreakriegs. Zwei Lokalgrößen aus der Survival-Bewegung waren in voller Kampfmontur mit umgerüsteten chinesischen Sturmgewehren und Betäubungsgranaten anmarschiert. Sheriff Barnum störte das Gedränge überhaupt nicht – er genoss es in vollen Zügen. Sein provisorisches Büro hatte er in einem dickwandigen Ausrüsterzelt eingerichtet und den Tisch, an dem sonst Karten gedroschen wurden, zu seinem Strategiezentrum gemacht. Irgendjemand – einer der Koreaveteranen, wie Joe vermutete – sagte dem Sheriff, wie er da so rauchend am Tisch sitze, ähnele er Bürgerkriegsgeneral Ulysses S. Grant vor der Schlacht bei Shiloh. Dieser Vergleich ging Barnum runter wie Öl, und er rieb ihn allen Neuankömmlingen unter die Nase.

Joe und Wacey sattelten ihre Pferde, schüttelten viele Hände und nahmen jede Menge guter Wünsche und ermunternder Worte entgegen, während sie darauf warteten, dass Hilfssheriff McLanahan endlich auftauchte. Joe hatte seine sechsjährige Stute Lizzie, einen Apfelschimmel, dabei. Er fühlte sich, als seien Wacey und er die Stars der Footballmannschaft von Saddlestring. Kaum gingen sie ein paar Schritte über den Platz, schon klopften ihnen Männer von allen Seiten auf die Schultern und klapsten ihnen auf den Hintern. Und viele sagten, sie wären selbst so gern dabei.

Schließlich kam McLanahan und war wie für einen Feldzug gerüstet. Was er da angeschleppt hatte, wäre für allradbetriebene Jeeps und LKWs geeignet gewesen. Leider aber wollten die drei in ein bekanntermaßen wegloses Gebiet im Bundeswald aufbrechen, in das man nur zu Pferd oder zu Fuß kam. Im Geländewagen und im Pferdeanhänger hatte McLanahan große, schwere Ausrüsterzelte mitgebracht, dazu Schlafsäcke, einen Propangasofen, Decken, gusseiserne Bratpfannen, Schmortöpfe, eine komplette Funkausrüstung und eine Geschirrkiste voller Teller, Becher, Gläser und Besteck, die allein schon gut anderthalb Zentner wog. Und die Ladefläche seines Kombis war voller Waffen. Der hat wohl das Arsenal des Sheriffs geplündert, dachte Joe. Da lagen mehrere durchschlagkräftige Gewehre mit Nachtvisier – ideal für Heckenschützen. Daneben ein paar halbautomatische Karabiner, mit denen man gepanzerte Fahrzeuge knacken konnte. Und ein paar Maschinenpistolen, Schnellfeuergewehre und halbautomatische Schrotflinten. »Der typische Barnum-Overkill«, spöttelte Wacey laut genug, damit es alle hörten. Einige lachten. »Meine Fans«, flüsterte er Joe zu.

Barnum befahl den drei Reitern, so viel wie möglich aufzuladen, und prompt stopfte McLanahan die Satteltaschen voll, während Joe und Wacey sich nur verblüfft ansahen. Barnum stellte klar, dass er hier das Kommando habe und die beiden Jagdaufseher ihm unterstellt seien. So war es in solchen Fällen offiziell geregelt. Er riet den beiden – und zwar »mit allem Nachdruck« –, sich besser zu bewaffnen. Bis jetzt trugen sie nämlich nur ihre Pistolengurte. Joe hatte seinen Revolver dabei, mit dem er noch nie im Ernst geschossen hatte und der ihm einmal von Ote Keeley gemopst worden war. Wacey trug eine halbautomatische Pistole. Schließlich ließ er sich breitschlagen und schnallte an seinem Sattel ein Futteral fest, das einen Karabiner enthielt. Wacey und Joe packten nun mit an, um McLanahan – einem jungenhaft aussehenden Mann, der früher für die Betreuung und Fortbildung studierender Reserveoffiziere zuständig gewesen war – zu helfen, die Satteltaschen der beiden Packpferde voll zu laden, damit sie endlich aufbrechen konnten.

Barnum spottete darüber, dass Joe – statt sich im Arsenal des Sheriffs zu bedienen – seine eigene Schrotflinte mitnahm, die in erster Linie für die Vogelpirsch geeignet war. Wenn er schon unbedingt mit einer Flinte losziehen wolle, dann doch wenigstens mit einer von denen, die McLanahan mitgebracht habe. Joe erklärte, er besitze dieses Gewehr seit seiner Jugend und fühle sich damit wohl. Er war als hervorragender Schütze bekannt, wenn es um Federwild oder Tontauben ging, also um alles, was flog. Merkwürdigerweise traf Joe nur selten feste Ziele, fast immer aber das, was sich bewegte oder aufgescheucht aus dem Gebüsch hervorbrach. Es mochte wieselflink sein – Joe traf trotzdem, aus Instinkt und weil er sehr reaktionsschnell war und nie groß zielte. Wenn er dagegen über Kimme und Korn peilte, schoss er daneben. Joe war durch die erste Prüfung im Pistolenschießen gefallen und hatte den zweiten – und letzten – Versuch nur gerade eben bestanden. Während er die drei Fasane, die ihm pro Saison zustanden, mit drei Schüssen spielend aus der Luft holen konnte, gelang es ihm auf dem Schießplatz einfach nicht, einen reglosen Pappkameraden zu treffen. Barnum überredete Joe schließlich, seine Flinte wenigstens mit sehr grobem Schrot zu laden, mit dem er notfalls »ein Haus umblasen« könne. Zwar dachte Joe, dass es schon reichlich seltsam war, die Flinte, mit der er seit seiner Jugend Enten und Waldhühner geschossen hatte, mit Patronen zu laden, die einzig und allein einen Menschen töten sollten. Aber er tat es doch und packte zusätzlich zwölf Schuss in seine Satteltasche.

Barnum nahm Joe und Wacey kurz beiseite, als sie darauf warteten, dass Hilfssheriff McLanahan mit dem Festschnallen der Satteltaschen fertig wurde.

»Was glaubt ihr, Jungs, wer unterwegs ist, um sich dieses Rodeo anzuschauen?«, fragte Barnum. Joe und Wacey sahen sich kurz an. Woher sollten sie das wissen?

»Vern Dunnegan!« Der Sheriff schlug den beiden auf die Schulter. »Euer Ausbilder und Förderer. Er hat Wendy angerufen und ihr die Nachricht hinterlassen.«

»Was macht der denn hier?«, fragte Joe, und Wacey zuckte die Achseln.

»Er ist vermutlich in der Gegend und hat im Radio davon erfahren«, meinte Barnum. »Also Jungs, vermasselt's nicht. Schließlich werdet ihr von allen im Tal beobachtet. Und obendrein von Vern Dunnegan.« Barnums Sarkasmus war nicht zu überhören.

Den größten Teil der Ausrüstung – darunter die Geschirrkiste – ließen sie bei Barnum und den vielen Schaulustigen mit ihren bunt zusammengewürfelten Gerätschaften zurück. Als sie schließlich aufsaßen und die Pferde dorthin wandten, wo der Pfad in die Berge begann, hörten sie, wie Sheriff Barnum – flankiert von den beiden Koreaveteranen – über Funk versuchte, seinen ausgeliehenen Hubschrauber ausfindig zu machen.

»Wie weit noch?«, fragte Joe leise, während sein Pferd sich durch ein Espenwäldchen schob. Es war vollkommen windstill. Wo die Bäume so dicht standen, war es das Beste, wenn Lizzie sich den Weg selbst suchte. Joe lenkte sie nur in die allgemeine Marschrichtung, blieb also links hinter Wacey. Der war ein paar Meter voraus, zügelte jetzt sein Pferd und lehnte sich im Sattel zur Seite.

»Noch ein paar Stunden«, murmelte er zurück.

»Das hab ich befürchtet.«

Hedeman nickte. Sie würden das Jagdlager der Ausrüster nicht mehr bei Tageslicht erreichen, obwohl gerade das der Zweck ihrer Tour war.

Joe schloss zu Waceys Palomino auf und war nun mit ihm auf einer Höhe. Zwischen den beiden standen zwei Espen, dünn und kreisrund wie Baseballschläger. Die Bäume wuchsen in diesem Wäldchen sehr dicht beieinander, und ihre schwarzen Wurzeln schlängelten sich über den mit gelben Blättern übersäten Waldboden.

»Und da kommt der Grund«, murrte Wacey.

Inmitten der Bäume waren alle Laute und auch das Licht gedämpft, die beiden konnten jedoch die Klimpergeräusche hören, die der Hilfssheriff und sein Packpferd beim Umgehen des Wäldchens verbreiteten. McLanahan hatte dem Packpferd für die Jagd gedachte Satteltaschen aufgeschnallt und sie so voll gestopft, dass sie viel zu breit waren, um Joe und Wacey durch die Espen zu folgen. Die beiden sahen den Hilfssheriff kurz weiter hinten in einer Schneise auftauchen. So schief wie der hatte Joe nicht mal an seinem schlechtesten Tag auf dem Pferd gesessen.

»Wenn ich gewählt bin, schmeiß ich den sofort raus«, flüsterte Hedeman und schaute weiter dorthin, wo McLanahan kurz zu sehen gewesen war. Joe sagte nichts. Warum auch?

Sie warteten auf einer abschüssigen Lichtung, die rings von Roten Zedern umgeben war, auf McLanahan. Im tiefen Schatten von Felsbrocken und Bäumen lag noch etwas Schnee, der am Morgen gefallen war. Zwischen den Zedern leuchteten gelbe Espenwäldchen, deren Laub da und dort schon blutrot war. Die Abendsonne ließ die Farben fast aggressiv aufstrahlen.

Joe dachte daran, wie anders alles noch vor ein paar Stunden gewesen war. Am Zeltplatz schienen ihn Scharen von Bewunderern zu umgeben, und er hatte sich als Teil einer großen Streitmacht gefühlt. Hier draußen nun, in der kühlen, dunkelnden Stille der Bighorn Mountains, empfand er sich als winzig und bedeutungslos.

»Morgen tut mir bestimmt alles weh«, brüllte McLanahan schon von weitem.

Wacey verlagerte mit einem Ruck sein Gleichgewicht im Sattel. Typisches Zeichen von Verärgerung, dachte Joe.

»Auf der Pirsch wird nicht gebrüllt«, zischte Wacey, als McLanahan herangekommen war. »Das ist ein schlauer, alter Indianertrick. Wir nehmen einfach an, dass die, an die wir uns anschleichen, links und rechts am Kopf je ein Ohr haben.«

Der Hilfssheriff schien deutlich verärgert, wollte etwas sagen, ließ es dann aber. Mit Wacey zu streiten war kein Vergnügen.

»Sie hängen ständig hinterher, und wir sind spät dran«, fuhr Wacey leise zischend fort. »Bis wir das Jagdlager erreichen, ist es stockduster. Wir müssen hier draußen biwakieren und im Morgengrauen zum Zeltplatz der Ausrüster schleichen. Mal sehen, ob wir dann jemanden schnappen können.«

McLanahan presste die Zähne zusammen. Seine Augen funkelten. Er tat Joe Leid. Klar, dass der Hilfssheriff an ihrer Verspätung die Hauptschuld trug, aber Hedeman ritt reichlich darauf herum.

»Dass wir so spät losgekommen sind, lag nicht an mir. Barnum hat mir eine ewig lange Materialliste durchgegeben. Ich musste erst alles besorgen«, sagte McLanahan schließlich stockend.

»Na klar – es lag nicht an Ihnen«, meinte Wacey, wandte sich um und setzte sein Pferd in Trab.

»Ärgern Sie sich nicht darüber«, sagte Joe zum Hilfssheriff. »Lohnt nicht.«

»Das musste er wirklich nicht sagen.« McLanahans Unterlippe zitterte. »Nicht auf die Art.«

Jetzt wein bitte nicht, dachte Joe. Er schnalzte, und sein Apfelschimmel setzte sich in Bewegung. McLanahan sollte sich erst mal fangen. Aber was war mit Wacey los? Der schien ungewöhnlich gereizt. Hoffentlich lag das nicht daran, dass der Erfolg oder das Scheitern dieses Unternehmens im Wahlkampf gegen Barnum um das Amt des Sheriffs wahrscheinlich eine große Rolle spielen würde.

Sie banden die Pferde im blauen Licht ihrer Taschenlampen fest und breiteten die Schlafsäcke unter einem Granitvorsprung aus. So nah wie sie dem Jagdlager seien, komme ein Feuer nicht in Frage, sagte Wacey.

Marybeth hatte Joe sechs Schinkenbrote mitgegeben, und die aßen sie jetzt im Dunkeln. McLanahan ließ eine Flasche Bourbon rumgehen, was Hedemans Laune zu bessern schien, jedenfalls ein bisschen.

»Ich hab das Footballtraining meines Sohns versäumt«, sagte McLanahan unerwartet. »Ich trainiere die Verteidiger.«

»Sie haben einen Sohn?«, fragte Joe. Der Hilfssheriff war doch noch viel zu jung dafür.

»Na ja, eigentlich ist er nicht mein Sohn.« McLanahan klang etwas verlegen. »Sondern das Kind meiner Verlobten. Wir wohnen zusammen. Sie war schon ein paar Mal verheiratet und ist um einiges älter als ich.«

»Oh.«

Wacey stieß Luft aus. »Was, zum Teufel, hat das mit dem Milchpreis zu tun?«

»Ich hab das Training noch nie verpasst«, fuhr McLanahan fort. »Freitag spielt Twelve Sleep gegen Buffalo. Das erste Heimspiel der Saison.«

»Die großen Buffalo Bisons, unsere gerechte Strafe«, sagte Hedeman sarkastisch. Und dann: »Warum holen Sie nicht Ihr Funkgerät und erzählen Barnum, wo wir sind und was wir machen? All die Leute da unten sind doch scharf auf Nachrichten, damit sie den Rest des Abends an uns rummäkeln und Propheten spielen können. Sagen Sie ihm, dass wir vor Morgengrauen beim Jagdlager sind.«

McLanahan nickte und ging langsam zu seinen Satteltaschen, um nach dem Funkgerät zu graben.

»Junge, Junge«, klagte Wacey, als der Hilfssheriff verschwunden war. »Das ist kein Mitarbeiter, sondern eine Zumutung.«

»Lass dich von ihm nicht aus der Ruhe bringen«, sagte Joe.

Wacey seufzte und kaute sein Brot. »Ich wüsste gern, was in Otes Kühlbox war.«

»Klar.«

»Es könnte alles Mögliche gewesen sein«, fuhr Wacey fort. »Und am Ende hat's wieder gar nichts zu bedeuten, vermute ich.«

Joe nickte. Dann rasselte er die Farmen runter, die zwischen dem Crazy Woman Creek und dem Haus der Picketts lagen. Überall dort hätte Ote Keeley Hilfe suchen können.

»Er hat irgendeinen Grund gehabt, zu uns zu kommen«, sagte Joe. »Bloß welchen?«

»Schickst du Kot und Kühlbox zur Untersuchung nach Cheyenne?«

»Klar.«

»Dann wissen wir's«, sagte Wacey.

»Dann wissen wir's«, wiederholte Joe.

»Oder auch nicht. Könnte ja eine von den Sachen sein, die einfach ungeklärt bleiben. Und der Einzige, der Bescheid wusste, ist der dumme, tote Ote.«

»Vielleicht wollte Ote Ihnen ein paar Flaschen Bier vorbeibringen«, sagte McLanahan, der aus dem Dunkeln auftauchte. »Kann doch sein, dass sich in der Kühlbox ein Sixpack befand und er dachte: Zischen wir ein paar Bierchen, und versöhnen wir uns wieder.«

»Pardon, McLanahan«, sagte Wacey. »Haben Sie Barnum erreicht?«

Der Hilfssheriff berichtete, dass er mit Barnum gesprochen und ihm die Lage geschildert habe. Barnum habe rausgefunden, wo der Hubschrauber sei, könne ihn aber frühestens morgen Nachmittag bekommen. Von den Ausrüstern Kyle Lensegrav und Calvin Mendes fehle noch immer jede Spur.

»Ratet mal, wer noch in der Kommandozentrale ist«, sagte McLanahan, und seine Zähne schimmerten im Lampenlicht bläulich.

Schweigen.

»Vern Dunnegan!« McLanahan klang zugleich aufgeregt und ehrfürchtig.

Joe spürte, dass Wacey ihn scharf ansah, um seine Reaktion zu prüfen. Er verzog keine Miene.

»Vern hat gesagt: ›Seid vorsichtig, Jungs. Ich möchte stolz auf euch sein.‹«

»Und Barnum?«, fragte Joe.

»Der hat gesagt: ›Baut keinen Mist, und macht mir keine Schande.‹« McLanahan lachte.

Wie Barnum war auch Vern eine Art Legende – der beliebteste und einflussreichste Jagdaufseher, den es in dieser Gegend je gegeben hatte. Und ein lokalpolitisches

Schwergewicht. Einer, der jeden Morgen um zehn mit den Stadträten im Alpine Kaffee trank. Einer, der nicht nur knallhart gegen Wilderer und Jagdfrevler vorging, sondern auch dafür bekannt war, die eine oder andere Anzeige unter der Hand zu regeln und einige Einheimische laufen zu lassen. Obwohl Vern in erster Linie Beamter war, sah er sich immer gern als Unternehmer. Er gab damit an, schon einunddreißig Jahre Geschäftserfahrung zu haben. An irgendeiner Firma in Saddlestring war er immer beteiligt, mal am Anzeigenblatt, mal an einer Videothek, dann an einem Laden für Satellitenschüsseln oder am Lokalradio. Er hatte immer ein, zwei Partner, und die verschwanden nach einiger Zeit – warum auch immer – aus der Stadt, und Vern übernahm den Laden ganz, verkaufte ihn und zog die nächste Sache auf. Manche meinten, er sei ein guter Geschäftsmann. Die meisten sagten, er sei einfach nur geldgierig und plündere jede seiner Firmen methodisch aus, bis seine Partner angewidert und aus Angst vor der Pleite ausstiegen. Vern Dunnegan warf einen großen Schatten. Laut Marybeth reichte er so weit, dass Joe bisher im Twelve Sleep County noch nicht viel Sonne gesehen hatte. Vern hatte die Aufsicht über Wacey und Joe gehabt und beide im Gelände ausgebildet. Keiner wusste mehr über die Gewohnheiten und Methoden von Wilddieben und Jagdfrevlern – oder über die hässliche Seite von Menschen in der freien Natur – als Vern Dunnegan.

Wahrscheinlich hatte es auch an Verns langem Schatten gelegen, dass Joe am Morgen nicht über Ote Keeleys großen Auftritt im Zeltlager informiert worden war. Vor einem halben Jahr hatte Vern als Jagdaufseher aufgehört, um für einen großen Energieversorger als leitender Mitarbeiter im Außendienst tätig zu sein. Er sollte sich um den Kontakt zu Städten und Gemeinden kümmern, was immer das heißen mochte. Damals waren Gerüchte umgegangen, Vern verdiene inzwischen mehr als dreimal soviel wie früher.

Sie sprachen ihren Plan und die möglichen Probleme durch. Vor Morgengrauen würden sie sich von drei Seiten an das Jagdlager anschleichen und es umzingeln. Wacey sagte, er werde sich mit Joe und McLanahan per Handzeichen verständigen. Sollten Leute im Lager sein, würden sie sie so schnell wie möglich einkreisen und entwaffnen.

»Wir wissen nicht, ob die beiden anderen etwas mit den Schüssen auf Ote zu tun haben«, meinte Wacey. »Kann sein, dass Ote auf eigene Faust aus dem Lager aufgebrochen, in irgendeine üble Sache geraten und dann mitten in der Nacht zu Picketts Haus geritten ist. Die beiden wissen womöglich gar nicht, was passierte.«

»Andererseits …«, unterbrach McLanahan und konnte seine Aufregung, womöglich mal in ein echtes Abenteuer zu geraten, kaum beherrschen.

»Andererseits könnten sie mit dem alten Ote gebechert, sich gestritten und ihm ein paar Kugeln verpasst haben«, brachte Hedeman McLanahans Satz zu Ende. »Also müssen wir einfach auf alles vorbereitet sein.«

»Wenn sie wirklich was mit dieser Sache zu tun haben, sind sie vielleicht gar nicht mehr dort«, sagte Joe. »Gut möglich, dass sie sich letzte Nacht abgesetzt haben und schon in Montana sind.«

Joe lag im Schlafsack, aber einschlafen konnte er nicht. Genauso wenig wie Wacey und McLanahan, vermutete er. Die Sterne waren draußen, und es war kälter, als er erwartet hatte. Joe konnte im Sternenlicht seinen Atem sehen.

Sein Revolver lag neben ihm im Schlafsack. Er tastete im Dunkeln danach und spürte die Rillen und Rippen des Griffs.

Joe dachte an seine Töchter. Es war erst halb zehn, schien aber viel später. Beide waren wohl schon im Bett, doch vermutlich noch nicht eingeschlafen. Mehr als wahrscheinlich, dass sie in dem Motelzimmer reichlich aufgedreht waren. Sheridan las ihrem Teddy jetzt wohl was vor oder redete wie ein Wasserfall auf ihn ein. Früher hatte sie das abends immer mit ihrem Kätzchen gemacht und davor mit ihrem jungen Hund. Marybeth las Lucy vermutlich eine Geschichte vor oder kuschelte mit ihr, bis sie eingeschlafen war. Sheridan würde bestimmt immer wieder aus dem Fenster sehen, ob noch mehr Monster kämen.

Joe fragte sich, wie der heutige Vorfall wohl auf die Mädchen wirken werde, vor allem auf Sheridan. Denn nach Monstern Ausschau zu halten und sie tatsächlich zu sehen – das war ein himmelweiter Unterschied. Otes plötzliches Auftauchen hatte sie alle ganz schön ins Schleudern gebracht. Joe war klar, dass auch Marybeth jetzt darüber nachdachte. Ihr kleines Familienidyll hatte schweren Schaden genommen. Otes Blut würde noch monatelang auf dem Betonweg zu sehen sein. Und aus ihren Erinnerungen war es nie mehr zu tilgen. Mit welcher chemischen Keule könnte er das Blut wohl vom Beton entfernen? Und wie würde Lucy mit diesem Tag umgehen?

Würde sie vorsichtiger und misstrauischer werden? Und Sheridan? Würde sie jetzt zweifeln, ob ihre Eltern – vor allem ihr Dad – sie überhaupt vor Schaden bewahren konnten? Joe hatte entdeckt, dass Vater-Töchter-Beziehungen bemerkenswert stark waren. Seine Mädchen verließen sich darauf, dass er Großes leistete. Sie erwarteten das ganz selbstverständlich, weil er ihr Dad war – und darum ein bedeutender Mann. Joe war klar, dass er irgendwann etwas tun würde, das nicht großartig war. Und dass seine Töchter es erfahren würden. Das war unvermeidlich. Wie alt wäre Sheridan wohl, wenn sein Ruhm bei ihr verblasste? Wie alt Lucy, wenn sich das wiederholte? Und wie schmerzlich wäre diese Erkenntnis für sie alle?

Joe Pickett hatte zwei Leidenschaften – seine Familie und seine Arbeit. Er hatte alles getan, beide getrennt zu halten, aber heute Morgen hatte Ote Keeley sie zusammengezwungen. Joe sah Arbeit und Familie jetzt mit anderen Augen, und das tat weh. Marybeth hatte sich nie wirklich darüber beklagt, wie sich ihr Leben seit der Heirat mit Joe entwickelt hatte. Ihre enttäuschte Erwartung zeigte sich in unwillkürlichen Seufzern und manchmal hoffnungslosen Mienen, die sie wahrscheinlich selbst nicht als solche erkannte – anders als Joe. Marybeth hatte gute Aussichten gehabt, Karriere zu machen. Sie war eine intelligente und attraktive Frau. Aber dadurch, dass sie Joe während des Studiums geheiratet, Kinder bekommen und mit ihm durch ganz Wyoming von einer Bruchbude in die nächste gezogen war, hatte ihr Leben sich anders entwickelt, als sie oder ihre ehrgeizige Mutter es sich vorgestellt hatten. Marybeth verdiente einen gewissen Lebensstandard oder wenigstens ein eigenes Haus, in dem sie dauerhaft blieben. Joe hatte ihr nichts davon bieten können. Das zehrte ständig an ihm – wie tausend kleine Nadelstiche. Wenn sie mit alten Studienfreunden telefonierte, die weite Reisen machten, leitende Angestellte waren und ihre Kinder in teure Privatschulen schickten, war sie hinterher stets wochenlang niedergeschlagen, auch wenn sie das nie zugab. Obwohl Joe seine Arbeit liebte – schließlich war er ein Naturbursche im wörtlichen Sinn –, ging ihm das Schuldgefühl von heute Morgen noch immer nach. Schrecklich, dass sie sich noch nicht mal ein Motelzimmer in der Stadt leisten konnten. Das Hochgefühl in den Bergen schlug in diesem Augenblick in bohrende Reue und quälende Sorgen um. Die Überzeugung, dass seine Arbeit sinnvoll war und er sie gut machte, würde weder seine Töchter durchs Studium bringen noch seiner Frau erlauben, mal richtig in den Urlaub zu fahren.

Joe wälzte sich auf die andere Seite, um bequemer zu liegen. Er versuchte, an etwas anderes zu denken, doch es gelang ihm nicht. Was Marybeth wohl dächte, wenn sie ihn jetzt sehen könnte – auf Verbrecherjagd, die Hand am Revolver, neben ihm zwei schwer bewaffnete Männer? Ein Jugendtraum war Wirklichkeit geworden – die Guten jagten die Bösen. Unbestreitbar, dass die Aufregung ihn hellwach hielt. Es wäre schwer, Marybeth zu beschreiben, wie er sich gerade fühlte. Möglich, dass sie ihn nicht verstehen würde.

Marybeth, die Beschützerin seiner Karriere, hatte nie nachvollziehen können, was Joe in Vern sah (auch seine Sympathie für Wacey fehlte ihr völlig). Was mochte sie jetzt wohl darüber denken, dass Vern wieder in Saddlestring war? Joe versuchte, seine Verärgerung über ihn abzuschütteln. Vern war sehr anständig zu Joe gewesen und hatte ihn für diesen Bezirk empfohlen. Es war nicht Verns Schuld, dass anscheinend jeder dachte, er sei – was die Maßstäbe an einen Jagdaufseher betraf – das himmelhohe Vorbild.

Viel zu viel zum Nachdenken, und keine Schlussfolgerungen in Sicht.

Joe stützte sich auf den Ellbogen und konnte im schwachen Sternenlicht erkennen, dass Hilfssheriff McLanahan in dringenden Geschäften in die Büsche ging. Der konnte auch nicht schlafen.

Während Joe in die kalt leuchtenden Sterne sah – es waren so viele, dass der Nachthimmel wie verschleiert schien –, begriff er, dass er sich wahrscheinlich eine andere Arbeit suchen musste, wenn sich die Dinge für ihn und seine Familie ändern sollten. Marybeth und seine Töchter verdienten etwas Besseres. Um ihnen das zu bieten, würde er den Beruf aufgeben müssen, den er so sehr liebte.

Aber zunächst ging es um einen Toten hinter seinem Haus und um ein Jagdlager hier in der Nähe.

Wacey seufzte tief auf. Er schnarchte schon die ganze Zeit und schien erschöpft. Könnt ich doch so schlafen, dachte Joe.

7

Um sechs Uhr früh rollten sie schweigend ihre Schlafsäcke ein, sattelten auf und ritten unter Waceys Führung den Hang hoch und über den Bergrücken. Dann ging es wieder ins Tal des Crazy Woman Creeks hinunter, wo sich das Jagdlager befand. Keiner hatte Frühstück dabei.

Joe war wachsam und doch nicht ganz wach. Obwohl er in der Nacht noch geschlafen haben musste, konnte er sich eigentlich nicht erinnern, aufgewacht zu sein. Er war immer wieder in quälenden Halbschlaf gefallen, hochgeschreckt und erneut eingedöst und hatte lebhaft geträumt – lauter merkwürdige Dinge, die vorn und hinten nicht zusammenpassten.

Er folgte Wacey einen Reitpfad hinunter aufs Camp zu. Es war noch immer so dunkel, dass er die abgetragene Jeansjacke seines Vordermanns nicht scharf erkennen konnte. Hilfssheriff McLanahan ritt hinter Joe. Bis jetzt hatten die drei noch kein Wort miteinander gesprochen.

Sie banden ihre Pferde in einem Drehkiefernwäldchen fest. Wacey schüttete ihnen aufstaubenden Hafer hin, der die Tiere ablenken und ruhig halten sollte, während die Männer das letzte Stück des Pfades bis zum Camp gingen. Es war eine Stunde vor Tagesanbruch, und die Bergluft war frisch. Die Kälte, die sich über Nacht eingenistet hatte, begann gerade erst, sich durch die Bäume hangaufwärts zurückzuziehen.

Nach kaum dreißig Minuten hatten sie das Lager erreicht. Plötzlich lagen die Ausrüsterzelte aus Leinwand vor ihnen. Sie waren nur als blaugraue Flecke im dunklen Gras und zwischen den fast schwarzen Bäumen zu erkennen. Sofort kauerte sich Wacey auf Jägerart nieder; Joe und McLanahan taten es ihm rasch nach. Sie hielten sich hinter einer Hecke aus jungen, etwa einen Meter hohen Kiefern verborgen.

Wacey beugte sich zu Joe und McLanahan vor und flüsterte, der Hilfssheriff solle das Lager linksrum, Joe rechtsrum einkreisen. Er selbst werde auf dem Pfad weiterschleichen und sich hinter einem Granitvorsprung am Rand der Lichtung, auf der die Zelte aufgeschlagen waren, verstecken. Wenn sie alle gute Deckung gefunden und das Lager von dort im Blick hätten, würden sie warten, bis es hell werde. Er, Wacey, werde die Ausrüster dann auffordern, mit hinterm Kopf gefalteten Händen aus den Zelten zu kommen. Wenn nur er rede, wüssten sie nicht, mit wie vielen Männern sie es zu tun hätten. Joe war beeindruckt, wie selbstverständlich Wacey die Sache in die Hand nahm. Imponierend auch seine taktischen Fähigkeiten. Er schien wirklich ein geborener und überlegener Anführer zu sein, hatte sie ohne Landkarte direkt hierher gebracht und die Leitung ohne alle Hemmung übernommen. So kannte Joe ihn gar nicht.

»Habt ihr die Pferde gesehen?«, fragte Wacey flüsternd. »Zwei in einer Koppel.« Joe schüttelte den Kopf. So schnell, wie er abgetaucht war, hatte er kaum die Zelte wahrgenommen.

»Vermutlich ist doch jemand im Lager.« Wacey sah Joe und McLanahan an. »Die Pferde bemerken uns wahrscheinlich früher als die Männer. Seid also ganz leise, bleibt am Boden, und lasst euch nicht sehen.«

McLanahan atmete tief und am Ende hörbar aus und streichelte geistesabwesend mit dem Daumen den Lauf seiner Schrotflinte. Er war besorgt und wahrscheinlich ängstlich. In seinem Gesicht stand nicht mehr der abenteuernde Haudrauf-Enthusiasmus, den Joe am Abend zuvor beim Hilfssheriff beobachtet hatte. Joe begriff.

Gebückt suchte er sich seinen Weg durch die Bäume zur rechten Seite des Camps. Die Flinte hielt er die ganze Zeit flach überm Boden. Er war froh, sie dabeizuhaben. Er schlich hinter dem Stamm einer dicken, umgestürzten Kiefer entlang, bis er ihr Wurzelwerk erreicht hatte. Dort erhob er sich zum ersten Mal und warf einen genaueren Blick auf das Lager.

Drei Zelte waren im Halbkreis mit dem Eingang zu einer in Stein gefassten Feuerstelle aufgebaut. Sie standen das ganze Jahr über dort und hatten Öfen, vermutlich auch Holzböden. Aus jedem Zeltdach ragte ein verrußtes Ofenrohr. Ein massiver Holztisch mit Bänken stand in der Nähe der Feuerstelle. Und ein paar von einem dicken Stamm abgesägte Stümpfe, auf denen die Jäger wohl am Abend saßen, tranken und ins Feuer starrten.

Der Boden um die Zelte herum war durch die Jahre von Stiefeln und Pferdehufen festgetreten. Hier herrschte in jeder Jagdsaison Betrieb. Eine schwarz gewordene Kaffeekanne hing an einem Eisengestänge neben dem längst ausgebrannten Lagerfeuer. Unmöglich zu sagen, wann das Camp zum letzten Mal benutzt worden war.

Querbalken waren hinter den Zelten – dem Reitpfad genau gegenüber, den sie gekommen waren – in den Bäumen festgebunden. Dort wurden Wapitis und Rotwild zum Enthäuten und Auskühlen aufgehängt. Rostige Flaschenzüge dienten dazu, die bis zu 250 Kilo schweren Tiere hochzuwinden. Joe konnte jetzt auch die provisorische, aus langen Ästen zusammengesteckte Koppel durch die Bäume sehen.

Im Lager war alles ruhig. Das einzige Geräusch war das sanfte Plätschern eines fußbreiten Bachs, des nördlichen Zulaufs des Crazy Woman Creeks. Irgendwie war es den dreien gelungen, das Lager zu umstellen, ohne dass Eichhörnchen Warnschreie ausgestoßen hatten. Auch die Pferde hatten sie anscheinend nicht bemerkt, denn man hörte nicht das leiseste Wiehern. Joe sah auf die Uhr und wartete. Es dämmerte nun stärker, und warmes Licht kroch den Bergrücken herab. Der Morgen war klar, und das Lager würde bald in blendender Sonne liegen.

Joe suchte sich eine bequemere Stellung. Wer wohl in den Zelten sein mochte? Und was trieben sie gerade? Da bemerkte Joe eine rasche Bewegung.

Es war ein plötzliches Zittern in der Seitenwand des ihm am nächsten stehenden Zeltes. Joe schob den Lauf seiner Flinte durch die Baumwurzeln und richtete ihn aufs Camp. Dann schaute er den Schaft entlang auf das Zelt und die Seitenwand.

Wieder ein Zittern, dann ein heftiges Zerren. Joe sprang mit den Augen zwischen Seitenwand und Eingang hin und her und hielt den Atem an. Ein gedämpftes Grunzen drang aus dem Zelt. Joe stand auf und hoffte, dem Blick von Wacey oder Hilfssheriff McLanahan zu begegnen, um ihnen per Handzeichen zu signalisieren, dass sich im rechten Zelt etwas bewegte. Aber er konnte keinen von beiden entdecken. Also kauerte er sich wieder hin und entsicherte seine Schrotflinte. Sein Herzschlag war jetzt so laut wie der nahe Bach.

Nun beulte sich die Zeltwand gut dreißig Zentimeter über dem Boden deutlich aus. Langsam glitt die Wölbung abwärts, spannte dabei das Leinen und zog es glatt. Knapp überm Boden stoppte die Bewegung. Joe hatte die Mitte der Ausbeulung schon aufs Korn genommen. Er dachte an seine übliche Unfähigkeit, etwas zu treffen, das sich nicht bewegte. Jetzt machte ihm das Angst.

Er war noch nie in einer solchen Lage gewesen. Wie würde er reagieren?

Dann schob sich die Wölbung unter der Zeltwand hervor, und zum Vorschein kam der schwarzweiße, einem Fahrradsattel ähnelnde Kopf eines gewaltigen Dachses. Er warf die Schnauze schnell hin und her und witterte.

Joe ließ die Flinte sinken, schloss kurz die Augen und atmete erleichtert aus. Dann beobachtete er, wie der Dachs sich grunzend und mühsam unter der Seitenwand des Zeltes ins Freie zwängte. Er war riesig – größer als alle, die Joe je gesehen hatte. Als das Tier sich entfernte, konnte er unter dem Winterfell feiste Speckrollen erkennen, und der Bauch des Dachses schleifte fast über den Boden. Bevor das Tier den Bach querte und im Unterholz verschwand, erstarrte es plötzlich und bemerkte Joe. Dann fuhr es mit dem Kopf zu ihm herum und bleckte ihm die Zähne entgegen. Gesicht und Schnauze des Dachses waren rosa – er trug ein knallrotes Stück Fleisch zwischen den Kiefern. Der hatte irgendwas im Zelt stibitzt. Für einen kurzen, frostigen Moment starrten sich Joe und der Dachs in die Augen.

Dann ging alles zu schnell. Am äußersten Rand seines Gesichtsfeldes nahm Joe wahr, dass der Eingang des mittleren Zeltes aufgeschlagen wurde und ein Mann in altmodischer, abgetragener Unterwäsche herauskam. Jemand – McLanahan oder Wacey – schrie, und der Mann drehte sich der Stimme zu. Dabei hob er ein Gewehr, das er an seiner Joe abgewandten Seite gehalten haben musste, und plötzlich knallten ein paar schnelle, betäubend laute Schüsse, die die Stille des Morgens klaffend spalteten. Wie eine Axt, die in eine Melone fährt.

Etwas schlug Joe hart ins Gesicht, und er fand sich am Boden sitzend wieder. Seine Hand hatte er auf einen bösen, brennenden Schmerz unterm rechten Auge gepresst.

Als er sie von der Wange löste, war sein Lederhandschuh blutverschmiert. Erneut krachten mehrere Schüsse, und Joe dröhnten die Ohren. Er kroch zu den Baumwurzeln zurück. Gerade brach das mittlere Zelt unter dem Gewicht des Mannes, der sein Gewehr gehoben hatte und nun mit ausgestreckten Armen rückwärts taumelte, zusammen. Dunkelrote Blumen blühten auf seinem Thermounterhemd. Er lag reglos da, die Arme abgespreizt, das Gewehr zu Füßen. Wacey schrie McLanahan an, das Feuer einzustellen.

Dann wandte er sich zum Lager und rief: »Ihr da im Zelt! Werft die Waffen raus und kommt – Hände hinterm Kopf – ins Freie! Hier sind zwölf bewaffnete Marshals, und einen von euch haben wir schon erledigt!«

Joe hob die Schrotflinte und zielte auf das rechte Zelt. Sofort war der Gewehrkolben von seinem Blut glitschig. Sein Gesicht war ganz taub – er würde die Wunden begutachten, wenn das hier vorbei wäre.

Im Lager rührte sich nichts.

Wacey bellte noch eine Warnung. Wie Joe warf er nervöse Blicke nach dem Mann auf dem mittleren Zelt. Keiner von beiden bemerkte eine Bewegung. Das Zelt war jetzt ganz zusammengebrochen, und der Mann lag zum Teil unter dicken, schmutzigen Leinwandfalten.

Wacey kam hinter seinem Felsen hervor und ging langsam auf das Lager zu. Seinen Karabiner hielt er schussbereit in den Händen. Er hatte mindestens einmal gefeuert, denn beim Durchladen flog eine leere Patronenhülse aus Messing ins Gras. McLanahan erhob sich aus seinem Versteck direkt Joe gegenüber und lud seine Schrotflinte mit kurzen, dicken Patronen nach.

Du hast mich getroffen, dachte Joe. Eine deiner

Schrotkugeln war ein Querschläger und hat mich mitten im Gesicht erwischt, McLanahan.

Wacey hatte schnell festgestellt, dass sich im linken Zelt niemand befand, und ging nun über die Feuerstelle auf das mittlere zu, aus dem der Mann gekommen war. Er kauerte sich kurz bei ihm nieder und vergewisserte sich anscheinend, dass er keinen Ärger mehr machen würde. Joe sprang über den Bach und näherte sich von der Seite dem Zelt, aus dem der Dachs gekommen war.

»Jemand da?«, rief Wacey zum rechten Zelt rüber.

Joe roch es, bevor er es sah. Als Wacey den Eingang aufklappte, würgte Joe und drehte sich ab.

Kyle Lensegrav und Calvin Mendes lagen in ihren Schlafsäcken. Dort waren sie zwei Nächte zuvor erschossen worden. Der Dachs hatte ihre bleichen, nackten Arme und Teile ihres Gesichts bis auf die Knochen sauber abgenagt.

8

Sheridan saß hinterm Haus im Schatten der großen Pyramidenpappel und aß mit den Fingern eine Schale trockene Cornflakes. Ihr blaues Schulkleid trug sie noch, Schuhe und Strümpfe aber hatte sie ausgezogen. Beim Essen beobachtete sie den Holzstapel und wartete – hoffentlich würde etwas passieren.

Jemand aus der Stadt hatte angerufen und Mom berichtet, Dad sei wohlauf und komme bald nach Hause. Jetzt brachte Mom gerade Sheridans Großmutter Missy telefonisch die gute Nachricht. Wenn Mom mit ihr sprach, dauerte das immer ewig. Im Unterschied zu anderen Großmüttern bestand Missy darauf, dass ihre Enkelinnen nicht »Oma« zu ihr sagten, sondern sie beim Namen nannten. Umgekehrt waren Sheridan und Lucy für Missy auch nicht »Enkelinnen«. Sheridan spürte, dass es Missy peinlich war, überhaupt welche zu haben, und fand es immer etwas albern, eine so alte Dame statt mit »Oma« mit »Missy« anzureden. Missy – so ein Leichtgewicht von einem Namen.

Mom hatte erzählt, die Ganoven seien geschnappt worden und Dad habe eine Schramme abbekommen, nichts Schlimmes. Er werde die Nacht im Krankenhaus in Saddlestring verbringen und jede Menge Fragen beantworten müssen. Dann komme er wieder nach Hause. Sheridan war erleichtert.

Das Motel war für eine Nacht ganz nett gewesen, aber Sheridan war froh, wieder zu Hause zu sein. Doch – es hatte dort schon Spaß gemacht. Zum Abendbrot hatte sie mit Lucy Popcorn gegessen, das nach Garnelen schmeckte – sehr lecker. Und ihr Fernseher hatte mehr als dreißig Kanäle. Und erst der Fahrstuhl – stundenlang war sie mit Lucy die vier Stockwerke rauf- und runtergefahren. Dann war da ein ganzes Zimmer voller Spielautomaten gewesen, und Sheridan hatte Mom gefragt, ob sie mit ihr flippern würde, und sie hatte Ja gesagt! Eigentlich konnte Mom ganz lustig sein, wenn sie wollte, und Sheridan war ziemlich platt, dass sie früher schon mal geflippert hatte. Sie wusste sogar, wie man mit der Hüfte richtig gegen das Gerät stößt, um dem Ball etwas nachzuhelfen. Auch toll, morgens nicht das Bett machen zu müssen. Mom hatte gemeint, sie könne die Handtücher ruhig auf dem Fußboden im Badezimmer lassen – das war herrlich. Aber dann hatte Sheridan auch schon in die Schule gemusst. Lucy hatte im Motel bleiben wollen. Sie sei genauso scharf auf Luxus wie Großmutter Missy, hatte Mom da gesagt.

In der Schule hatten sich die fiesen Mädchen um sie geschart und nach dem toten Ausrüster und ihrem Vater gefragt. Und was in den Bergen passiert sei. Sheridan stand ausnahmsweise im Zentrum der Aufmerksamkeit, und das gefiel ihr. Die Mädchen, die sie »Landei« genannt hatten, wollten jetzt mit ihr zu tun haben, weil sie einen echten Toten gesehen hatte. Sie fragten, wie er ausgesehen habe, vor allem die Augen. Auf merkwürdige Weise hatte das Monster Sheridan nicht nur ein Geheimnis, sondern auch eine Menge Glück gebracht. Und sie mochte das Glücksgefühl, das ihr Geheimnis ihr beschert hatte. Ein Mädchen, Melanie, das sehr beliebt war und bisher nie mit ihr gesprochen hatte, hatte Sheridan sogar gefragt, ob sie ihre beste Freundin sein wolle.

Sie hätte Mom im Motel fast erzählt, was sie im Holzstapel gesehen hatte, sich aber doch dagegen entschieden. Sheridan hatte an ihrem Geheimnis wahre Freude und wollte die Tiere wiedersehen. Irgendwie war ihr klar, dass ihre Entdeckung wichtig war. Wenn schon der Anblick eines Toten so viel Aufmerksamkeit erregte – was wäre erst los, wenn die Leute von den geheimen Haustieren wüssten?

Als Sheridan aus der Schule nach Hause kam, sah es aus, als habe Mom die oberen Holzscheite, an denen Blut klebte, weggeschafft und die Flecken vom Beton zu schrubben versucht. Sheridan konnte noch immer etwas Blut auf dem Weg sehen, aber sie musste ganz schön danach suchen.

Ein leises Geräusch zog ihre Aufmerksamkeit vom Weg auf den Holzstapel. Von dort schauten durchdringende schwarze Augen zu ihr rüber. Sheridan hielt den Atem an und fürchtete, schon die kleinste Bewegung werde das kleine Wesen verscheuchen. Sie wusste nicht, wie lange es sie schon beobachtet hatte, denn sie hatte nicht bemerkt, dass es den Kopf zwischen den Enden zweier dicker Scheite herausgestreckt hatte. Das Geschöpf war vollkommen reglos und am Anfang schwer zu erkennen.

Das kleine Tier hatte einen runden, knubbeligen Kopf und große, leuchtende Augen. Die Ohren standen ihm senkrecht und tellerförmig vom Kopf ab, wie bei Micky Maus. Die Nase saß winzig und rosa auf der schmalen Schnauze. Anscheinend hatte es kein Kinn. Das Tier war hellbraun, und ein dunkler Streifen lief ihm über den Kopf und zwischen Ohren und Augen bis zur Schnauze. Auch einen langen, dünnen Hals konnte Sheridan erkennen, aber der Rest des Körpers blieb im Dunkel zwischen den Scheiten verborgen. Nur eine kleine Pfote mit schlanken Zehen und Krallen war noch auf der Rinde zu sehen. Sie war zierlich und schön geformt, und das Tier schien damit kleine Dinge greifen und hochheben zu können.

Sheridan war begeistert, dass das Geschöpf noch nicht wieder zwischen die Stämme geflüchtet war, sondern sitzen blieb und sich betrachten ließ. Sie mochte seine großen, dunklen Augen. Es sah nicht nur süß aus, sondern auch schlau, denn es blickte intelligent und funkelnd.

Sheridan hielt mit dem Tier Augenkontakt und nahm vorsichtig eine Hand voll Cornflakes aus ihrer Schüssel. Sie warf sie Richtung Stapel und versuchte, den Arm dabei nicht zu schnell zu bewegen. Als die Cornflakes auf die Stämme regneten, schoss das Geschöpf wieder zwischen die Scheite zurück.

Schon begann Sheridan, die Idee mit den Cornflakes zu bereuen – wahrscheinlich hatte sie das Tier verängstigt und in sein Versteck gescheucht. Da tauchte der kleine, runde Kopf wieder auf. Diesmal blieb Sheridan still sitzen und versuchte, ganz ruhig zu atmen. Wenn nur das Herz nicht so laut pochen würde! Sie hätte vor Aufregung schreien können, traute sich aber nicht.

»Da bist du ja wieder, Kleiner«, flüsterte sie.

Das Geschöpf schaute diesmal weiter als zuvor zwischen den Scheiten heraus. Sheridan konnte seine winzigen Schultern und beide Vorderpfoten erkennen. Sein langer, schmaler Körper sah nun eine Handbreit aus dem Schlupfloch. Der schwarze Streifen lief ihm auch über den Rücken. Das Tier fasste ein paar Cornflakes ins Auge, die direkt unter ihm in einer Astgabel gelandet waren. Es sah vom Futter zu Sheridan und dann wieder auf das Futter. Plötzlich kam es blitzschnell aus dem Loch, stopfte sich die Cornflakes in die Backe, drehte sich wie ein kleiner brauner Wirbelwind herum und verschwand wieder im Stapel.

Sheridan stieß einen langen Pfiff aus. »Wow«, sagte sie. »Wow.«

Sie suchte die Cornflakes zusammen, die beim Essen ins Gras gefallen waren, und warf sie mit dem Rest, der sich noch in der Schüssel befand, Richtung Holzstapel. Hoffentlich erkannte das Geschöpf jetzt, was dieses Geräusch bedeutete – Futter.

Und dann waren es drei. Ihre Köpfe tauchten an einer Seite des Stapels auf – pop, pop, pop. Sofort erkannte Sheridan, dass das Tier, das sie zuerst gesehen hatte, das größte und dunkelste war. Das zweite war auch braun, aber etwas heller, und sein Kopf war nicht so groß. Und das kleinste Tier war fast gelb und wirkte am geschmeidigsten. Wie diese sechs leuchtenden Augen sie anstrahlten! Sheridan platzte beinahe vor Glück, kicherte und hielt sich die Hand vor den Mund.

Eins nach dem anderen – vorneweg das große, dunkle Tier – schossen sie aus dem Stapel, schnappten sich ein paar Cornflakes, schoben sie in den Mund und flitzten wieder zwischen die Stämme. Bei ihrem dritten Beutezug schienen sie schon etwas zutraulicher und bewegten sich nicht mehr ganz so verhuscht. Das große, dunkle Tier wagte sich am weitesten vom Stapel weg, erhob sich auf die Hinterläufe und schob sich mit den Vorderpfoten Cornflakes in die schon prallen Backen. Es sah aufgeweckt aus – und lustig. Jetzt war es kaum noch einen Meter entfernt.

»Was tust du, Sherry?«

Lucys Stimme erschreckte Sheridan genauso stark wie die Tiere. Alle drei verschwanden im Nu wieder im Holzstapel.

»Was waren das für Dinger?« Lucy setzte sich neben Sheridan ins Gras. Die konnte vielleicht nerven!

Ganz die große Schwester, erklärte Sheridan mit sorgsam hin- und herweisendem Finger, das seien ihre geheimen Haustiere. Lucy dürfe Mom keinen Mucks davon erzählen. So richtig verstand Lucy das nicht. Sie fragte immer wieder, ob sie jetzt mit ihnen spielen könne.

»Wenn du Mom und Dad von den Tieren erzählst, sterben sie, und wir kriegen gewaltigen Ärger«, zischte Sheridan. »Alle meine Tiere sterben, wenn andere davon wissen.«

»Gehören sie mir auch?«

Sheridan unterdrückte ein spontanes »Nein« und schlug Lucy stattdessen einen Handel vor. »Von mir aus gehören sie uns beiden. Aber sie sind ein Geheimnis.«

»Geben wir ihnen Namen?«, fragte Lucy. Alles sollte bei ihr immer einen Namen haben. Sheridan war einverstanden.

Dann schickte sie Lucy mit der leeren Schale ins Haus: »Frag mal nach mehr Cornflakes.«

9

Am späten Nachmittag landete der Hubschrauber endlich im Lager der Ausrüster und flog Tote und Verletzte ins Krankenhaus von Twelve Sleep County. Dort warteten Sheriff Barnum und die Kriminalpolizei von Wyoming schon darauf, mit Joe zu sprechen. Er wurde mindestens fünfmal von verschiedenen Männern befragt, auch von Barnum. Joe konnte zwar nicht aussagen, er habe tatsächlich gesehen, dass der Mann auf Wacey oder McLanahan gezielt habe; seine Waffe habe er aber erhoben. Ob das Opfer der Schießerei vielleicht gerade die Hände habe hochstrecken wollen, um sich zu ergeben? Nein, sagte Joe, das glaube er nicht. Die Kripo bohrte an diesem Punkt nicht weiter.

Nach der Befragung hoffte Joe, fünfmal dieselbe Geschichte erzählt und keine widersprüchlichen Aussagen gemacht zu haben. Dem Ton und den Fragen der letzten Gespräche nach zu urteilen, war jedenfalls klar, dass die Schüsse als gerechtfertigt betrachtet wurden.

Erstaunlicherweise lebte der im Camp Zusammengeschossene noch und war mit dem Hubschrauber in die Unfallchirurgie nach Billings geflogen worden. Nach Joes letzter Information war er in kritischer Verfassung und würde die Nacht kaum überstehen. Er war siebenmal getroffen worden – vom Streufeuer aus fünf Schrotladungen, die McLanahan ziemlich unbesonnen auf ihn abgegeben hatte, und von zwei Kugeln aus Waceys Gewehr.

Bei dem Schwerverletzten handelte es sich um Clyde Lidgard, einen Mann aus der Gegend, der außerhalb von Saddlestring in einem völlig heruntergekommenen Wohnwagen an der Straße zur Mülldeponie lebte. Lidgard war reichlich seltsam – eine Art moderner Waldläufer. Früher hatte er im Sägewerk gearbeitet und lebte nun von einer Erwerbsunfähigkeitsrente und davon, sich um ein paar Sommerhütten in den Bergen zu kümmern. Lidgard war kein Ausrüster, und niemand hatte ihn je mit einem der Ermordeten gesehen. Joe war einmal bei ihm gewesen, nachdem jemand angerufen und berichtet hatte, in der Nähe der Müllkippe hinke ein verletzter Maultierhirsch herum. Joe hatte das Tier nicht finden können und war zu Lidgard gefahren, um ihn danach zu fragen. Der war aber nicht im Wohnwagen gewesen, sondern hatte sich draußen im Plumpsklo versteckt, wo Joe ihn gehört und gewartet hatte, dass er rauskam. Jemand hatte Joe erzählt, Lidgard möge keine Besucher und verberge sich am liebsten auf dem Donnerbalken. Nach bald einer Viertelstunde hatte Lidgard sein graues, zerklüftetes Gesicht aus der Tür gesteckt:

»Hier ist kein kranker Hirsch!«

»Woher wissen Sie, dass ich nach einem Hirsch suche?«

»Hau ab!«, hatte Lidgard gekrächzt. »Das ist Privateigentum.« Genau genommen hatte er Pirateigentum gesagt.

Pirat oder nicht – Lidgard hatte Recht, und weil Joe nicht die Spur eines Hirsches, ob tot oder lebendig, gesehen hatte, war er wieder losgefahren. Auf dem tief eingefurchten Weg zur Straße hatte er im Rückspiegel seines Pick-ups beobachtet, wie Clyde Lidgard vom Außenklo in seinen Wohnwagen geflitzt war. Das nächste Mal hatte er ihn gesehen, als er im Jagdlager aus dem Zelt gekommen und in den Kugelhagel geraten war. Doch in dem Durcheinander im Camp hatte Joe ihn nicht wiedererkannt.

Lidgard galt als verrückt, aber nicht als gefährlich, obwohl er in den Bergen selten ohne sein altes Gewehr gesehen worden war. Aber nie mit einer großkalibrigen, halbautomatischen Pistole, wie man sie jetzt in seiner Manteltasche gefunden hatte. Allerdings kannten nur wenige Leute Lidgard näher. Es würde ein paar Tage dauern, bis feststünde, dass mit der Pistole wirklich alle drei Ausrüster ermordet worden waren. Warum Lidgard im Lager geblieben war, nachdem er die Männer – zwei von ihnen im Schlaf – erschossen hatte, war unbekannt und Gegenstand vieler Spekulationen. Vielleicht wollte er das Lager für sich allein, meinte einer von der Kripo. Womöglich wusste er einfach nicht, was er tun sollte, mutmaßte McLanahan. Oder vielleicht wartete er auf jemanden, brummte Barnum.

Joe dachte daran, dass Männer wie Clyde Lidgard in Orten wie Saddlestring längst nicht so selten waren, wie viele glauben mochten. In allen Kleinstädten in den Bergen und in allen abgelegenen ländlichen Gemeinden lebten Männer wie er. In diesen Sackgassen sammelten sich die Lidgards wie Schlick vor Staudämmen.

Nachdem Marybeth am Abend ihren Mann im Krankenhaus besucht hatte, kam Wacey ins Zimmer. Joe fühlte sich reichlich erledigt, aber Wacey sah noch viel erschöpfter aus. Er berichtete, die Untersuchung gehe weiter, werde aber wahrscheinlich bald abgeschlossen. Alle Beweise würden darauf hindeuten, dass Clyde Lidgard der Mörder sei. Jetzt würden sie nur noch auf den Bericht der Kripo warten, dass aus der bei Lidgard gefundenen Pistole tatsächlich auf die Ausrüster geschossen worden sei. Er, Wacey, habe nicht nur mit den Journalisten der Lokalzeitungen rundum gesprochen, sondern auch mit Radio- und Fernsehreportern, die bis aus Denver gekommen seien. Nicht ohne ein leichtes, verschmitztes Grinsen erzählte er, dass er, Joe und leider auch Hilfssheriff McLanahan als Helden gelten würden. Die ganze Sache habe großes Aufsehen erregt und es bis in alle Nachrichtenagenturen gebracht. Ein Lokalreporter von CNN habe ihn vor der Kamera befragt, und das Interview werde wohl am Abend gesendet. Barnum allerdings sei gefragt worden, warum er denn die kleine Gruppe ohne Verstärkung in die Berge geschickt und warum es so lange gedauert habe, sie alle mit dem schwer verwundeten Tatverdächtigen auszufliegen.

»Ich steh gut da und Barnum schlecht«, schloss Wacey. »Damit kann ich leben.«

»Und ob«, sagte Joe. »Aber sag mir eins.«

»Schieß los.«

»Hat Clyde Lidgard mit dem Gewehr auf dich gezielt?«

Frau, zwei wunderbare Kinder. Und dazu ein Haus mit einem Palisadenzaun – mit einem ›picket fence‹, Mr. Pickett. Habt ihr noch euren Labrador?«

»Maxine? Ja.«

Vern lachte weiter – kopfschüttelnd.

»Erzähl mir was über Ote Keeley.«

Joe berichtete ihm all die Einzelheiten, nach denen Sheriff Barnum nicht gefragt hatte. Dunnegan winkte ab, als Joe zur Ankunft der Rettungssanitäter gekommen war.

»Interessant. Hast du die Kotkügelchen eingeschickt?«

Joe nickte.

»Schon was gehört?«

»Noch nicht. Ich will morgen anrufen.«

»Sag mir Bescheid. So was interessiert mich noch immer.«

»Klar«, sagte Joe. Und nach einer kurzen Pause: »Wie geht's Georgia?«

»Gut, wirklich gut. Sie lebt ganz ordentlich von meinem Unterhalt.«

»Das wusst ich gar nicht.«

»Weißt du, Joe, ich hatte eine Erkenntnis. Ich hab begriffen, dass ich ohne häufige Partnerwechsel einfach nicht leben kann. Ich hab Georgia doch keinen Gefallen damit getan, bei ihr zu bleiben und nebenher – wie du weißt – ständig Frauen nachzusteigen. Vor acht Monaten bin ich morgens einfach aufgewacht, hab mich umgedreht und in ihr geschwollenes Gesicht geblickt und beschlossen, dass ich das nie wieder will. So einfach war das. Ich wollte neben anderen Frauen aufwachen – neben jüngeren und älteren, neben Frauen mit dicken Lippen und großen Brüsten. Ich wollte die Stimmen anderer

Frauen hören. Also hab ich meine Sachen gepackt und Georgia bis zur Scheidung nicht mehr gesehen.«

Dunnegan lächelte, zuckte die Achseln und zeigte Joe die Handflächen und alle zehn Wurstfinger. »Das könnte jedem passieren«, fuhr er fort. »Männer sind Streuner. So sind wir eben. Wir versuchen zu tun, als sei es anders, aber tief drinnen wissen wir, dass es so ist. Wir wachen mit 'nem Ständer auf, und es ist eigentlich egal, welche Frau neben uns liegt – Hauptsache, sie lässt uns ran.«

Vern ließ wieder sein munteres Markenzeichen erschallen, musterte Joe dabei allerdings genau. Tatsächlich schweiften seine Augen kein einziges Mal von Joes Gesicht ab, während er plauderte, von einem Thema aufs andere kam und mal hier, mal dort stichelte und testete, worauf Joe anschlug. Es war diese prüfende, leicht sarkastische, unkonventionelle Art, die Vern so ausgebuffte Verhöre als Jagdaufseher hatte führen lassen.

»Ich meine – das könnte jedem passieren, nur nicht Joe Pickett, der sauber, ehrlich und anständig ist«, sagte Vern.

»Ich bin nicht ganz sicher, was du damit meinst.«

Vern beugte sich vor und rollte sich den Nachttisch heran, um seine Ellbogen abzustützen. »Marybeth ist bestimmt eine prima Frau. Aber wär es nicht toll, mal was anderes vor die Flinte zu kriegen? Hast du schon mal Aimee Kensinger getroffen? Und – rührt sich da nichts bei dir? Sie mag Kerle wie uns. Männer in Uniform, die bewaffnet sind und im Freien arbeiten.«

Joe schaute weg. Es gefiel ihm gar nicht, wohin Vern da steuerte.

»Schau dich an, Joe. Du bist groß, hast lange Glieder, goldbraune Augen – die Puppen mögen stramme Jungs wie dich.«

»Du bist doch nicht hergekommen, um darüber mit mir zu reden«, sagte Joe.

Vern lachte und zog eine Papierserviette unter der Wasserflasche auf dem Nachttisch hervor. Joe sah zu, wie Vern sie erst zum Quadrat auffaltete, dann aber doch einmal in der Mitte knickte. So, so – ein Rechteck. Danach zog Vern einen Kugelschreiber aus der Hemdtasche.

»Das ist Wyoming.« Er skizzierte die Grenze des Yellowstone Parks links oben auf die Serviette und die Bergketten der Rocky Mountains von der oberen bis zur unteren Kante aufs Papier. Dann fischte er sich den Schalter, um das Bett elektrisch zu verstellen, und fuhr Joes Kopfteil hoch, damit der gut sehen konnte.

»Joe, das hier sind zwei Pipelines, die gerade gebaut werden.« Vern zog zwei dicke, schwarze Linien auf der rechten, östlichen Seite des Gebirges entlang. »Sie beginnen beide in Kanada, bei den großen Erdgasfeldern in Alberta. Es geht darum, Montana und Wyoming zu durchqueren und als Erster an die Energieversorgung von Südkalifornien anzudocken. InterWest Resources, mein neuer Verein, sind die Guten. CanCal, unser Konkurrent, sind die Bösen. Jede Leitung kostet pro Kilometer über 600 000 Dollar. Wer zuerst in Kalifornien ankommt, gibt ein Vermögen aus, um dafür am Gas Milliarden zu verdienen. Wer als Zweiter ankommt, gibt einfach nur ein Vermögen aus.«

Vern zeichnete die Pipeline der CanCal auf die Serviette. Sie verlief durch das Powder River Basin östlich der Bighorn Mountains, bog dann nach Westen und knickte bei der Kleinstadt Lander scharf nach Südwesten durch die Wind River Mountains ab.

»CanCal arbeitet daran, die nötigen Genehmigungen

der Umwelt- und der Raumordnungsbehörde zu bekommen, um ihre Leitung über den South Pass und weiter nach L.A. zu führen.« Vern markierte Los Angeles durch einige Dollarzeichen. »Die Bedingungen, die beide Firmen erfüllen müssen, um ihre Pipeline zu bauen, sind absoluter Wahnsinn. Da gibt's Umweltverträglichkeitsprüfungen und jede Menge Überwegungsrechte, die erst eingeräumt werden müssen – für Land im Bundesbesitz, im Besitz von Wyoming und in Privatbesitz. Es ist unglaublich. InterWest beschäftigt genauso viele Anwälte wie Bauarbeiter. Der Kapitalaufwand für ein Projekt dieser Größenordnung ist sagenhaft.«

Joe nickte einfach. Der Wettlauf der beiden Konzerne nach Kalifornien war seit mehr als einem Jahr ein Dauerbrenner in allen Nachrichtensendungen und Zeitungen Wyomings. Er sah, wie Vern seinen Kugelschreiber auf die Serviette senkte – genau auf das Ende der InterWest-Pipeline.

»Ich hab die Jungs von InterWest kennen gelernt, als sie vor zwei Jahren das erste Mal nach Saddlestring gekommen sind. Sie haben sich mit mir in Verbindung gesetzt, weil ich alles und jeden kenne.« Vern lachte und sah Joe ins Gesicht. »Diese Jungs hatten auf die topographischen Karten geschaut und festgestellt, dass sie womöglich sechs Monate gegenüber CanCal gewinnen und als Erste in Kalifornien ankämen, wenn sie ihre Leitung durch die Bighorns legen könnten. Sie haben mich gefragt, ob das möglich sei. Ich hab gesagt, das könnte klappen, wenn sie den richtigen Mann vorschicken, um die Privateigentümer zu bearbeiten. Und die Liegenschaftsverwalter im Bund und in Wyoming. ›Gebt dem Richtigen ein Scheckbuch‹, hab ich gemeint.«

schließlich doch ins Bett gebracht. Sie sind gerade wach und wollen einen Gutenachtkuss.«

»Aber gerne«, sagte Joe.

Er drückte Marybeth im Vorbeigehen kurz den Handrücken und öffnete die Tür zum Kinderschlafzimmer. Das Licht brannte – beide lagen lesend im Etagenbett. Er küsste oben Sheridan und unten Lucy.

»Was ist mit deinem Gesicht passiert?«, fragte Sheridan.

»Nur ein kleines Missgeschick.« Joe befühlte unwillkürlich den dicken Verband unter seinem Auge.

»Ich hab was anderes gehört.« Sheridan stützte sich auf ihr Kissen. »In der Schule haben sie gesagt, du hast einen Schuss abbekommen.«

»Aber nur zufällig.«

»Erzählst du uns morgen davon?«, fragte Sheridan.

Joe zögerte einen Moment. »Schlaft jetzt, Mädchen.« Lucy rollte mit den Augen und zog sich die Decke über den Kopf.

»Ich hab durchs Fenster geguckt«, sagte Sheridan. »Ich hab nichts gesehen. Keine neuen Monster.«

»Und so wird's bleiben«, versicherte Joe. »Das ist jetzt vorbei.«

Lucy stellte sich schlafend. So wollte sie ihren Vater dafür bestrafen, dass er weg gewesen war. Er küsste sie und sagte Gute Nacht, aber sie blieb eisern und erwiderte nichts – bis auf die Spur eines Lächelns.

Joe schenkte sich in der Küche einen Bourbon mit Wasser ein. Zwar hatte der Arzt ihm Schmerztabletten verschrieben, aber Joe hatte sie nicht angerührt. Er sparte sie lieber für morgen.

»Hier steht: Fett ist nicht alles«, sagte Missy Vankeuren nebenan. Vermutlich sprach sie mit Marybeth. »Man muss auch auf die Kalorien achten. Nur weil etwas wenig Fett hat, darf man es trotzdem nicht wüst in sich reinstopfen.«

Joe nahm einen großen Schluck und füllte das Glas mit Jim Beam auf. Er war kein großer Trinker mehr. Während des Studiums hatte er dagegen ganz gern einen gebechert. Und in der Ausbildung bei Vern. Aber wenn seine Schwiegermutter in der Nähe war, stieg Joes Alkoholkonsum sofort an.

Er kam ins Wohnzimmer und setzte sich. Marybeth hatte gerade noch mal nach Lucy gesehen. Sie sah Joe stirnrunzelnd an und wandte sich dann strahlend ihrer Mutter zu. Ob sie ihr etwas zu trinken bringen könne? Joe begriff, dass er sich gerade einen Verweis gefangen hatte, weil er Missy nicht selbst danach gefragt hatte.

»Habt ihr vielleicht irgendeinen Rotwein? Das wär nett.«

»Joe, machst du wohl eine Flasche auf?«, fragte Marybeth.

»Wo ist sie denn?«

»In der Speisekammer. Und ich hätt auch gern ein Glas.«

Der Wein stand auf einem Regalbrett. Gleich sechs Flaschen zur Auswahl. Die mussten in den letzten Tagen wegen Missy gekauft worden sein. Normalerweise standen hier nur Cornflakesschachteln.

»Marybeth ist eine wunderbare, starke Frau mit festen Grundsätzen«, brummelte Joe in sich hinein, während er nach dem Korkenzieher suchte. »Aber nicht, wenn ihre Mutter da ist.« Kaum kam Missy zu Besuch eingeschwebt, verwandelte sich Marybeth von Joes Frau und Partnerin in Missys Tochter. Die mit den brachliegenden Fähigkeiten (so Missy). Die Lieblingstochter (so wieder Missy). Marybeths älterer Bruder Rob war ein Einzelgänger, der keinen Kontakt zur Familie hielt, und ihre jüngere Schwester Ellen hatte sich ganz der Indie-Band »Phish« verschrieben und folgte ihr als Groupie auf einer Tournee, die einfach kein Ende nehmen wollte. Marybeth war die, die zu früh und zu schlecht geheiratet hatte (so Missy, betrunken und schluchzend; mag sein, dass sie diese Bemerkung inzwischen vergessen hatte – Joe nicht). Statt die gut gekleidete, wohlhabende Firmenanwältin zu sein, die sie hätte sein sollen, war Marybeth die Frau eines Jagdaufsehers irgendwo in Wyoming, der im Jahr nicht mal 30 000 Dollar verdiente. Aber Missy dachte bestimmt, es sei vielleicht noch nicht zu spät. Das jedenfalls interpretierte Joe in vieles hinein, was Missy sagte und tat.

Über all diese Dinge hatten Joe und seine Frau schon diskutiert, und Marybeth war der Meinung, ihr Mann urteile zu hart über ihre Mutter. Stimmt, sie nehme manchmal die Rolle der Tochter an, wenn Missy da sei. Aber sie sei doch auch Missys Tochter. Ihre Mutter wolle eben nur das Beste für sie. So seien Mütter nun mal. Und Missy sei auf Joe in gewisser Hinsicht stolz. Er scheine ihr treu und ein guter Vater zu sein. Marybeth hätte es viel schlimmer treffen können, so Missy. Laut Marybeth.

Joe war schlechter Laune, als Marybeth in die Küche kam. Er schenkte zwei Gläser ein und gab sie ihr.

»Ach, komm«, meinte Marybeth. »Sie versucht doch, nett zu sein.«

»Ich dachte, ich verhielte mich absolut korrekt«, brummte Joe.

»Du bist nicht gerade sehr entgegenkommend«, sagte Marybeth mit blitzenden Augen. Joe trat nah an Marybeth heran, damit man das, was er zu sagen hatte, nebenan nicht hören konnte. Er habe gerade drei der seltsamsten Tage seines Lebens hinter sich. Erst Otes Leiche, dann die Schießerei im Jagdlager und die Entdeckung der angefressenen Toten, schließlich der Hagel von Fragen und der Aufenthalt im Krankenhaus. Ihm drehe sich der Kopf – und er sei vollkommen übermüdet. Das Letzte, was er jetzt, wo er endlich nach Hause gekommen sei, brauchen könne, sei Missy Vankeuren. Diese Missy Vankeuren obendrein, die es ihrer Tochter einmal schwer übel genommen habe, dass sie die Frechheit besessen hatte, sie zur Großmutter zu machen.

Jetzt war Marybeth wirklich ärgerlich.

»Was in den letzten Tagen passiert ist, ist nicht Missys Schuld«, sagte sie. »Sie besucht einfach nur ihre Enkelinnen. Sie hat nichts damit zu tun, dass ein Mann hinter unserem Haus gestorben ist. Sie hat ein Recht, mich und ihre Enkelinnen zu besuchen, die ganz begeistert von ihr sind.«

»Aber warum muss das ausgerechnet jetzt sein?«, fragte Joe schwach.

»Thomas Joseph Pickett«, entgegnete Marybeth scharf. »Geh ins Bett. Du bist müde und unangenehm, und wir können das morgen besprechen.«

Joe wollte etwas sagen, verkniff es sich aber. Marybeth hatte diesen Klang in der Stimme, den sie auch bekam, wenn sie auf die Kinder sauer war und sie beim Namen nannte. Zum Glück hatte sie Recht, denn Joe hatte keinerlei Kraft für einen Streit.

Er ging ins Wohnzimmer, und Missy sah von ihrer

Zeitschrift auf. Ihre Augenbrauen waren erwartungsvoll hochgezogen. Das ärgerte Joe. Offensichtlich war ihr klar, dass es in der Küche eine Diskussion gegeben hatte.

»Ich geh ins Bett«, erklärte er. Er wusste, dass er einfältig klang.

»Das solltest du tun«, säuselte Missy. »Wahrscheinlich bist du nach den letzten Tagen total erschlagen.«

»Stimmt.«

»Gute Nacht, Joe. Träum schön.« Missy schaute wieder in ihre Zeitschrift. Das sollte ihm zeigen, dass er entlassen war.

Als Marybeth später ins Schlafzimmer kam, schreckte Joe hoch. Er hatte geträumt, wieder in den Bergen zu sein, und noch einmal erlebt, was im Jagdlager geschehen war. Im Schock nach der Schießerei war die Zeit ins Schwimmen geraten, und Joe war mitgetrieben wie ein Floß auf dem Strom. Die Leichen der Ausrüster befanden sich noch immer da, wo sie gefunden worden waren. Clyde Lidgard war noch immer halb unter dem mittleren Zelt begraben. Er stöhnte. Sie deckten ihn zu. Rosa Bläschen platzten ihm beim Atmen aus einem Loch in der Brust. Hilfssheriff McLanahan musste sich in den Büschen heftig übergeben, nachdem die lange Anspannung plötzlich nachgelassen hatte. Der Gestank aus dem rechten Zelt wehte zu Joe und Wacey rüber, als der Wind drehte.

Im Traum warteten die drei noch immer auf den Hubschrauber. Sie hatten Hunger.

»Wie spät ist es?«, fragte Joe.

Marybeth schminkte sich nebenan im Bad ab. Sie schrubbte sich dabei richtig, so ärgerlich war sie noch.

»Mitternacht. Mom und ich haben geplaudert. Ich hab gar nicht gemerkt, wie spät es dabei geworden ist.«

»Schatz, es tut mir Leid«, sagte Joe. »Ich brauch einfach Schlaf.«

»Dann schlaf.«

»Werd ich, wenn du mir mein Pillenfläschchen bringst. Es steht im Regal.«

Marybeth brachte ihm ein Glas Wasser und die Schmerztabletten und ging wieder zum Waschbecken. Sie war nur noch in BH und Slip. Gut sieht sie aus, dachte Joe. Sie stand auf den Zehenspitzen, um mit dem Gesicht näher an den Spiegel zu kommen. Er bewunderte ihre Beine. Marybeth war nicht wirklich dünn, sah aber noch immer sportlich aus. Nur ihr Bauch zeigte, dass sie Nachwuchs erwartete. In der Schwangerschaft hielt Marybeth sich sehr aufrecht und verbarg ihren Bauch nicht. Als sei sie schon im Vorhinein stolz auf ihre Kinder. Sie sah wunderbar aus, fand Joe. Mit ihr zu schlafen konnte herrlich sein, und plötzlich wollte Joe genau das.

»Was denkst du?«, fragte sie sein Spiegelbild.

»Dass du verdammt gut aussiehst.«

»Und…? Ich denk, du bist müde.«

»Und scharf auf dich.«

Marybeth hielt im Rubbeln inne und drehte sich zu ihm um. »Schatz…« Es klang beinahe flehend, und sie wies auf die geschlossene Schlafzimmertür.

»Sie kann uns nicht hören«, gab Joe trocken zurück. »Ich werd bestimmt nicht laut.«

Marybeth sah ihn zornig an. »Darum geht's nicht. Du weißt, dass ich das nicht mag, wenn meine Mutter zu Besuch ist.«

Joe wusste das allerdings. Sie hatten diese Auseinandersetzung schon gehabt, und zwar oft. Aber er blieb am Ball. »Meinst du, sie glaubt, unsere Kinder wurden vom Heiligen Geist gezeugt?«

»Nein. Aber ich fühl mich nicht wohl, wenn ich weiß, dass sie da ist. Unter unserem Dach. Und wenn ich mich nicht wohl fühle – wie schön kann's dann sein?«

Joe gab das zu, wie er es früher zugegeben hatte.

»Also gut«, sagte er und mummelte sich in die Decke ein. »Ich nehm's dir nicht übel.«

»Prima. Ich bin froh, dass du das verstehst. Es ist zwar unlogisch, aber es ist nun mal so.«

Als sie ins Bett kam, war er noch wach.

»Was glaubst du, wer mich am Abend im Krankenhaus besucht hat?«, fragte Joe, als Marybeth sich an ihn kuschelte.

»Wacey.«

»Ja, der auch. Aber danach kam Vern Dunnegan.«

Er spürte, wie sie erstarrte.

»Wie ich Krankenhäuser hasse«, sagte er.

»Ich weiß. Was musste Vern denn loswerden?«

»Er hat uns nur alles Gute gewünscht. Und ich hätte im Jagdlager seiner Meinung nach mit Wacey gute Arbeit geleistet. Er sei stolz auf seine beiden Jungs.«

»Du bist nicht Verns Junge, sondern meiner«, sagte Marybeth. Dann warnte sie ihn. »Sei bei dem Mann vorsichtig. Ich trau ihm nicht. Ich hab ihm nie getraut.«

Joe lachte. Die Tabletten begannen zu wirken. Er spürte, wie ihn allmählich Wellen der Benommenheit überkamen. »Er blieb nur eine Minute, aber er will sich im Laufe der Woche mit mir treffen. Er möchte über meine Zukunft reden, hat er gesagt.«

»Was meint er damit?«, fragte Marybeth zögernd.

»Er hat mir mehr oder weniger einen Job bei InterWest Resources angeboten. Viel besser bezahlt.«

»Du machst wohl Witze?« Marybeth setzte sich auf und drehte sich zu ihm.

»Nein«, sagte er und tätschelte sie.

»Ach du meine Güte, Joe«, sagte Marybeth. Und dann noch mal und lauter: »Meine Güte.«

Dritter Teil

Verzeichnisse:

Der Innenminister veröffentlicht zwei Listen der Arten, die von ihm oder vom Handelsminister als gefährdet bzw. bedroht eingestuft worden sind.

Beide Listen führen diese Arten sowohl mit ihrem wissenschaftlichen als auch – soweit vorhanden – mit ihrem oder ihren im allgemeinen Sprachgebrauch üblichen Namen auf.

Beide Listen enthalten genaue Angaben darüber, welcher Teil des Lebensraums einer jeden Art gefährdet oder bedroht ist, und führen alle stark gefährdeten Biotope innerhalb dieses Lebensraums auf.

Der Innenminister überarbeitet beide Listen von Zeit zu Zeit im Hinblick auf Beschlüsse, Regelungen und Veränderungen, die gemäß den Vorgaben dieses Gesetzes ergangen sind.

Aus: Zusätze (1982) zum Gesetz über gefährdete Arten

11

So was wie das Dreierbegräbnis der Ausrüster hatte Joe Pickett noch nie erlebt. Ote Keeleys Wunsch, in seinem Ford F-250 XLT Lariat Turbodiesel begraben zu werden, war bei den Totengräbern des Friedhofs von Twelve Sleep County auf Schwierigkeiten gestoßen, weil sie das größte Loch ausheben mussten, das sie je gegraben hatten. Dafür schien es nötig, einen Bagger anzumieten. Die Grube war so groß, dass der Erdhaufen neben dem Grab mehr als vier Meter hoch war. Die Witwen von Ote Keeley und Kyle Lensegrav – Calvin Mendes war ledig – hatten die Trauerfeier mit dem als unkonventionell bekannten Pfarrer B.J. Cobb von der ersten Gebirgskirche von Saddlestring organisiert.

Joe Pickett stand im Anzug und mit Hut und Verband dezent am Hang und hörte Pfarrer Cobb, der sich auf der Motorhaube des Pick-ups aufgebaut hatte, bei der Totenrede zu. Die Witwen und ihre Kinder standen um das Auto herum. Hinter ihnen hatten sich die Trauergäste versammelt. Und unter einer blauen Plastikplane war irgendetwas Großes verborgen.

Es war ein herrlicher Tag. Eine ganz leichte Brise ging durch die Blätter der Pyramidenpappeln, und die Sonne schien von einem kristallklaren Himmel. Im spätherbstlichen Gras glänzte der Tau, und nur in den Wipfeln hielten sich noch letzte Reste des Morgennebels.

Pfarrer Cobb handelte die kurze Lebensgeschichte der Ausrüster ab. Die drei waren Jugendfreunde, hatten erst in Mississippi gejagt, waren dann zusammen zur Armee gegangen, hatten 1991 gegen den Irak gekämpft und waren schließlich in die wildreichen Berge und Prärien Wyomings gezogen. Während der Ansprache konnte Joe die Augen nicht von dem riesigen Loch vor dem Pick-up lassen und fragte sich ständig, was sich wohl unter der blauen Plane befinden mochte.

Die Trauergemeinde bestand aus ein paar Mitgliedern der Gebirgskirche und einer ganzen Reihe von Saufkumpanen der Toten. Joe bemerkte, dass keine anderen Ausrüster gekommen waren, und genauer betrachtet war das auch nicht weiter überraschend. Keeley, Lensegrav und Mendes waren wegen ihrer radikalen Ansichten aus dem Verband der Ausrüster von Wyoming ausgeschlossen worden. Und wegen ihrer Neigung, offene Verstöße gegen die Jagdgesetze zu begehen.

»Sie gehörten zu denen, die das Salz der Erde sind«, sagte Cobb feierlich. Der Pfarrer war ein rundlicher Junggeselle mit Bürstenschnitt, der für seine Sympathien für die »Survival«-Kämpfer bekannt war. Und für seine kleine, aber inbrünstige Gemeinde. »Sie liebten ihren Beruf. Bei ihnen kamen die Vorfahren wieder zum Vorschein, jene Männer, die sich aus der Natur ernährten und ihre Familien durch Jagdfertigkeit und Jagdgeschick versorgten. Sie waren Wiedergänger der ersten weißen Amerikaner, Menschen an der Zivilisationsgrenze, Naturmenschen und Sportler vom größten Kaliber. Und diese Jungs kannten ihre Kaliber genau. Sie aßen Wapiti, nicht Lamm. Hirsch, nicht Schwein. Wildente, nicht Huhn …«

Zwei Kiefernsärge in Mahagonifurnier standen nebeneinander auf der Ladefläche des Pick-ups, der dritte quer auf den beiden. Joe wusste nicht, wer in welchem Sarg lag. Ihr Gewicht ließ den allradbetriebenen Pick-up hinten durchhängen. Endlich kam Pfarrer Cobb mit seinen Bemerkungen über die Essgewohnheiten der Ausrüster zu einem Ende.

Ote Keeleys Frau war nicht schwer auszumachen, weil sie die einzige Schwangere war. Sie war dünn, klein und hatte einen schweren Bauch. Joe schätzte, dass sie normalerweise kaum fünfzig Kilo wog. Ihr blondes Haar war kurz geschnitten, ihr Gesicht verhärmt und hart. Sie hatte eine unangezündete Zigarette im Mund und hielt ein kleines Mädchen fest an der Hand, das lieber zu dem großen Loch rüberwollte, statt andächtig bei seiner Mutter zu stehen. Das Kind hieß April, wie Joe später erfuhr, und ähnelte mit seinen fünf Jahren der Mutter sehr, hatte aber ein süßes, doch gequält wirkendes Gesicht.

Vor der Trauerfeier hatte Joe sich Mrs Keeley vorgestellt und sein Beileid bekundet. Er habe auch Kinder, und seine Frau sei ebenfalls schwanger.

Sie hatte ihn zornig angestarrt, und ihre Augen waren dabei ganz schmal geworden. »Sind Sie nicht das verdammte Arschloch, das meinem Otie die Ausrüsterlizenz wegnehmen wollte?« Und das noch mit einem bombigen Südstaatenakzent.

Das kleine Mädchen zuckte bei ihrer Ausdrucksweise nicht einmal. Joe schon. Er sagte, er bedauere, sie wohl zu einem schlechten Zeitpunkt angesprochen zu haben, und verdrückte sich schnell zu der losen Gruppe von Trauergästen.

Pfarrer Cobb beendete seine Rede damit, es gebe einige heilige Gegenstände, die die geliebten Verstorbenen nach dem Willen ihrer Familien im Leben nach dem Tode nicht missen sollten. Auf dieses Stichwort hin zogen Mrs Keeley und Mrs Lensegrav die blaue Plane ab, und ein Haufen Dinge kam zum Vorschein.

»Kyle Lensegrav wäre im Himmel aufgeschmissen …« – der Pfarrer machte eine Pause, bis Mrs Lensegrav sich mit einem Berg voller Sachen zu ihm umwandte – »… ohne seine Denver-Broncos-Jacke.«

Mrs Lensegrav ging zum Pick-up und drapierte die Jacke über einen der beiden Särge auf der Ladefläche.

»Wo Kyle sein wird, werden die Denver Broncos immer vor allem in Orange und Blau spielen. So wie in den 70ern, 80ern und bis in die 90er, bevor sie diese scheußlichen neuen Trikots bekamen«, donnerte der Pfarrer.

Joe beobachtete fasziniert, wie Mrs Lensegrav Kyles liebste Jagdmütze, sein Fernglas, seine Werkzeugtasche, seine Knochensäge, seine wasserundurchlässigen Stiefel und sein Gewehrfutteral, das sonst am Sattel festgeschnallt war, auf dem Sarg arrangierte.

Jetzt war Mrs Keeley dran.

»Nicht jeder Mann besitzt die Fähigkeit, die Entschlossenheit und den Scharfsinn, einen Elch zu erlegen, der für immer unter den fünf größten Jagdtrophäen Nordamerikas rangieren wird, gemäß der Liste von Boone & Crockett«, rief der Pfarrer. »Aber Ote Keeley kann diesen Anspruch erheben, und diese gewaltige Pracht …«

Mrs Keeley kämpfte mit dem Gewicht der riesigen Elchschaufeln. Gerüchten zufolge sollte Ote das Tier allerdings verbotenerweise im Yellowstone Park geschossen und herausgeschmuggelt haben. Joe spürte das Bedürfnis, Mrs Keeley zu helfen, ließ es aber, denn vielleicht würde sie versuchen, ihn damit auf die Hörner zu nehmen. Irgendwie brachte sie die Kraft auf, das Geweih auf den oberen Sarg zu legen.

»... diese gewaltige Pracht wird ewig über Otes himmlischem Ruhesessel prangen.«

Es gab noch mehr Dinge für Ote, auch einen Fernseher, einen Videorekorder, gegerbte Felle und sein T-Shirt mit der Devise »Glück ist ein dampfender Scheißhaufen«. Calvin Mendes wurde bei der Feier wahrscheinlich übers Ohr gehauen, denn die Witwen stellten ihm nur seine gebundenen Pornohefte und eine Kiste Bier auf den Sarg.

Dann ließ der Pfarrer den Pick-up an, legte den Vorwärtsgang ein und sprang aus dem Führerhaus. Mit allen anderen beobachtete Joe, wie der Ford erst ganz langsam auf das riesige Loch zufuhr und dann zügig hineinrollte. Mit einem kräftigen Bums kam der Wagen zum Stehen, und keiner mochte in die Grube sehen, ob die Särge sich losgerissen hatten und die Deckel aufgesprungen waren.

Als Joe den Hang hinab über den Friedhof ging, fragte er sich, wie lange der Motor des Pick-ups weiterlaufen und ob die Totengräber ihn wohl ausmachen würden, bevor sie das Grab zubaggerten.

12

Ein gutes Gefühl, aus der Stadt und vom Friedhof wegzukommen und an die Arbeit zu gehen. Joe hatte am Morgen in der Küche ein paar Brote eingepackt und eine Thermoskanne Kaffee mitgenommen. Maxine hatte, als er aus dem Haus gekommen war, schon auf der Ladefläche

che des Pick-ups auf ihn gewartet und mit dem Schwanz gegen den Werkzeugkasten getrommelt. Wie ein Metronom hatte sich das angehört.

Joe fuhr westlich von Saddlestring in einem großen, fast baumlosen Gebiet – den Breaklands – Streife, das sich vom Fluss bis zu den Ausläufern der Bighorn Mountains erstreckte. Es war eine trügerische, verwirrende Gegend, die er schon immer mochte. Aus der Entfernung erschien sie einfach als ein großer, langsamer Anstieg aus der Talsohle zu den Bergen. Tatsächlich aber war es eine leicht gewellte, manchmal scharf eingeschnittene, dann wieder sanft schwingende, hoch gelegene Region voller Hügelzüge und tief ausgewaschener Bachbetten. Und voller Salbeigebüsch. Die Wellen der Landschaft wirkten da und dort wie kunstvoll in Falten gelegter Satin, und an diesen verschatteten Orten vermehrten sich Pronghorns und große Maultierhirsche prächtig. Alte, namenlose Feldwege durchzogen die Gegend wie ein Spinnennetz. Hochwildrudel und Pronghornherden wussten sich diese Landschaft seit langem zunutze zu machen, lebten inmitten der Hänge und Einschnitte und konnten sich bei Verfolgung buchstäblich in Luft auflösen. Vor allem Pronghorns nutzten die Eintönigkeit der Gegend als Schutz und machten die Hoffnungen der Jäger oft zunichte, indem sie ihr Profil auf den Hügelkuppen zeigten – dort waren sie auf weithin freiem Feld, und ihre Verfolger konnten sich nicht anpirschen. Die wenigen Bäume in diesem Landstrich waren stille Hinweise darauf, dass in ihrer Nähe einmal Farmen und Hütten gestanden hatten, die schon vor hundert Jahren aufgegeben worden waren.

Heute begann die Pronghornsaison, und erfahrungsgemäß schlug das Jagdfieber nur am ersten Tag hohe

Wellen. Es war Joes Aufgabe, Jagdscheine und Abschussgenehmigungen zu prüfen. Die meisten Jäger, die er im Laufe des Vormittags kontrolliert hatte, waren aus der Gegend und wollten ihre Kühltruhe füllen. Doch Joe hatte auch das Wohnwagenlager eines Ausrüsters besucht, dessen vier verkaterte Kunden – leitende Angestellte in Detroits Autoindustrie – nach der neusten Outdoor-Mode gekleidet waren und sich mühsam durch ein Schmortopffrühstück kämpften. Alle hatten die gesetzlich vorgeschriebenen Papiere und Abschussgenehmigungen dabei. Sie wollten im Laufe des Tages auf die Jagd gehen, wenn sie wieder einen klaren Kopf hatten.

Während der Arbeit verlor Joe sich immer wieder in der Vorstellung, wie Missy Vankeuren wohl reagieren würde, wenn Marybeth ihr erzählte, dass er einen Job bei InterWest Resources in Aussicht habe. Er empfand ein Gefühl süßer Rache und wäre gern heimlich dabei, wenn Marybeth Missy die Neuigkeit berichtete. Gestern Abend jedenfalls war es im Bett noch sehr nett, fast ausgelassen gewesen, nachdem Joe seine frohe Botschaft überbracht hatte. Marybeth hatte sogar ihren Grundsatz gebrochen, nicht mit Joe zu schlafen, wenn ihre Mutter zu Besuch war. Weder vorher noch nachher hatte Marybeth gesagt, Joe solle den Job annehmen, und Joe hatte sich auch nicht dazu geäußert. Doch die Möglichkeiten hatten beide ganz schön unter Strom gesetzt. Jetzt fragte er sich, ob Missy endlich mit ihm warm werden würde, nun, da sie wusste, dass sich sein Gehalt bald verdreifachen konnte. Nach Joes Lebenserfahrung dachten Frauen praktisch, und das schonungslos und aufrichtig. Vielleicht würde Missy denken, dass ihre Tochter am Ende doch das Richtige getan hatte.

Als Joe das Wohnwagenlager verließ, hörte er aus der Entfernung Gewehrfeuer und fuhr in Richtung der Schüsse. Wieder klang es mehr nach dem unterbrochenen Pow-WHOP als nach einem verhallenden Knall. Wer immer da geschossen hatte, musste etwas getroffen haben. Und so war es auch – drei Jäger aus der Gegend hatten vier Pronghorns getötet, also eins zu viel. Sie erklärten Joe, eine ihrer Kugeln habe einen Bock glatt durchschlagen und unbeabsichtigt ein Weibchen getroffen. Joe glaubte das zwar, hielt ihnen aber dennoch eine Predigt, dass man nicht mitten in die Herde schießen dürfe, sondern sich bestimmte Tiere aussuchen müsse. Dann verpasste er dem Jäger, der zwei Pronghorns getötet hatte, einen Strafzettel und befahl den dreien, die vier Tiere an Ort und Stelle aufzubrechen und das überzählige Tier im Runden Haus abzuliefern, einer offenen Anstalt in Saddlestring, wo Leute ohne festen Wohnsitz sowie Alkohol- und Drogensüchtige aus der Gegend Verpflegung und Unterkunft bekamen. Mehr als die Hälfte der Bewohner des Runden Hauses waren Indianer aus dem Reservat, und die bevorzugten Wild.

Den Rest des Vormittags fuhr Joe von Jagdlager zu Jagdlager und hielt zwischendurch regelmäßig an, um die Landschaft mit dem Fernglas abzusuchen. Er mochte die Arbeit draußen, in den Breaklands und in den Bergen. Er mochte die Arbeit draußen und die Heimkehr am Abend und die Dusche vor dem Essen. Wenn er dann ins Bett ging, war er meistens körperlich erschöpft. Er wusste, dass es auf der Welt nicht mehr viele Berufe wie seinen gab.

Joe erinnerte sich sehr genau daran, wie er als Zehnjähriger darauf verfallen war, Jagdaufseher zu werden. Es war in einer warmen Nacht, und Joe und sein jüngerer Bruder Victor schliefen draußen hinterm Haus, wie sie es im Sommer oft taten – in Schlafsäcken auf dem Trampolin. Die Sterne funkelten, und es ging ein leichter Wind. Joes Eltern prügelten sich brüllend im Haus herum und tranken dabei immer weiter. Das war am Freitagabend nicht ungewöhnlich. Draußen las der kleine Joe im Schlafsack mit der Taschenlampe die neueste Ausgabe der Zeitschrift »Pelztiere, Fisch und Wild«. Er konnte es kaum erwarten, dass das monatlich erscheinende Magazin wieder in der Post war, und las es sofort von der ersten bis zur letzten Seite, sogar die Anzeigen im hinteren Teil, in denen Tierfallen, Duftköder auf Urinbasis und Boote zum Selberbauen angepriesen wurden. Victor schlief im Schlafsack neben ihm. Das hoffte Joe jedenfalls, denn an diesem Abend stritten sich die Eltern schlimmer als sonst. Im Haus war Glas mit lautem Krach zersplittert, und sein Vater hatte seine Mutter angeschrien. Die hatte geweint, und sein Vater hatte sie getröstet. So ging es oft genug hin und her, sonst aber nicht so laut. Während Joe las und hoffte, dass sein kleiner Bruder schlief, hörte er das Klirren von Eiswürfeln im Shaker. Sein Vater war der letzte große Martinitrinker, und heute Abend hörte Joe den Shaker schon zum achten Mal. Gebrüll und Krachen wurden immer wieder von kurzen Phasen der Stille unterbrochen, in denen nur das Eis klirrte. Als hätten beide Parteien sich auf eine Ruhepause verständigt, in der sie nachtankten. Joe war klar, dass die Nachbarn das Spektakel vermutlich auch gehört hatten.

Seine Taschenlampe leuchtete immer schwächer, doch

er hatte die Zeitschrift noch nicht zu Ende gelesen. Also kletterte Joe vom Trampolin und versuchte, sich durchs Haus in sein Schlafzimmer zu schleichen, wo neue Batterien lagen. Er wollte nicht gesehen werden, und er wollte seine Eltern nicht sehen, aber in der Küche trat er barfuß in die Glasscherben und hinterließ auf dem Teppich im Flur blutige Spuren. Mit zwei Batterien in der Pyjamatasche kam er wieder aus seinem Zimmer, und auf dem Weg nach draußen begegnete er seiner Mutter im Flur. Sie war – wie nicht selten – betrunken und sentimental und überschüttete ihn mit rührseligen Küssen. Das war immerhin besser als ein Wutanfall und kräftige Ohrfeigen – die hätte Joe sich wegen der Blutflecke auf dem Teppich sicher gefangen, wenn seine Mutter nüchtern gewesen wäre. Stattdessen führte sie ihn ins Badezimmer. Während sie versuchte, Glassplitter aus seinen Füßen zu ziehen, und dabei versicherte, wie Leid es ihr tue, die Gläser auf dem Küchenboden zerbrochen zu haben, beobachtete Joe sie und zuckte zusammen. Ihre Schminke war tränenverschmiert, und beim Reden tanzte ihre Zigarette im Mund auf und ab. Das erinnerte ihn daran, dass sie sich selbst als Hipster aus den frühen 60ern betrachtete. Weil seine Mutter in so schlechter Verfassung war, schob sie ihm die Splitter mit der Pinzette eher tiefer ins Fleisch, bis sie endlich ihr Gleichgewicht so weit fand, dass sie sie rausziehen konnte. Er sagte, es sei schon gut, obwohl es nicht gut war, und verband sich dann selbst die Füße, während sie schon wieder bei seinem Vater und den Martinis war.

Mit neuen Batterien leuchtete die Taschenlampe hell und stark. Joe lag bäuchlings im Schlafsack und wünschte sich, in den Bergen zu leben, irgendwo, nur nicht hier.

Und genau in diesem Augenblick stieß er auf die Anzeige im hinteren Teil von »Pelztiere, Fisch und Wild«:

Jagdaufseher werden – wie wär's damit?

Wollen Sie wirklich an Schreibtisch, Maschine oder
Ladentheke gefesselt bleiben?
Mit diesem leichten Fernstudium bereiten Sie Ihre
aufregende Karriere als Naturschützer und Ökologe
vor.
Männer, die sich für den Wald und die Tierwelt
begeistern,
jagen Berglöwen, springen mit dem Fallschirm ab,
um verlaufenen Tieren zu helfen,
oder retten verletzte Camper.
Leben Sie endlich das Leben, das Sie lieben –
das Leben in freier Natur!
Schlafen Sie unter Kiefern und angeln
Sie Ihr Frühstück aus kristallklaren Bächen.
Sie werden sich pudelwohl fühlen.
Und umwerfend gut aussehen!

Unter dem Text lächelte der Traum von einem Jagdaufseher, ein von der Wildnis gegerbter Mann mit Hut, der ein Tier in die Kamera hielt, offenbar einen Luchs. Er sah tatsächlich umwerfend gut aus.

»Ich will Jagdaufseher werden«, sagte Joe laut.

»Ich auch«, murmelte Victor zu Joes Überraschung tief aus seinem Schlafsack hervor. »Ich will da sein, wo du bist.«

Joe fasste in Victors Schlafsack, und die beiden gaben sich die Hand darauf. Am nächsten Tag sandte er fünf

Dollar für nähere Informationen ein. Und was er dann erhielt, festigte seinen Berufswunsch nur.

Victor folgte ihm nicht. Zehn Jahre nach dieser Sommernacht – Joe war im zweiten Studienjahr, sein Bruder stand kurz vor dem Highschoolabschluss – trennte sich Victor von seiner Freundin, betrank sich und raste mit seinem Auto in den großen Steinbogen am Nordeingang des Yellowstone Nationalparks. Es war drei Uhr morgens, und er fuhr fast 180 Stundenkilometer.

Niemand wusste, warum Victor zwei Stunden zum Yellowstone Park gefahren war, um das zu tun. Joe konnte nur vermuten, dass die Mischung aus Alkohol und Aggressionen bei seinem Bruder zu einem bösen Aufruhr der Gefühle geführt hatte und ihm ein Ort wie Yellowstone als Fluchtmöglichkeit erschienen sein mochte.

Joe parkte seinen Pick-up auf einer Hügelkuppe. Von dort konnte er den größten Teil der Breaklands überblicken. Er aß seine Brote und trank Kaffee. Dabei sah er mit dem Fernglas durch die Windschutzscheibe und ließ das Radio laufen. Die Sonne hatte den Morgennebel längst verdunsten lassen. Es war ein warmer, trockener und wolkenloser Tag.

Von seinem Aussichtspunkt beobachtete Joe, wie sich weiter unten in der Ferne ein filmreifes Szenario entwickelte. Eine große Herde von fast achtzig Pronghorns graste verstreut auf einer Hochebene. Die Tiere bewegten sich langsam von Ost nach West und schauten beim Äsen immer wieder misstrauisch auf. Weiter westlich näherte sich ein weißes Fahrzeug auf einem kurvenreichen, nur für Geländewagen geeigneten Weg, der unterhalb des Plateaus verlief und von der Herde nicht gesehen werden konnte. An den Bewegungen der antilopenähnlichen Tiere konnte Joe erkennen, dass sie das Auto noch nicht bemerkt hatten.

Joe aß sein mit Huhn und grünem Salat belegtes Brot und fasste dabei den weißen Pick-up mit dem Fernglas genauer ins Auge. Jetzt erkannte er den vorsintflutlichen Wagen und die zwei alten Jäger. Sie hielten an und stiegen langsam den Steilhang zur Hochebene hinauf. Dafür brauchten sie fast eine halbe Stunde. Oben angekommen, kauerten sie sich hinter einem Wall aus hohem Salbeigebüsch nieder, um zu zielen.

Joe äugte über den Rand seines Fernglases und beobachtete die gesamte Herde, die plötzlich als Ganze zum Leben erwachte und blitzschnell über die Hochebene nach Osten raste. Jedes Tier zog dabei eine dünne Staubwolke nach sich. Dann erst drangen zwei schwere Schüsse – durch die Entfernung verzögert – zu ihm herüber. Einer davon war sicher ein Treffer. Joe blickte wieder durchs Fernglas und konnte mindestens ein niedergeschossenes Pronghorn erkennen. Jetzt ging der eine Jäger auf das Tier zu, und der andere stieg den Abhang runter, um den Pick-up zu holen.

Joe spülte die letzten Bissen mit ein paar Schluck Kaffee runter, ließ den Wagen an und fuhr den Hügel hinab. Die Herde war schon weit geflohen, rannte aber noch immer sehr schnell. Einzelne Tiere konnte er nun nicht mehr erkennen, nur eine rasch zurückweichende weiße Staubwolke. Pronghorns oder Gabelböcke sind die zweitschnellsten Säugetiere der Welt – nur die Geparden in Afrika erreichen ein höheres Tempo.

Als Joe mit seinem Wagen auf der Hochebene auftauchte, hatten die Jäger das Pronghorn schon ausgeweidet und waren dabei, ihre Hinterläufe am Haken eines Krans zu befestigen, der auf der Ladefläche ihres Pick-ups montiert war. Joe sah, dass es sich bei den alten Männern um Hans und Jack handelte, einen Landarbeiter in Rente und einen pensionierten Lehrer. Beide lebten in Saddlestring. Hans arbeitete inzwischen als Hausmeister in Teilzeit. Genau genommen putzte er Geschäfte im Stadtzentrum, z.B. den Gemischtwarenladen und die Videothek. Die beiden gingen schon seit über dreißig Jahren zusammen auf die Pirsch und hatten die Pronghornjagd zu einer jährlich wiederkehrenden Kunst entwickelt. Ihr Wagen war eine Fleischwarenfabrik auf Rädern, die sie selbst gebaut hatten. Je älter sie wurden, desto mehr tüftelten sie aus, um das Auto ihren Jahren anzupassen, ihrem wachsenden Perfektionstrieb in der Fleischverarbeitung und ihrem ständig zunehmenden Appetit auf Wild. Mit der alten, eisgefüllten Gefriertruhe, die fast die ganze Ladefläche einnahm, hatten sie begonnen. Sie hatten gelernt, das Fleisch so schnell wie möglich zu kühlen, um an warmen Septembertagen jeglichem Verderb vorzubeugen. Dann hatten sie Winde und Kran montiert, um die erlegten Tiere vom Boden hochzuziehen und sie so besser enthäuten und stärker auskühlen lassen zu können.

Jetzt zeigten sie Joe ihre neueste Erfindung, einen Zwanzigliterwassertank mit Schlauch. »Das Ganze arbeitet nach dem Prinzip der Schwerkraft«, erläuterte Jack. Damit könnten sie die enthäuteten Tiere waschen und abschrubben. Joe sah zu, wie die Jäger das Pronghorn in Viertel zerlegten, jedes einzeln hochwanden und mit dem Kran in die Kühltruhe bugsierten. Hans bewegt sich wackeliger als früher, dachte Joe. Jack weiß schon, warum er von ihm Abstand hält, wenn sie mit ihren Messern arbeiten.

Dann stellte Hans Joe eine seltsame Frage.

»Haben Sie mal was von gefährdeten Tierarten gehört, die in den Bergen gefunden worden sind, Mr Pickett?«

»Was?« Joe achtete plötzlich stärker darauf, was die beiden Alten redeten.

»Hans – bitte.« Jack starrte seinen Partner an.

»Ging mir nur so durch den Kopf«, sagte Hans mit gedankenverlorener Unschuldsmiene. Die beiden blickten sich kurz an und arbeiteten weiter. Joe wartete auf mehr, und es kam schließlich auch mehr.

»Wär wohl für alle am besten, wenn man nie was finden würde.« Dabei sah Hans Joe an. »Ich schätze, wir könnten in dieser Gegend nie mehr jagen, wenn jemand dächte, hier draußen gäb's gefährdete Tiere.«

»Verdammt richtig«, sagte Jack.

»Warum haben Sie damit angefangen?«, fragte Joe. »Wissen Sie irgendwas?«

»Einfach so«, meinte Jack.

»Ich wollt Sie nur auf den Arm nehmen«, ergänzte Hans.

»Wenn Sie was wissen, müssen Sie's melden.« Joe sah beiden ins Gesicht. Schwer einzuschätzen, ob er hier zum Narren gehalten wurde oder nicht.

»Würden wir natürlich tun«, versicherte Jack. »Keine Frage.«

»Keine Frage«, wiederholte Hans.

Ganz schön merkwürdig, dachte Joe.

Als Jack und Hans mit dem Pronghorn fertig waren und auch den Pick-up mit dem Schlauch abgespritzt hatten, boten sie Joe ein kaltes Bier aus der Kühlbox an. Er lehnte dankend ab und wünschte ihnen noch eine erfolgreiche Jagd. Aber auch wenn Hans und Jack ihr zweites

Pronghorn heute nicht erwischen würden – irgendwann würden sie es erlegen. Also würde Joe ihren Pick-up Tag für Tag in dieser Gegend sehen, bis sie es endlich zur Strecke gebracht hätten. Hans und Jack hatten diese Rentnergeduld und waren beide als gute Jäger und Köche bekannt.

Joe störte sich nicht an der Jagd zur Selbstversorgung. Denn verglichen damit, in Frischhaltefolie verpacktes Fleisch im Supermarkt zu kaufen, war Jagen im Grunde ehrlicher. Die Leute, die die Jagd prinzipiell ablehnten, dabei aber munter Cheeseburger aßen, hatte er nie verstanden. Seiner Meinung nach war es wichtig, dass den Menschen klar wurde, dass Tiere starben, damit sie das Fleisch essen konnten. Sich an ein Tier anzupirschen, es zu töten, auszunehmen, zu zerlegen und schließlich zu essen – dieser ganze Prozess war für Joe viel einfacher und leichter zu verstehen, als eine Kuh von einem den Vorschlaghammer schwingenden Arbeiter in einer Fleischwarenfabrik töten zu lassen und das Ergebnis dieser Bluttat schließlich als kleines Päckchen in den Einkaufswagen zu legen. Joe schätzte Menschen wie Hans und Jack.

Für die beiden war die Jagd aus Gründen der Selbstversorgung noch Teil ihres Lebens, nicht eigentlich ein Sport. Hast du schon deinen Hirsch erwischt? – diese Begrüßung war in den Kleinstädten im Gebirge so verbreitet wie ein Hallo, und Gesundheit und Größe der Hochwildrudel waren von allgemeinem Interesse und Gegenstand vieler Debatten.

Joe dachte sich, deshalb seien die Morde im Jagdlager das Stadtgespräch. Mit der Tötung der drei Ausrüster war der Albtraum aller Jäger wahr geworden – dass da draußen einer auf sie Jagd machen könnte. Von einer solchen Geschichte hatte noch nie jemand gehört. Klar, es wurde immer mal wieder versehentlich auf einen Jäger geschossen, und es kam manchmal zu Faustkämpfen und Drohungen – all das, was eben unvermeidlich ist, wenn Männer (es gibt kaum Frauen in den Jagdlagern) sich ein, zwei Wochen Urlaub nehmen und zusammen in den Bergen jagen gehen. Aber trotz der vielen Waffen und des in Strömen fließenden Alkohols waren vorsätzliche Tötungen während der Jagdsaison für die Menschen von Saddlestring unfassbar.

Und je länger Joe darüber nachdachte, desto mehr begriff er, dass er selbst es war, für den die Morde unfassbar waren.

Zufrieden mit dem Tag und seiner Arbeit, kämpfte Joe sich langsam durch die Breaklands zur befestigten Straße durch, um wieder in die Stadt zu fahren. Vern Dunnegan hatte ihn am frühen Morgen vor dem Begräbnis angerufen und wollte sich um fünf mit ihm in der Stockman Bar treffen. Wenn alles so ablief wie früher, saß Vern in der letzten Nische rechts, hinterm Billardtisch. In seiner Nische.

13

Die Stockman Bar war eine dunkle Kneipe, wo man unter den verstaubten Köpfen kapitaler Böcke, die in dieser Gegend geschossen worden waren, Schnaps und Bier trinken konnte. Die Wände des Lokals waren mit Schwarzweißfotos einheimischer Rodeokämpfer der 40er und

50er Jahre gepflastert. Egal an welchem Wochentag, egal zu welcher Stunde – der Laden schien immer gleich stark besucht. Joe ging an gut zehn Leuten vorbei, die an der Theke saßen, und hielt auf den Billardtisch im hinteren Teil der Kneipe zu. Dort hing eine Lampe von der Decke, deren Schirm für ein Bier warb. Und im Schein dieser Lampe leuchtete nicht nur der grüne Filz des Billardtischs, sondern auch Verns rotes Profil. Er saß in seiner Nische – und er saß dort nicht allein.

»Du bist früh dran«, sagte Vern zur Begrüßung und streckte Joe die Hand entgegen. »Joe Pickett, das ist Aimee Kensinger.« Joe nahm sie nur schattenhaft wahr. Seine Augen hatten sich noch nicht an das dunkle Lokal gewöhnt.

Er nahm den Hut ab. »Wir sind uns schon begegnet.«

»Hab ich dir doch gesagt«, meinte Aimee zu Vern.

Der lachte und lud Joe mit einer Handbewegung ein, sich ihm gegenüber in die Nische zu setzen.

»Du trinkst doch ein Bier mit?« Das war eher eine Feststellung als eine Frage. »Aimee ist schon auf dem Sprung.«

»Ach – das hatt ich ja ganz vergessen«, sagte Aimee sarkastisch. Joe mochte ihre Stimme. Als sich seine Augen an die Dunkelheit gewöhnten, sah er, dass sie einen schwarzen, flauschigen Pullover trug. Und eine schmale, goldene Halskette. Sie lächelte ihm zu. »Man sieht sich, Joe Pickett.«

Vern stand auf und ließ sie aus der Nische. Beim Abgang wuschelte sie Joe durchs Haar, und das machte ihn verlegen. Schöne Frau – keine Frage. Vern folgte ihr bis zur Theke und kam mit einem Tablett zurück – vier Bourbon und vier Bier.

»Happy Hour«, meinte er. »Alles für die Hälfte.« Er kippte einen Schnaps und lud mit Bier nach. »Siehst prima aus, Joe. Wie geht's der Schusswunde?«

»Heilt gut.« Joe nahm einen langen Zug. Kühles Bier – feine Sache. Das Bild Aimee Kensingers spukte weiter neben Vern herum.

»Sie mag mich immer noch.« Vern lächelte. »Obwohl ich keine Uniform mehr trage.«

Er jagte sich noch einen Bourbon durch die Kehle. »Dich mag sie auch.« Vern wischte sich mit dem Handrücken über die Lippen. Joe schwieg. Er hatte keine Lust auf dieses Thema.

Joe versuchte zu schätzen, wie viel Vern wohl getrunken haben mochte. Seinem hochroten Gesicht nach waren das heute Nachmittag sicher nicht die ersten Schnäpse. Vern war immer ein starker Trinker gewesen, und als Joe noch bei ihm gearbeitet hatte, hatte Vern fast jeden Abend vorgeschlagen, noch auf ein, zwei Gläser in die Kneipe zu gehen. Aber seit Vern nach Saddlestring zurückgekommen war, hatte Joe ihn noch nicht ohne Bourbon in Reichweite gesehen.

»Hast du ein bisschen über das nachgedacht, worüber wir geredet haben?«

Joe nickte.

»Und?«

»Ich muss das mit Marybeth besprechen. Dazu hatten wir bis jetzt wirklich keine Gelegenheit.«

Vern behielt Joes Augen ständig im Blick. »Sie ist eine kluge Frau. Die lenkt dich schon in die richtige Richtung. Soll ich mal mit ihr reden?«

»Nicht nötig.« Joe verspürte einen Anflug von Ärger auf seinen früheren Chef. Vern dachte offensichtlich, er

»Joe …«, seufzte Vern.

»Ich bin verpflichtet, das zu untersuchen und die Sache zu melden. Das weißt du doch.«

Vern grinste höhnisch. »Verpflichtet? Wem gegenüber? Der Wild- und Fischbehörde von Wyoming? Dem Bundesamt für Naturschutz? Dem Swingerklub Sierra e.V.? Mr President persönlich?«

Joe blieb sachlich. »Vern – du weißt, was wir zu tun haben, wenn wir auf so was stoßen. Oder es auch nur vermuten. Und stell dir mal vor, das hätte irgendwas mit dem Mord an den Ausrüstern zu tun.«

Vern rollte die Augen. Das tat er immer, wenn Joe etwas seiner Meinung nach unglaublich Einfältiges gesagt hatte. »Weißt du, Joe – was ich jetzt sage, wird dich schockieren. Aber ich kenne anständige Leute, die haben eine gefährdete Tierart auf ihrem Land gefunden und sie abgeknallt und vergraben, ohne auch nur darüber nachzudenken, geschweige denn, ihre Entdeckung in die Welt hinauszuposaunen. Ich kenn einen Viehzüchter in der Nähe von Cody, der irgendeinen Marder oder Vielfraß in die Enge getrieben hat. Er wusste genau, dass das Vieh als ausgestorben gilt, aber er hat es mit der Schrotflinte umgeblasen und an seine Hunde verfüttert. Dem Mann war eins ganz klar: Wenn er seinen Fund gemeldet hätte, wäre er von seinem eigenen Land gejagt worden, damit eine Meute elitärer Säcke behaupten könnte, sie würde die Welt retten. Die sind doch so schlimm wie Borkenkäfer.«

Einer der Männer, die Joe beim Reinkommen an der Theke hatte hocken sehen, schwankte auf dem Weg zur Toilette an ihrer Nische vorbei. Vern lehnte sich über den Tisch vor und sprach leise weiter.

»Kapierst du eigentlich, was aus diesem Tal werden würde, wenn sich rumspräche, dass da vielleicht irgendwas in den Bergen ist? Selbst wenn es sich nur um ein dämliches Gerücht handelt, das zwei geschwätzige alte Hühner in die Welt gesetzt haben? Selbst wenn an dem Gerede nichts dran ist? Wenn es nur das Gefasel von zwei Alzheimer-Kandidaten ist? Kapierst du das? Dann stell dir mal vor, was passiert, wenn du als Jagdaufseher meldest, deiner Meinung nach sei da oben irgendwas.

Denk mal an die Leute, die im Sägewerk arbeiten«, fuhr Vern fort. »Denk an die Fahrer der Holzlaster; an die Cowboys und Ausrüster; an die, die Angeltouren anbieten. Die wären alle arbeitslos, wenn die Kerle aus Washington kämen, um das ganze Tal abzusperren. Umweltschützer mit Nickelbrille und Jesuslatschen würden von überallher einfallen, Pressekonferenzen abhalten und rumtönen, sie seien gekommen, um unschuldige kleine Geschöpfe vor den ignoranten Einheimischen zu bewahren. Und ob man da oben nun was finden würde oder nicht – die Umweltschützer würden jahrzehntelang prozessieren und hier alles lahm legen, nur damit sie ihren Mitgliedern erzählen können, dass sie tatsächlich irgendwas mit ihren Beiträgen anfangen.

Leute, die hier in der dritten Generation Vieh züchten, würden ihre Ranch verlieren. Und was passiert mit denen, die gar nicht hier wären, wenn's bei uns nicht Land- und Forstwirtschaft gäbe? Mit den Lehrern, den Einzelhändlern, den Restaurantbesitzern? Die würden auch arbeitslos werden und eines Tages wegziehen. Und das alles, weil Joe Pickett – Musterknabe und Paradejagdaufseher – den Verdacht hat, dass vielleicht irgendeine seltene Sache in den Bergen rumläuft.

Die Hälfte der Einwohner hier würde dich bis aufs Blut hassen«, sagte Vern. »Nicht wenige würden ihre Arbeit verlieren. Deine süßen kleinen Töchterlein müssten in der Schule den allerschlimmsten Mist ertragen. Sie würden das meiste abkriegen, Joe, und du allein wärst daran schuld.«

Unwillkürlich brach Joe den Blickkontakt zu Vern ab und sah auf die Tischplatte. InterWest Resources und ihrer Gasleitung ginge es dann auch nicht besonders gut, dachte er.

Vern fuhr fort. »Es wär vielleicht anders, wenn die Artenschutzgesetze biologisch irgendwie sinnvoll und nicht nur psychologische Spielchen der Politik wären. Aber das ist nicht so. Hör mal.«

Vern machte weiter und erzählte, über neunhundertfünfzig Pflanzen und Tiere seien in die Liste der gefährdeten oder in die der bedrohten Arten aufgenommen worden und weitere viertausend stünden auf der Warteliste. Und zwanzig Jahre nach Einführung dieser Verzeichnisse und nachdem Milliarden in den Naturschutz gesteckt worden seien, seien nur knapp dreißig dieser Arten nicht mehr als gefährdet eingestuft. Die Gesetze seien scheinheilig, denn Tieren, die als »süß« gelten würden (zum Beispiel Wölfen und Grizzlybären), erginge es besser als denen, die den Menschen hässlich erschienen – da werde einfach keine plausible wissenschaftliche Grundlage angewandt. Er habe sich mal die Zahlen angeschaut und ausgerechnet, dass fast zweihundert Millionen Dollar für Weißkopfseeadler, Helmspechte, Grizzlybären, Manatis oder karibische Rundschwanzseekühe, Florida-Buschhäher und Schreikraniche ausgegeben worden seien. Dann dozierte Vern in vagen und globalen Begriffen und stellte fest, mindestens neunundneunzig Prozent aller Arten, die je auf der Erde gelebt hätten, seien auf natürlichem Wege ausgestorben, ohne »Einmischung« des Menschen. Schon seit der Urzeit stürben Tiere massenhaft aus. Das östliche Fuchshörnchen und irgendwelche halbblinden Höhlenfische würden doch von nichts und niemandem vermisst.

»Tiere sterben nun mal, Joe«, sagte Vern. »Und Arten gehen übern Jordan. Das war schon so, bevor der erste Fisch an Land gekrochen ist und Lungen ausgebildet hat. Und es wird so bleiben. Mit welchem Recht nehmen wir uns die Überheblichkeit heraus, bestimmen zu wollen, was leben darf und was sterben muss? Wenn's um die materielle Welt und die Naturgeschichte geht, sind wir nicht so allmächtig, wie wir gern glauben. Alle Atombomben auf der Welt haben nur ein Zehntausendstel der Zerstörungskraft des Asteroiden, der auf der Erde einschlug und die Dinosaurier tötete. Was Menschen tun können, um den Planeten zu verändern, ist kläglich. Wir machen uns was vor, wenn wir meinen, wir seien so superklug, dass wir eine Art retten oder erschaffen können. Woher wissen wir denn, dass wir nicht durch die Rettung irgendeines kleinen Piepmatzes verhindern, dass sich ein neuer, besserer Piepmatz entwickelt? Was glauben wir denn, wer wir sind?«, fragte Vern. »Wer zum Teufel sind wir denn, dass wir es mit Gott aufnehmen wollen?«

Joe lehnte sich zurück. Er war ganz benommen.

Vern bemerkte Joes Reaktion und kippte im offensichtlichen Glauben, er habe ihn überzeugt, den letzten Bourbon. Dann lächelte er.

»Da wir gerade von Gott reden – hast du mal vom Dezernat Gott gehört?«

Joe schüttelte den Kopf.

»Das gibt's wirklich. Ich hab mir das nicht ausgedacht. Es besteht aus dem Innenminister, dem Verteidigungs- und dem Landwirtschaftsminister und ein paar anderen Jungs. Wenn's uns mal wirklich an die Eier geht, müssen diese Leute entscheiden, welche Arten im nationalen Interesse leben oder sterben sollen. Kannst du dir diese unglaubliche Überheblichkeit vorstellen?«

Joe und Vern tranken schweigend ihr Bier aus. Als Joe aufstand und gehen wollte, hielt Vern ihn am Arm fest. Sie sahen einander in die Augen.

»Das Angebot liegt auf dem Tisch, Joe. Aber es ist befristet, und die Uhr hat schon angefangen zu ticken. Wenn du es nicht nutzt, machst du einen Fehler.«

Joe war sich nicht sicher, ob das ein Rat oder eine Drohung war.

»Ich sag dir Bescheid, Vern«, sagte er. »Sieht aus, als müsste ich jede Menge Dinge entscheiden.«

»Du wirst schon das Richtige tun.« Vern tätschelte Joe die Hand. »Du bist ein anständiger Kerl, Joe, du wirst schon das Richtige tun.«

14

Die Mädchen nannten das größte Tier – das, das Sheridan zuerst gesehen hatte – Lucky, das kleinere, hellbraune Geschöpf Hippity-Hopp und das eher gelbe, geschmeidige Tier Elway. Sie beschlossen, die drei seien eine Familie, und zwar eine glückliche. Lucky war der Vater, Hippity-Hopp die Mutter, Elway der Sohn. Passten die Namen nicht gut zu ihnen? Und wie die futtern konnten!

Sie fraßen alles und kamen nicht nur bei Cornflakes aus dem Holzstapel, sondern stopften sich auch Hotdogstückchen, Aufschnitt und Gemüse in die Backen. Das Einzige, was sie nicht mochten, waren Gummibärchen, und das ärgerte Lucy, weil sie jede Menge davon gehortet hatte.

Sheridan hatte schnell den Bogen raus, wie sie beim Abendbrot das eine oder andere in ihrer Serviette verstecken konnte, um es später in den Hof zu bringen. Lucy aß immer alles auf, opferte aber gerne ihren kleinen Schokoriegel, den es zum Nachtisch gab, denn sie stand nicht so auf Süßes. Nach dem Essen fragten die Mädchen immer gemeinsam, ob sie im Hof spielen könnten, während Mom abwusch, telefonierte oder mit Oma Missy plauderte. Das durften sie jedes Mal, und sie sausten davon, um ihre geheimen Haustiere zu füttern.

Lucky, Hippity-Hopp und Elway waren alles andere als leise. Sie konnten piepsen und kleine Schreie ausstoßen, und wenn sie aufgeregt oder besonders munter waren, gaben sie ein Geräusch von sich, das wie eine gedämpfte Babyrassel klang. Manchmal glaubte Sheridan, die Tiere seien so laut, dass Mom und Oma Missy sie unmöglich überhören konnten, offenbar aber bekamen sie nichts von ihnen mit.

Irgendwann würde Lucy das Geheimnis ausplaudern, dachte Sheridan. Sie war einfach noch zu klein, um den Mund zu halten. Erst heute Abend hatte sie nach dem Essen gesagt, sie wolle rausgehen und Lucky füttern. Sheridan hatte daraufhin erklärt, Lucky, Elway und Hippity-Hopp seien ihre Fantasietiere, und Mom hatte Sheridan ein Kompliment dafür gemacht, so nett mit ihrer kleinen Schwester zu spielen. Oma Missy hatte die beiden dabei angestrahlt.

Wenn die drei alles aufgefressen hatten oder gar nicht aus dem Holzstapel kamen, wollte Lucy mit Sheridan »Tiere spielen«. Die war einverstanden, und Lucy tat, als sei sie eines der kleinen Geschöpfe. Sheridan warf unsichtbares Futter ins Gras, und Lucy, die gut im Nachahmen war, imitierte die Bewegungen der Tiere, wie sie es mit den Pfoten auflasen und in ihre Backen stopften.

Sheridan wusste, dass das nicht gut gehen konnte. Irgendwas würde schief laufen. Das war doch immer so.

Aber solange die Tiere lebten, munter waren und nur Sheridan (und Lucy) gehörten, würde sie es genießen. Dieses Geheimnis zu haben und die kleinen Gesichter plötzlich aus dem Stapel hervorlugen zu sehen, war eine riesige Freude – und etwas, das sie jeden Nachmittag auf dem Heimweg im Bus sehnlichst erwartete.

Solange es dauerte, war es ein Zauber.

15

Vor Sonnenaufgang fuhr Joe wieder in die Breaklands. Es herrschte dichter, feuchter Nebel. Um auf seinen Aussichtshügel zu kommen, musste er diesmal auf Allradantrieb schalten. Der Morgen dämmerte nass und grau herauf – und der Regen wurde immer stärker. Rundum trieben niedrige Wolken langsam über den Himmel, und auf dem rutschigen Lehmboden der Ebenen bildeten sich große Pfützen und schokoladenbraune Teiche, während

Bäche durch tief ausgewaschene Betten schäumten. Die ganze Gegend war eine einzige Waschküche, und soweit Joe durch sein Fernglas beobachten konnte, waren die Pronghornjäger in ihren Zelten geblieben. Die Feldwege waren schon in üblem Zustand, also entweder spiegelglatt oder matschig. Joe beschloss, hier zu verschwinden, solange es noch möglich war. Auf dem Rückweg schleppte er ein paar Jäger frei, die in einem Graben stecken geblieben waren, und folgte ihnen zur Landstraße.

Zu Hause angekommen, ließ Joe seine Stiefel und die gelbe Regenjacke in der Arbeitsumkleideecke und legte seinen Hut umgedreht auf den Schreibtisch. Dann rief er in der Zentrale der Wild- und Fischbehörde in Cheyenne an und ließ sich mit der zoologischen Abteilung verbinden. Er fragte einen veterinärmedizinischen Assistenten, ob der Inhalt des Päckchens, das er eingeschickt hatte, schon untersucht worden sei. Er solle am Apparat bleiben, sagte der Mann.

Joe roch den Kaffee aus der Küche und hörte das Murmeln von Marybeth und ihrer Mutter am Tisch.

Schließlich wurde Joe mit einem Mann verbunden, der sich ihm als leitender Biologe vorstellte. Joe hatte von ihm gehört, war ihm aber noch nicht begegnet. Während der Mann redete, spürte Joe, wie seine Kopfhaut zu zucken begann.

»Was meinen Sie damit, dass Sie es nicht haben?«, fragte er.

»Genau das«, antwortete der Biologe. Der selbstgerechte Ärger eines Mannes, der in der Hierarchie über Joe rangierte, war unüberhörbar. »Hier hat niemand ein Päckchen von Ihnen gesehen oder erinnert sich, es bekommen zu haben. Wie haben Sie's denn geschickt?«

»In einer kleinen Schachtel, eingepackt in braunes Packpapier und mit Tesa zugeklebt.«

»Haben Sie's einfach mit der Post geschickt? Nicht mit UPS? Nicht mit Federal Express? Nicht als Einschreiben?«, pfefferte der Biologe Joe entgegen. »Dann gibt's auch keine Quittung. Haben Sie's so geschickt, dass sich die Sendung nicht zurückverfolgen lässt?«

Joe spürte, dass er wütend wurde. Aber er sprach weiterhin leise und ausgeglichen. »Ich hab mich vor einiger Zeit telefonisch erkundigt und wurde angewiesen, Päckchen grundsätzlich per Post zu schicken. Bei den knappen öffentlichen Mitteln heutzutage hätten wir Extravaganzen wie Federal Express zu vermeiden.«

»Wer hat Ihnen das gesagt?«, fragte der Biologe nüchtern.

»Ich glaube, Sie waren das.« Das ist doch dieselbe Stimme, dachte Joe.

Ein langer, frustrierter Seufzer drang durchs Telefon. »Na ja. Hier ist Ihr Päckchen jedenfalls nicht.«

»Könnten Sie noch mal nachsehen? Es ist wichtig. Was ich zur Untersuchung eingeschickt habe, ist noch nie weggekommen, weder auf dem Weg von Ihnen zu mir noch umgekehrt.«

Langes Schweigen. »Klar – wir können noch mal nachsehen. Aber niemand hier erinnert sich, was bekommen zu haben.«

Er fragte Joe, an welche Adresse er das Päckchen geschickt und ob er die richtige Abteilung angegeben habe. Und ob er es ausreichend frankiert habe.

Als Joe eben antworten wollte, bat der Biologe ihn, noch mal kurz am Telefon zu bleiben. Womöglich habe jemand das Päckchen gefunden. Joe lehnte sich im Drehstuhl zurück und behielt den Hörer am Ohr. Einmal mehr ging ihm durch den Kopf, was die Jungs in Cheyenne oft über die Jagdaufseher vor Ort dachten – und umgekehrt. Vern hatte Joe schon vor Jahren gewarnt, die Abteilungsleiter glaubten manchmal, die Jagdaufseher würden zu Einheimischen und vergäßen, beim Staat angestellt zu sein. In der Zentrale unterstelle man ihnen bisweilen, sie würden anfangen, sich als Interessenvertreter der Viehzüchter ihrer Gegend zu verstehen. Oder der Jäger. Oder der Wilderer. So weit Vern. Einige der hohen Tiere in Cheyenne hielten die Jagdaufseher jedenfalls für Primadonnen mit tollen Schlitten, Gewehr und Dienstplakette. Als wären sie Lokalgrößen und keine kleinen Angestellten. Aber der Ärger mochte gegenseitig sein. Joe rief nie vor acht und nie nach fünf in der Zentrale an, weil ihm klar war, dass jeder, mit dem er sprechen musste, ausschließlich während der Bürozeiten dort war. Er selbst mochte seinen Arbeitstag um fünf Uhr früh mit einer Streifenfahrt durch die Breaklands vor den Bighorn Mountains beginnen, in Cheyenne aber lagen die Dinge anders. Biologen bekamen ihr Gehalt immer – ob sie ein Päckchen nun fanden oder nicht.

Aus dem Augenwinkel sah Joe Sheridan und Lucy im Wohnzimmer spielen. Lucy war gerade ein Hund oder so. Sie stellte sich auf die Hinterbeine, um an einen unsichtbaren Leckerbissen zu kommen, den Sheridan ihr hinhielt. Süß war das. Gestern Abend hatte Marybeth gesagt, den Mädchen gehe es offenbar glänzend. Der Zwischenfall mit Ote Keeley habe sie wohl nicht weiter mitgenommen. Sie hätten die letzten zwei Tage die ganze Zeit beim Holzstapel im Hof gespielt und nicht mal erwähnt, was dort geschehen sei. Sogar Sheridan, Miss

Launisch, sei immerzu gut aufgelegt. Marybeth meinte, sie glaube allmählich, man müsse sich vielleicht doch keine Sorgen machen.

»Nein, tut mir Leid«, sagte der Biologe, als er wieder ans Telefon kam. »Wir haben ein Päckchen gefunden und geöffnet, aber es war eine Gewebeprobe von einem Adler, die uns ein Aufseher aus Ranchester geschickt hat, um überprüfen zu lassen, ob er abgeschossen worden ist.«

Joe fluchte ganz leise in sich hinein. Der Biologe war einverstanden, ihn anzurufen, falls das Päckchen doch noch auftauchen sollte.

Joe kam auf einen Kaffee in die Küche. Marybeth und Missy saßen am Tisch und unterbrachen ihr Gespräch, als er reinkam. Also mussten sie gerade über ihn gesprochen haben. Er schenkte seine Tasse voll, drehte sich um und lehnte sich an die Spüle. Marybeth strahlte und lächelte ihn an. Auch Missy lächelte und betrachtete ihn fast ein wenig scheu und ehrfürchtig. So hatte sie ihn noch nie angeschaut. Keine der beiden hatte vor, ihn nach dem Jobangebot zu fragen. Oder danach, was er darüber denke. Noch nicht. Sie versuchten, seine Stimmung einzuschätzen.

Lucy kam auf allen vieren in die Küche gekrabbelt und erhob sich am Tisch mit offenem Mund auf die Hinterbeine. Missy nahm eine Waffel, brach ein Stück ab und fütterte sie damit. Joe vermutete, das ging schon den ganzen Morgen über so.

»Da hast du deinen Leckerbissen, mein Hündchen«, sagte Missy.

»Bin kein Hündchen«, rief Lucy über die Schulter, als sie wieder ins Wohnzimmer zu ihrer Schwester zischte.

»Ich weiß ja nicht, was dahinter steckt, aber die Mädchen sind gerade wahre Engel«, sagte Marybeth zu Joe. »Vielleicht weckt ihre Großmutter ihre beste Seite.«

Joe lachte, und Missy schoss Marybeth einen Blick zu.

Im Büro klingelte das Telefon, und Joe entschuldigte sich.

Schweigen am anderen Ende, nachdem er den Hörer abgenommen und seinen Namen genannt hatte. In der Leitung rauschte es kaum wahrnehmbar. Also ein Ferngespräch.

»Sie kennen mich nicht.« Eine Frauenstimme. »Ich arbeite in der Zentrale in Cheyenne.« Sie klang fest, aber nervös. Und sie war kaum zu verstehen.

Joe griff blind hinter sich und schloss die Bürotür. Jetzt war es still im Zimmer. Er setzte sich an den Schreibtisch.

»Sie haben heute wegen eines Päckchens angerufen«, sagte die Frau. »Ich hab gesehen, dass es Dienstag gekommen und zur Untersuchung in die zoologische Abteilung gegangen ist. Dann ist es verschwunden.«

»Was meinen Sie mit ›verschwunden‹?«, fragte Joe.

»Es ist verschwunden.«

Joe dachte nach und schwieg. Die Frau wiederholte, es sei verschwunden. Sie sprach abgehackt, und Joe spürte, dass sie vorsichtig sprach, als ob jeden Moment jemand reinplatzen könnte.

»Wer sind Sie?«, fragte er.

»Egal. Ich hab zwei Kinder, und mein Mann ist arbeitslos. Ich bin im öffentlichen Dienst, mit Zulagen. Ich brauch diesen Job.«

»Ich hab auch zwei Kinder. Und demnächst kommt noch eins.«

»Dann lassen Sie das mit dem Päckchen am besten auf

sich beruhen«, sagte die Frau scharf. Sie wollte offenbar keine Gemeinsamkeiten herstellen. »Lassen Sie's einfach, und kümmern Sie sich um Ihre Angelegenheiten.«

Joe runzelte die Stirn. Jetzt bekam er diesen Rat schon zum zweiten Mal. Während sie redete, öffnete er die Schreibtischschublade. Der andere Umschlag mit Kotkügelchen lag noch an seinem Platz.

Sie zögerte kurz und fuhr dann fort. »Lassen Sie's mich so sagen: Alles, was Sie uns schicken, wird verloren gehen.«

»Warum tun Sie das eigentlich?«

Durchs Telefon spürte Joe einen Anflug von Verzweiflung. »Keine Ahnung. Ich musste einfach. Und jetzt muss ich los.«

»Danke«, sagte Joe, doch sie hatte schon aufgelegt.

Er dachte darüber nach, was er tun sollte. Den Hörer noch in der Hand, suchte er den Schreibtisch durch, bis er sein altes Adressbuch fand. Dann rief er seinen Freund Dave Avery an. Die beiden hatten zusammen studiert. Dave arbeitete jetzt als Zoologe in der Wild- und Fischbehörde von Montana in Helena. Nachdem sie einander auf den neuesten Stand gebracht hatten (Dave war geschieden und wieder verlobt), fragte Joe, ob er ihm eine Kotprobe für eine unabhängige Analyse schicken könne.

»Wo hast du sie gefunden?«

»Bei mir hinterm Haus.«

»Und meine Kollegen in Wyoming können sich nicht entscheiden, von welchem Tier sie ist?«

»Das ist ziemlich umstritten«, wich Joe aus. Er wollte die Geschichte mit dem verlorenen Päckchen nicht vom Stapel lassen. Das musste ja nicht sein.

»Hört sich an, als wolltest du mich rausfordern.«

»Stimmt.« Joe zwang sich ein Lachen ab. Dave war einverstanden, sich das Material anzusehen und Probe und Ergebnisse vertraulich zu behandeln.

Joe lehnte sich im Drehstuhl zurück. Er dachte über das nach, was ihm die Frau aus dem Labor gesagt hatte. Er fragte sich, wie er wohl herausfinden könne, wer sie war. Und ob er das überhaupt tun sollte. Er glaubte, dass sie ihm über die verschwundene Probe die Wahrheit gesagt hatte, und wünschte zugleich, sie hätte das nicht getan. Denn die Dinge waren plötzlich sehr viel komplizierter geworden.

16

Die Reifen machten ein brutzelndes Geräusch, als Joe mit dem Pick-up durch die nassen Straßen Saddlestrings zum Büro des Sheriffs fuhr. Es regnete noch immer, und fast niemand war draußen. Wer unterwegs war, hastete von Tür zu Tür und hielt dabei die Hände über den Kopf. Merkwürdig, dass dieses Wetter den ganzen Tag anhält, dachte Joe. In dieser Jahreszeit regnet es nur selten. Eigentlich regnet es überhaupt selten, punktum. Joe war aufgefallen, dass die Bewohner Wyomings bei Regen nicht wussten, was sie tun sollten – außer ins Trockene zu kommen, durchs Fenster zu schauen und zu warten, dass es aufhört. Dieselben Leute, die im Winter Schneeketten auf alle vier Räder zogen und durch Stürme fuhren, bei denen die Flocken waagerecht vor ihrer Windschutzscheibe vorbeisausten – diese Leute, die sich durch Schneewehen arbeiteten, nur um in der Stadt zu Mittag zu essen, hatten einfach keine Ahnung, was sie bei Regen anfangen sollten. Ein paar Rancher zogen Plastikhüllen – manchmal Cowboy-Kondome genannt – über ihre Texashüte, doch kaum jemand besaß einen Regenschirm. Und noch weniger Menschen ließen sich mit aufgespanntem Schirm blicken, denn das erschiene ja großstädtisch und überkandidelt. Die einzigen Regenjacken, die Joe in dieser Gegend gesehen hatte, steckten sauber zusammengerollt hinten am Sattel – und dort blieben sie im Allgemeinen auch. Joe aber mochte Regen und wünschte, es gäbe ihn öfter.

Vern hatte Recht. Saddlestring lag im Sterben. Vor zehn Jahren waren die Kohlenbergwerke noch in Betrieb, genau wie die Pumpen des Ölfelds »Twelve Sleep«, inzwischen aber war beides stillgelegt. Nur ein paar Leute arbeiteten an der Renaturierung rund um die ehemalige Kohlengrube, und die eingemotteten Ölförderanlagen warteten vergeblich darauf, dass der Ölpreis stieg. Sogar in der Landwirtschaft gab es immer weniger Jobs, während reiche Leute aus anderen Bundesstaaten hier Ranches kauften, um Steuern abzuschreiben, und die Betriebe dann nicht selten auflösten. Seit zehn Jahren hatten die Fleischpreise nicht mehr so niedrig gelegen wie jetzt. Jedes vierte Schaufenster in der Hauptstraße war mit Brettern vernagelt. In den letzten fünf Jahren hatte die Einwohnerzahl der Stadt um dreißig Prozent abgenommen. Überall standen Häuser zum Verkauf, und zwar billig. Der einzige Radiosender von Saddlestring hatte angekündigt, zum nächsten Ersten sein Programm einzustellen. Die Arbeitslosigkeit war hoch und nahm weiter zu. Verns Pipeline würde nicht nur Gas, sondern endlich auch wieder Menschen und Dollars in diese Gegend pumpen.

Saddlestring war eine klassische Stadt des amerikanischen Westens, die aus der viel versprechenden Lage an der Eisenbahn hervorgegangen war. Aber die Hoffnungen hatten sich nie wirklich erfüllt. In den 1880ern hatte ein Bergbau-Magnat hier ein prächtiges Hotel bauen lassen, doch das war nun schon lange verfallen. Die Hauptstraße – sie hieß auch so – schlängelte sich von Norden nach Süden durch den Ort und brachte es dabei auf stattliche vier Ampelkreuzungen, aber nicht auf eine grüne Welle. Die Läden im Stadtzentrum – immerhin zwei Häuserblocks – besaßen nach außen hin noch immer etwas hochnäsig Viktorianisches. Schließlich waren sie einmal dazu bestimmt gewesen, Grundpfeiler einer vornehmen Großstadt zu sein. Doch nördlich und südlich davon sah die Hauptstraße aus wie jede andere Einkaufsmeile in den USA – gespickt mit Waffenläden und Sportgeschäften, Anglerbedarf und Kneipen. Und mit Restaurants, in denen es nur Steaks zu essen gab.

Joe kam ins Büro des Sheriffs und hängte Hut und Jacke an den Garderobenständer.

»Regnet's immer noch?«, fragte Hilfssheriff McLanahan von seinem Schreibtisch hinterm Tresen. Joe bejahte und erkundigte sich, ob Sheriff Barnum zu sprechen sei. Wendy, die nicht nur Telefonistin, sondern auch Empfangschefin war, starrte Joe betont kühl und lange genug an, um ihm klar zu machen, dass sie ihn nach dem Telefongespräch vom Sonntag noch immer nicht mochte. Aber dann gab sie nach und rief Barnum über die Gegensprechanlage an – »Jagdaufseher Joe« sei da und wolle zu ihm.

Sheriff Bud Barnum saß hinter einem Schreibtisch, auf dem sich Berge von Akten und Post häuften. Er nippte an einem großen, weißen Plastikbecher, den er anscheinend nie absetzte. Obwohl sein Büro ziemlich geräumig war, lagen überall stapelweise Zeitschriften und Papiere herum, und Joe bekam bei dieser Unordnung beinahe Platzangst. Vor Barnums Schreibtisch stand ein brauner, vinylbezogener Stuhl. Joe legte ein paar ungeöffnete Briefe beiseite und setzte sich.

Barnum schlürfte laut, und Joe roch den starken Kaffee.

»Sind Sie schon mal in dem neuen Café an der Ecke gewesen?«, fragte Barnum. Joe nickte. Marybeth traf sich dort gern während seiner Frühstückspause mit ihm – auf einen Kaffee und ein paar Riesenmuffins.

»Das ist ein prima Laden«, sagte Barnum in aller Ruhe. »Obwohl die Besitzer ja ein bisschen dämlich sind. Hippie-Establishment oder so was. Sind aus Kalifornien hergezogen. Sie schminkt sich nicht und rasiert sich auch nicht die Beine. Ich weiß nicht, was sie damit sagen will. Er war Ingenieur in der Computerbranche oder so, bevor er seinen Aktienanteil verkauft hat. Die beiden essen nur vegetarisch.«

Barnum erschien Joe sehr müde. Das Gesicht des Sheriffs war blassgrau, und er hatte Säcke unter den Augen.

»Heutzutage gibt's ja unglaublich viele Kaffeesorten.« Barnum betrachtete seinen großen Plastikbecher. »Das hier ist Java-Java aus Äthiopien. Ich hab immer gedacht, es gäb nur einen Kaffee. Den in der großen, roten Dose mit 'nem kleinen mexikanischen oder kolumbianischen Bauern drauf. Jetzt gibt's plötzlich hundert verschiedene Sorten. In dem Laden wird jeden Tag ein neuer, ganz besonderer Kaffee angepriesen. Ich probier täglich einen anderen und versuche, all die Jahre wettzumachen, in denen ich kaffeekulturell auf Tauchstation war. Keine Ahnung, warum Alkohol und Tabak jetzt schlecht sind und Koffein-Hämmer plötzlich gut. Das geht über meinen Horizont, und ich fühl mich alt dabei.«

Er hielt Joe den Becher zum Probieren hin. Der nahm aus Höflichkeit einen kleinen Schluck. Barnum hatte etwas entwaffnend Sympathisches.

Joe nickte.

»Richtig gut, nicht? Wer hätte gedacht, Kaffee könnte aus Afrika kommen? Der einfache, alte Kaffee aus Amerika ist eben nicht mehr gut genug für uns, schätz ich.«

Joe war verlegen. Darum kam er gleich zur Sache. »Darf ich Ihnen eine Frage zum Mord an den Ausrüstern stellen?«

»Worum geht's genau?« Barnum setzte sich etwas aufrechter hin und sah Joe an. Die schweren Lider schienen ihm dabei fast zuzufallen.

Joe wollte antworten, aber Barnum fing wieder an.

»Erst muss ich wissen, in wessen Lager Sie stehen.«

»In wessen Lager?«

»In Wacey Hedemans oder in meinem? Der Kerl kandidiert gegen mich. Ihr Kumpel.«

»Ich bin neutral«, sagte Joe wahrheitsgemäß. »Ich hab dazu keine Meinung.«

Barnums Gesichtsausdruck blieb immer gleich, und Joe hatte keinen Schimmer, was der Sheriff dachte. Das war zermürbend.

»Bleiben Sie dabei«, warnte Barnum.

»Das hab ich vor.«

»Ich werd die Wahl verlieren«, sagte der Sheriff nüchtern. »Ich kenn mich lang genug aus – das ist meine letzte Amtszeit. Auch wenn es niemandem sonst klar ist.«

Joe hatte keine Ahnung, was er darauf antworten sollte. Bud Barnum sollte nicht mehr Sheriff von Twelve Sleep County sein? Das konnte er sich nicht vorstellen. Und Barnum ganz offensichtlich auch nicht.

»Ich weiß nicht, was ich danach tun werde«, sagte der Sheriff. »Vielleicht gibt mir der Gouverneur einen Job, aber dann müsste ich nach Cheyenne ziehen. Wahrscheinlich bleib ich einfach hier und trink Unmengen Kaffee.«

Joe wandte halbherzig ein, es seien doch noch anderthalb Monate bis zur Wahl. Da könne doch noch alles Mögliche passieren. Barnum nickte matt.

»Sie hatten eine Frage.«

»Ich wüsste gern etwas über den Stand der Ermittlungen.«

»Den Stand der Ermittlungen«, sprach Barnum ihm nach und setzte dabei eine theatralisch verdutzte Miene auf. »Der ist eindeutig. Die kriminaltechnische Untersuchung durch die Polizei von Wyoming hat erwiesen, dass alle drei Mississippi-Schweine mit der gleichen halbautomatischen 9-mm-Pistole aus der Nähe erschossen worden sind. Diese Pistole wurde bei Mr Clyde Lidgard gefunden. Und zwar von Hilfssheriff McLanahan, von Ihnen und von Mr Hedeman. Lidgard liegt in kritischem Zustand in Billings im Krankenhaus und hat das Bewusstsein nicht wiedererlangt. Die Ärzte in Montana sagen jeden Tag, er werde die Nacht nicht überstehen, aber bis jetzt hat er's noch immer geschafft. Wenn Mr Lidgard nicht wieder zu Bewusstsein kommt und uns eine Geschichte erzählt, die von dem abweicht, was wir schon wissen, ist der Fall so gut wie abgeschlossen.«

Joe wartete auf mehr. Es kam nicht mehr.

»Wenn Clyde Lidgard stirbt, endet die Untersuchung also«, sagte Joe.

»Es sei denn, es gäbe irgendeinen neuen Anhaltspunkt, um sie wieder aufzurollen«, sagte Barnum. »So einfach ist das.«

Joe nickte. »Ist sein Wohnwagen untersucht worden?«

In Barnums Stimme lag nun leiser Spott. »Von uns und von der Kriminalpolizei. Es hat sich nichts gefunden, was Lidgard be- oder entlastet hätte. Der Untersuchungsbericht liegt bei den Akten, wenn Sie ihn lesen wollen. Das war ein seltsamer Vogel, und sein Wohnwagen war auch seltsam. Lidgard hat gern mit seiner Kleinbildkamera fotografiert. Bei ihm liegen Tausende von Bildern rum. Und er sammelte Aufnahmen von Marilyn Monroe und besaß sogar die allererste Playboy-Ausgabe – da sind Fotos von ihr drin. Dieses Heft war höchstwahrscheinlich Clydes einziger Besitz, der ein bisschen was wert ist. Würde mich allerdings wundern, wenn's noch da wäre – bestimmt ist es in die Aktentasche eines Kripobeamten geraten. Aber sonst befindet sich noch alles im Wohnwagen, und der ist verschlossen und versiegelt.«

Joe hörte genau zu und wartete, dass Barnum fertig wurde.

»Haben Sie was dagegen, wenn ich mir den Wohnwagen auch mal anschaue?«

Barnum sah schon wieder betont verdutzt drein. Dann lächelte er leicht, als würde Joe ihn amüsieren. »Wollen Sie ein bisschen ermitteln?«

»Ich bin nur neugierig.«

Der Sheriff zog die Augenbrauen hoch. »Darf ich fragen, warum?«

Joe zuckte die Achseln. »Ich schätze, ich nehm die

Sache etwas persönlich, weil Ote Keeley hinter meinem Haus gestorben ist. Das Ganze hat meine Familie ziemlich mitgenommen.«

»Was gibt's da aufzuklären? Ich schlag mich seit über zwanzig Jahren mit solchen Sachen rum und bin inzwischen zu dem schmerzlichen und manchmal unbeliebten Schluss gekommen, dass die Dinge oft genau so sind, wie sie scheinen.«

»Gut möglich. Aber ich möchte mich selbst davon überzeugen.«

Joe hatte das Gefühl, der Sheriff mustere ihn übertrieben lange. »Tun Sie, was Sie nicht lassen können«, sagte Barnum schließlich. »Die Schlüssel zu Lidgards Wohnwagen liegen bei den Akten. Aber nehmen Sie nichts mit, und bringen Sie nichts durcheinander – vielleicht finden wir ja einen Verwandten, der was mit dem Müll anfangen kann.«

Joe bedankte sich und stand auf.

Als er nach der Türklinke griff, sagte Barnum: »Joe, sollten Sie nicht im Wald unterwegs sein, Wilderer schnappen oder Scheißhaufen zählen oder was ihr Aufseher so treibt?«

Joe drehte sich um.

»Das sollte ich wohl«, antwortete er ruhig. Und er sagte nicht, was er dachte: Solltest du nicht unterwegs sein und auch der kleinsten Spur nachgehen, statt auf deinem dicken Hintern im Büro zu sitzen, Kaffee zu trinken und dir wegen der Wahl Sorgen zu machen?

Von McLanahan bekam Joe eine Kopie des Untersuchungsberichts und die Schlüssel zum Wohnwagen.

»Der macht einen fertig, was?«, meinte der Hilfssheriff. »Die Arbeitsatmosphäre hier ist zurzeit wirklich bombig. Wenn ich mal 'nen Witz riskiere oder nur über etwas zu lachen wage, sagt er, ich solle mit der Jerry-Lewis-Nummer aufhören.«

Joe nickte und nahm Hut und Jacke.

»Jerry-Lewis-Nummer«, wiederholte McLanahan, als Joe rausging. Es regnete noch immer.

An Clyde Lidgards Wohnwagen hing ein Pappschild, auf dem mit Filzstift stand:

> Jeder, der dabei erwischt wird, dieses Gebäude mutwillig zu beschädigen oder sich Eintritt dazu zu verschaffen, wird mit der ganzen Härte des Gesetzes belangt.
>
> Der Sheriff des Twelve Sleep County

Der Regen hatte die Buchstaben verschmieren und verlaufen lassen, und einige schwarze Tintenspuren wanderten die ganze Eingangstür runter.

Im Wohnwagen war es dunkel, denn der starke Regen ließ nur wenig Licht durch die verdreckten Scheiben und Jalousien dringen. Joe fand den Lichtschalter, musste aber feststellen, dass der Strom abgestellt war. Es roch muffig – aus Kühlschrank und Mülleimer drang der Gestank verfaulender Lebensmittel. Joe beschloss, dort erst zum Schluss auf dem Weg nach draußen nachzuschauen, denn der Geruch, der ihm entgegenschlüge, wenn er Tür und Deckel öffnete, würde wohl erstickend sein. Er zog die Taschenlampe aus seinem Gürtel und knipste sie an. Ein komisches Gefühl, in der Wohnung eines Toten zu stehen. Irgendwie voyeuristisch. Joe führte seine Ermittlungen normalerweise im Freien, und sie galten oft den liegen gelassenen Kadavern von erlegtem Wild. Hier fühlte er sich eingeschlossen. Er kannte Clyde Lidgard doch nicht gut – was tat er dann in seinem Wohnwagen? Außerdem hatte er nicht die leiseste Ahnung, wonach er eigentlich suchte.

Alles starrte vor Dreck. Seit Jahren waren die Böden nicht geputzt und kein Staub mehr gewischt worden. Joe stand am Küchentisch und fragte sich, wo er zuerst suchen sollte. Mit der Taschenlampe leuchtete er durchs Zimmer und stellte fest, dass links ein Flur abging. Alle Türen standen offen – vermutlich ging das aufs Konto der Hausdurchsuchung des Sheriffs. Am Ende des Korridors konnte Joe gerade noch einen Bettpfosten im Schlafzimmer erkennen. Vom Flur gingen zwei Türen ab. Die eine führte in ein winziges Bad, die andere in eine Kammer, die offenbar als Lagerraum gedient hatte.

Als Joe den engen Korridor betrat, blieb er gleich mit dem Pistolenhalfter an einem aus der Wand stehenden Nagel hängen. Er trat einen Schritt zurück, schnallte den sperrigen Gürtel ab und legte ihn auf den Tisch. Die Taschenlampe behielt er.

Joe ging ins Badezimmer. An allen Wänden und selbst an der Decke hingen an rostigen Reißzwecken alte Fotos von Marilyn Monroe, die im Wasserdampf wellig geworden waren. Auf den Regalbrettern in der Ecke standen lauter braune Arzneifläschchen mit rezeptpflichtigen Medikamenten. Die meisten waren verstaubt und schon lange nicht mehr benutzt worden. Joe las die Etiketten und stellte fest, dass sehr viele Mittel im hiesigen Krankenhaus für Kriegsveteranen verschrieben worden waren. Die neuesten Medikamente kamen alle aus Barretts Apotheke in Saddlestring. Thorazin und Prozac – diese Namen sagten Joe etwas, aber er wusste über beide Arzneien nur wenig.

Der kleine Lagerraum schien voller Kartons, Kleidung und Plunder. Im Lauf der Jahre war dort so vieles planlos übereinander gestapelt worden, dass man gar nicht richtig ins Zimmer reinkam, wenn man vorher nicht ein paar Kartons rausnahm. Joe leuchtete mit der Taschenlampe in einige davon, die in seiner Reichweite standen. Alle waren voller Foto-Umschläge. Wie Sheriff Barnum gesagt hatte – das mussten Tausende sein.

Dann trat Joe in Lidgards Schlafzimmer, dessen Doppelbett fast den gesamten Boden einnahm. Ihm blieb nichts anderes übrig, als sich seitlings am Bett entlangzuarbeiten, um sich im Zimmer umzusehen. An der Wand steckten einige vergilbte Marilyn-Monroe-Poster, ein Foto des jungen Clyde Lidgard in Armee-Uniform und der Kalender einer Futtermittel- und Saatgetreidehandlung aus Saddlestring. Die Bettlaken waren nicht beige, wie Joe zuerst dachte – sie waren weiß, aber so verdreckt, dass sie beige erschienen. Im ganzen Raum stand ein muffiger Geruch.

Joe schob die Türen des Wandschranks auf. Er war gerammelt voll – Lidgard hatte erstaunlich viel zum Anziehen. Aber er schien seit Jahren nichts davon getragen zu haben. Die Schulterpartien der Hemden und Jacken auf der Garderobenstange waren ganz verstaubt. Im Regal darüber lagen gut zehn Schachteln kleinkalibrige Gewehrpatronen. Ihre Preisschilder reichten von acht Dollar fünfzig bis achtzehn Dollar – demnach war die Munition über einen Zeitraum von mindestens zwanzig Jahren gekauft worden. Joe fasste hoch und stellte fest, dass die älteren Schachteln leer waren. Aus irgendeinem

Grund hatte Lidgard sie behalten. All den Fotos, dem Plunder, den Pillenfläschchen und Patronenschachteln nach war er ein besessener Sammler gewesen. Joe stieg aufs Fußende des Bettes, um sicherzugehen, alles im Regal entdeckt zu haben. In der dicken Staubschicht befanden sich einige frische Fingerspuren. Joe nahm an, sie stammten von den anderen Ermittlern. Und er wusste noch immer nicht, wonach er eigentlich suchte.

Er schloss den Wandschrank und zog einen kleinen Notizblock aus der Hemdtasche.

»Lidgards Wohnwagen«, schrieb er. »Keine 9-mm-Patronen.«

Joe musste einige Male hin- und hergehen, um alle Kartons aus der Rumpelkammer zum Küchentisch zu schleppen, wo das Licht besser war. Anscheinend waren die Fotos völlig ungeordnet. Doch die oberen Umschläge enthielten im Allgemeinen neuere Aufnahmen als die, die weiter unten lagen.

Joe nahm die jüngeren Bilder Film für Film aus den Stecktaschen, betrachtete sie und achtete darauf, sie wieder in die richtigen Umschläge zu schieben. Die letzten Fotos waren in Barretts Apotheke zum Entwickeln gegeben worden. Dort hatte Lidgard sich auch seine rezeptpflichtigen Medikamente besorgt.

Sollte Joe gehofft haben, dass die Aufnahmen mehr enthüllen würden, als dass Lidgard ein lausiger, wenn auch besessener Fotograf war, dann war er schnell enttäuscht. Die Bilder waren in aller Regel von mieser Qualität, und die Motive waren banal, manchmal hirnverbrannt. Lidgard hatte seine Kamera offenbar überall dabeigehabt und aus dem Autofenster eine Menge Dinge aufgenommen, die nur er hätte erklären können. Die meisten Fotos waren schief und fielen nach links ab. Bäume gab's da, viele Bilder von Bäumen und Büschen. Joe sah genau hin, ob im Geäst irgendwas war, konnte aber nichts Bemerkenswertes entdecken. Da gab's Landschaftsaufnahmen – Salbeigestrüpp, die Ausläufer der Berge und die Berge selbst, das Tal des Flusses. Immer mal wieder zeigte ein Foto einen Körperteil Lidgards. Auf einigen Aufnahmen waren seine Schuhe zu sehen – offenbar hatte er sich einfach hingestellt und die Kamera senkrecht auf den Boden gerichtet. Ein paar Bilder zeigten Lidgards unscharfes Gesicht – da hatte er den Fotoapparat auf Armeslänge von sich weggehalten und auf den Auslöser gedrückt. Joe musterte Clydes Miene nach irgendeinem Anhaltspunkt, doch er sah nur ein dunkles und verhärmtes, beinahe gepeinigtes und immer finster dreinschauendes Gesicht, das vom Blitz mal obszön ins Licht gezerrt wurde, mal in Überhelle verschwamm. Es gab ein unheimliches Foto von Lidgard im Badezimmerspiegel, bei dem der größte Teil seines Körpers bis zur Unkenntlichkeit überbelichtet war. Es gab Aufnahmen von den Berghütten, um die Lidgard sich kümmerte, und Fotos von Gebäuden im Zentrum von Saddlestring. Zwei Filme zeigten nur Schneewehen. Auf einem der Winterbilder konnte Joe ein Rudel Wapitis erkennen, die ganz im Hintergrund durch die Prärie zogen. Die Tiere waren so klein wie Fliegendreck. Und ab und zu gab es unscharfe Fotos von Lidgards verschrumpeltem Penis.

Joe grub in der Schachtel nach einer Hand voll Umschlägen aus früheren Jahren. Viele Aufnahmen stammten aus einem Krankenhaus für Kriegsveteranen und zeigten Schwestern, Ärzte, Inventar, Patienten, Fliesenböden und wieder Clyde Lidgards Penis.

Joe ging die Bilder durch, bis es so dunkel wurde, dass er kaum noch etwas erkennen konnte. Die neuesten Fotos waren im letzten Sommer in und um Saddlestring aufgenommen worden. Also lagen mindestens zwei Monate zwischen Clydes letzten Bildern und der Schießerei im Jagdlager. Das schrieb sich Joe ins Notizbuch. Er fragte sich, warum Lidgard wohl mit der sinnlosen Fotografiererei aufgehört hatte.

Als Joe die Kartons schließlich wieder in die Rumpelkammer brachte, wurde ihm klar, dass er sich den Kopf vergeblich zerbrochen hatte. Der Regen trommelte nicht mehr aufs Wohnwagendach. Nur ab und zu fielen ein paar schwere Tropfen. Joe hatte versucht, aus den Fotos etwas herauszulesen und in ihnen etwas zu finden, das einen Anhaltspunkt dafür liefern mochte, wer Clyde Lidgard war und was ihn ins Jagdlager verschlagen hatte. Aber er hatte nichts gefunden. Stattdessen war er reichlich bedrückt – die Fotos anzuschauen hatte etwas sehr Vertrauliches. Und sie hatten sich als vollkommen nutzlos erwiesen. Warum auch immer – Lidgard hatte diese Aufnahmen gemacht, entwickeln lassen und aufbewahrt. Vielleicht sah er in ihnen Dinge, die niemand sonst sehen konnte, dachte Joe. Oder er erblickte draußen Sachen, die zu fotografieren er sich genötigt fühlte – nur um auf den Abzügen zu entdecken, dass sie gar nicht vorhanden waren. Joe kam zu dem Schluss, über Clyde Lidgard nicht mehr zu wissen als vorher – wegen der Penisfotos aber doch mehr, als ihm lieb war.

Er holte tief Luft und öffnete den Kühlschrank. Ein beißender Gestank flutete ihm entgegen und brannte ihm in den Augen. Er blinzelte, während er mit der Taschenlampe das Innere ableuchtete – verfaulte Hamburger, verdorbene Milch, verschimmelter, schwitzender Käse. Er klappte das Tiefkühlfach auf, und dort stank es sogar noch schlimmer, obwohl es fast leer war.

Joe stieß die Luft aus und trat die Wohnwagentür auf, um wieder atmen zu können. Dann ging er noch mal zum Kühlschrank. Der Boden des Tiefkühlfachs war voll von geronnenem Blut und eingetrockneten Flüssigkeiten. Im Blut und an den Seiten klebten braune Haarbüschel. Bis vor kurzem hatte Clyde Lidgard das Fach mit Tierteilen vollgestopft. Und jetzt waren sie verschwunden.

Die Hände auf die Knie gestützt, stand Joe vor dem Wohnwagen, atmete tief durch und kämpfte mit dem Brechreiz. Ihm dröhnte der Kopf, und die Augen brannten noch immer. Endlich wieder kühle Frischluft. Dankbar sog Joe den starken, süßen Duft von nassem Salbei ein. Die Abenddämmerung stand rot verschmiert über den Gebirgsausläufern.

Joe richtete sich auf und fuhr sich mit dem Ärmel über die Augen. Dann kam von hinten ein satter Knall. Joe schoss herum und sah noch, wie eine Feuerwalze aus dem Wohnwagen rollte, die ihm glühend heiß ins Gesicht schlug.

Bemerkenswert, wie schnell der Wagen niederbrannte. Schon waren die Wände verschwunden, und das schwarze Gerippe des Rahmens lag frei.

Joe sah hilflos zu. Welche Beweise da drin auch gewesen sein mochten – jetzt waren sie zerstört. Wie hatte das passieren können? Er hatte kein Gas gerochen.

Ihm fiel ein, dass er sein Pistolenhalfter im Wohnwagen gelassen hatte, und er fluchte laut. Dann ließ ihn etwas herumfahren.

Auf der Straße Richtung Saddlestring leuchteten Bremslichter auf. Hätte nicht eine kleine Pronghornherde die Straße gekreuzt und das schwarze Auto zum Bremsen gezwungen, hätte Joe es vermutlich nicht bemerkt. Von hinten sah es nach einem Chevrolet Suburban aus.

Vern Dunnegan fuhr einen Suburban, viele andere aber auch. Vern hatte Joe auch mal den Trick beigebracht, bis zur Abenddämmerung zu warten, um sich ohne Licht an Jäger anzuschleichen. Denn zu dieser Tageszeit war ein Auto am schlechtesten auszumachen.

Joe fragte sich, ob das wohl Vern gewesen war. Und wenn ja – was mochte er bei Lidgard getrieben haben?

17

Als Joe heimkam, parkte Waceys schlammbespritzter Pick-up in der Einfahrt. Joe stellte seinen Wagen daneben. Auf dem Weg ins Haus schnüffelte er an seinen Hemdsärmeln. Sie rochen noch stark nach dem Brand von Lidgards Wohnwagen. Maxine begrüßte ihn an der Tür, folgte ihm ins Haus und hielt sich dabei als goldener Schatten knapp hinter seinen Beinen. Lucy und Sheridan spielten im Wohnzimmer. Lucy war wieder ein Tier, und Sheridan fütterte sie mit unsichtbaren Leckereien, während Missy belustigt zuschaute. Wacey lehnte im Türrahmen des Büros, und Marybeth stand hinter Joes Schreibtisch und sah seinen Kalender durch.

»Ich hab bald dein ganzes Bier ausgetrunken. Willst du vorher noch eins?«, fragte Wacey.

»Klar«, sagte Joe.

Wacey kam mit einer kalten Flasche zurück. »Du riechst nicht gut, Joe«, flüsterte er aus dem Mundwinkel, als er an ihm vorbeistrich und ihm das Bier in die Hand drückte. »Ich hab gehört, Clyde Lidgards Wohnwagen ist abgebrannt. Wie ist das bloß passiert?«

Joe war schlecht gelaunt. Er hatte über Funk die freiwillige Feuerwehr von Saddlestring und Sheriff Barnum von der Explosion verständigt. Zehn Minuten bevor die Löschfahrzeuge kamen, war das Gestell des Wohnwagens seufzend zu einem brutzelnden Haufen zusammengebrochen. Und Barnum hatte die Augen zum Himmel gerollt und reuig gestöhnt. Die Feuerwehr hatte die Reste von Joes Pistole und Halfter geborgen. Die schwarze, zusammengeschmolzene Masse schwelte noch auf der Ladefläche seines Pick-ups. Selten hatte Joe Pickett sich so dumm gefühlt wie in diesem Augenblick.

»Hast du ihn schon gefragt, Marybeth?«

»Wonach?«, erkundigte sich Joe.

Marybeth lächelte gespannt. Irritiert blickte Joe von ihr zu Wacey.

»Wacey hat einen Vorschlag für uns.«

Der trat einen Schritt vor und schloss die Bürotür. Das Zimmer war klein. Wacey strahlte. Und Marybeth auch.

»Aimee Kensinger muss nach Venedig. Für dreieinhalb Wochen. Mit ihrem Mann«, sagte Wacey. »Sie hat mich gefragt, ob ich einen vertrauenswürdigen Menschen wüsste, um ihr Haus einzuhüten und ihren Hund jeden Tag auszuführen. Diesen Terrier, der alles anknabbert, du weißt schon.«

Joe nickte langsam und wartete, was weiter kommen würde.

»Er hat uns vorgeschlagen!«, setzte Marybeth hinzu.

Es war deutlich, dass sie die Idee mochte. »Unsere ganze Familie, sogar Mom.«

Wacey wies mit dem Daumen über die Schulter Richtung Missy im Wohnzimmer. »So könnte sie mehr in dem Stil leben, an den sie gewöhnt ist«, sagte er und traf den aufgeblasenen Tonfall dabei so echt, dass Joe gar nicht anders konnte als zu lächeln. »Das wird wie ein Familienurlaub, ohne richtig zu verreisen.«

Joe wandte sich zu Marybeth. »Du willst das also machen?«

Sie führte praktische Gründe an. »Wir haben zu wenig Platz – Mom schläft auf dem Sofa. Alles geht aus dem Leim, und es wäre eine gute Gelegenheit, ein paar Handwerker kommen zu lassen, denn dann stören sie niemanden. Wir sind doch eigentlich immer hier. Es wäre wirklich ein bisschen so, als würden wir Urlaub machen.«

»Und Urlaub habt ihr zwei – soviel ich weiß – noch nie gemacht«, schaltete sich Wacey ein. »Was für eine Gelegenheit. Eine verdammt gute Gelegenheit!«

»Wir ziehen Donnerstag um«, sagte Marybeth.

»Dann schätz ich mal, die Sache ist entschieden«, meinte Joe nüchtern und trank sein Bier aus.

Marybeth fragte Wacey, ob er nicht zum Abendbrot bleiben wolle, aber der sagte, er müsse nach Hause. Auf dem Weg zur Tür hielt Wacey plötzlich inne und sah Lucy und Sheridan beim Spielen zu.

»Ein süßer kleiner Hund ist das.«

»Ich bin kein Hündchen!«, schrie Lucy, erhob sich von den Hinterläufen und wuselte mit ihren pummeligen Armen unterm Kinn herum, während Sheridan sie mit einem unsichtbaren Leckerbissen fütterte.

»Was bist du dann?«

»Kein Hündchen«, sagte Lucy und ließ sich wieder auf die Hinterläufe fallen.

Joe begleitete Wacey zu seinem Pick-up. Bevor Wacey einstieg, blieb er noch ein wenig im Dunkeln stehen. Er hatte sich ein Bier mitgenommen, und Joe hörte, wie er die Flasche öffnete.

»Joe, weißt du, wie das aussieht, wenn sich rumspricht, dass du Clyde Lidgards Wohnwagen angezündet hast?«

»Wieder ein kapitaler Bock«, gab Joe zu und griff nach der Waffe auf der Ladefläche seines Wagens. Vielleicht war sie inzwischen so weit abgekühlt, dass er sie anfassen konnte. Sie war noch warm. Er beschrieb kurz, was geschehen war, und sagte, er verstehe nicht, wie das Feuer ausgebrochen sei. Dass er ein Auto – möglicherweise einen Suburban – gesehen hatte, erzählte er nicht.

»So ein verflixtes Pech.« Wacey betrachtete die unbrauchbar gewordene Waffe. »Ich wette, Barnum amüsiert sich köstlich darüber. Morgen weiß es die halbe Stadt.«

Joe seufzte – unglaublich, dass er seine Waffe schon wieder verloren hatte.

Wacey trank einen Schluck Bier. »Bist du sicher, dass du diese Sache weiterverfolgen solltest?«

»Ote Keeley ist auf meinem Holzstapel gestorben. Das macht es irgendwie zu einer persönlichen Angelegenheit. Und ich finde, die Teile passen einfach nicht zusammen.«

»Was denn vor allem?«

Joe fuhr sich über die Augen. Sie brannten vom Feuer. »Ach, ich weiß nicht. Ich schätze, mir will nicht einleuchten, dass Clyde Lidgard einfach in die Berge gegangen ist, ohne klaren Grund drei Männer erschossen hat und dann in ihrem Lager geblieben ist, bis wir ihn gefunden haben. Und ich frag mich, warum Ote Keeley zum Sterben noch den ganzen Weg zu mir reiten musste.«

»Joe…« Waceys Stimme klang schrill und gequält, als verliere er die Geduld. »Clyde Lidgard war total verrückt. Was so einer tut, kannst du nicht erklären. Darum ist er ja verrückt. Lass es einfach sausen.«

»Du redest wie Barnum und alle anderen.«

»Vielleicht hat er ausnahmsweise Recht.« Wacey setzte sein Bier an, und Joe sah den Mond blassblau auf dem Boden der Flasche gespiegelt. »Glaub mir, Joe – alles ist untersucht worden, und alle sind zufrieden. Wir sind nur Jagdaufseher, keine Kripo. Die Leute denken, wir sind nur bessere Tierkontrolleure. Wild-Schutzpolizisten. Sei hier nicht der einsame Ranger. Du bringst die Zentrale nur in Verlegenheit und reitest dich in noch mehr Ärger – wenn das überhaupt möglich ist.«

Geistesabwesend trat Joe mit der Schuhspitze in den Staub und sah zu Boden.

»Und du weißt ja nie«, fuhr Wacey fort. »Vielleicht findest du einen Bösen, und wenn du nach der Waffe greifst, fällt dir ein, dass du das verdammte Ding schon wieder verloren hast.« Joe wusste genau, dass Wacey ihn im Dunkeln angrinste.

»Sonst noch was?«, fragte er verdrossen.

»Fahr einfach mit deiner süßen, kleinen Familie in die Berge und mach einen schönen Urlaub im Eagle Mountain Club«, schlug Wacey vor. »Davon abgesehen geht die Jagdsaison jetzt richtig los, und du wirst alle Hände voll zu tun haben. Genau wie ich.«

»Schon möglich«, sagte Joe.

»Das sagst du immer, wenn du ganz anderer Meinung

bist, aber nicht mehr drüber reden willst. Ich kenn dich ziemlich gut, Joe. Du kannst ein verdammt sturer Hund sein.«

»Schon möglich«, sagte Joe. Wacey seufzte, und die beiden standen schweigend da. Dunkle Wolken wogten schnell und niedrig über den Himmel und übermalten die Sterne mit dicken schwarzen Pinselstrichen.

»Du und Arlene – ihr könntet doch auch bei Kensingers wohnen?«

Wacey prustete los. »Weißt du, was Arlene unter Luxus versteht? Achtzig Fernsehprogramme! Sie würde das Haus nicht ganz so schätzen wie Marybeth. Außerdem fände sie vielleicht eine Socke von mir unterm Bett.«

Joe nickte, war sich aber nicht sicher, ob Wacey das im Dunkeln sehen konnte.

»Ich werd noch eine Woche arbeiten, bevor ich meine Kandidatur anmelde«, sagte Wacey nach langem Schweigen. »Ich bemüh mich, vom Staat beurlaubt zu werden. Wenn das nicht klappt, muss ich kündigen.«

»Und wenn du die Wahl nicht gewinnst?«

»Ich werd schon gewinnen.« Wacey war wie immer zuversichtlich.

»Aber wenn nicht?«

Wacey lachte, trank sein Bier aus und legte die Flasche auf die Ladefläche von Joes Pick-up, wo sie am nächsten Tag hin und her klirren würde. »Mann – was weiß ich? Darauf hab ich keinen Gedanken verschwendet. Vielleicht werd ich meinen Lebensunterhalt wieder mit Bullenreiten verdienen.«

Wacey öffnete die Wagentür, und sie sahen einander im Schein der Innenbeleuchtung an.

»Ich zieh dich nicht auf, Joe«, sagte Wacey beim Einsteigen. »Lass es mit dieser Ausrüstergeschichte gut sein. Geh einfach wieder an die Arbeit und mach dir einen schönen Urlaub mit der Familie. Du hast wirklich eine tolle Familie. Und eine tolle Frau.«

Wacey warf die Tür zu, und es war wieder dunkel. Als er den Wagen anließ, tauchten die Scheinwerfer die blätternde Farbe am Garagentor in grelles Licht.

Joe hörte den Kies unter den Reifen knirschen und sah, wie Waceys Rücklichter sich auf der Bighorn Road entfernten.

Plötzlich stand Marybeth neben ihm – und Joe erschrak. Er hatte sie nicht rauskommen hören.

»Wir haben wohl eine Glückssträhne«, sagte sie und hängte sich bei ihm ein. »Erst das Jobangebot, jetzt der Eagle Mountain Club.«

»Kann sein, dass ich diese Strähne heute Nachmittag kaputtgemacht habe«, sagte Joe.

»Worüber machst du dir Sorgen?«, fragte Marybeth. »Du bist nicht gerade begeistert gewesen, als Wacey dir davon erzählt hat.«

»Ich bin begeistert«, sagte Joe nüchtern. »Du und die Kinder – ihr werdet wahrscheinlich hingerissen sein. Und deine Mutter natürlich.«

Sie zog ihn ausgelassen am Arm. »Was hast du dann?«

Joe setzte an, »Nichts« zu antworten, aber Marybeth sah das voraus und zog ihn wieder am Arm. Er wollte nicht erzählen, dass der Wohnwagen in Flammen aufgegangen war und er seine Pistole verloren hatte. Das war ja eigentlich auch nicht das Problem.

»Ich schätze, ich fühl mich einfach schlecht, weil wir in einem solchen Dreckloch hausen, dass Einhüten uns wie Ferienmachen vorkommt.«

»Ach, Joe«, sagte Marybeth und umarmte ihn. »Wir wissen doch beide, dass das nicht ewig so bleibt.«

Joe öffnete seine Post, während Marybeth ihre Nachttoilette machte. Das meiste war bloß Werbung, aber es gab auch ein paar Briefe aus der Zentrale in Cheyenne – eine Drucksache, wonach Überstunden zu vermeiden seien, und eine zweite, man solle künftig mit den Kostenberichten Quittungen einreichen, weil Kreditkartenbelege nicht länger akzeptiert werden könnten.

Joe öffnete den dritten Brief und erstarrte beim Lesen. Das Schreiben war knapp und bürokratisch gehalten, und er las es dreimal, bevor der Inhalt in seinen Kopf wollte. Er atmete kurz, heftig und verzweifelt durch die Nase aus und widerstand dem Drang, den Brief in winzige Stücke zu zerreißen.

»Was gibt's?«, fragte Marybeth.

»Die Zentrale«, sagte Joe trocken. »Ich muss Freitag zu einer Anhörung nach Cheyenne. Sie untersuchen den Vorfall, bei dem Ote Keeley mir die Pistole weggenommen hat. Sie nennen das ›angebliche Fahrlässigkeit im Umgang mit einer von der Behörde ausgegebenen Seitenwaffe‹. Hier steht, ich könnte vom Dienst suspendiert werden.«

Joe las den Brief ein viertes Mal.

»Warum jetzt?«, fragte Marybeth. »Das ist vor Monaten passiert.«

»Der Staat arbeitet so langsam wie die Erdgeschichte«, sagte Joe. »Das weißt du doch.«

»Diese Schweine«, zischte Marybeth. Solche Ausdrücke benutzte sie selten, und Joe sah auf. »Wo alles gerade so gut lief.«

Vierter Teil

Einrichtung eines Ausschusses:

Der Ausschuss für gefährdete Arten prüft jeden Antrag, der gemäß den Bestimmungen dieses Gesetzes eingereicht worden ist, und beschließt gemäß Abschnitt h), ob die Befreiung von den in Unterabschnitt 2) von Abschnitt a) dieses Gesetzes aufgeführten Maßnahmen zugunsten der im Antrag dargelegten Maßnahmen bewilligt wird oder nicht.

Der Ausschuss hat folgende sieben Mitglieder:
- den Landwirtschaftsminister
- den Verteidigungsminister
- den Vorsitzenden des nationalen Wirtschaftsrats
- den Leiter der Umweltschutzbehörde
- den Innenminister
- den Leiter der Behörde für den Schutz der Ozeane und der Erdatmosphäre
- den Gouverneur jedes betroffenen Bundesstaats.

Aus: Zusätze (1982) zum Gesetz über gefährdete Arten

18

Sheridan ging nach draußen, um ihren Tieren zu sagen, dass sie für einige Zeit nicht daheim sein werde, konnte sie aber nirgendwo finden. Und nicht nur das – Sheridan fühlte sich auch noch beobachtet.

Sie hatte sich so viel Futter in die Taschen ihres Rocks gestopft, wie nur hineinpasste, ohne dass ihre Mutter etwas merkte: Sonnenblumenkerne, Croûtons, Hundekuchen und Cornflakes. So viel hatte sie den Tieren noch nie mitgebracht, aber sie wusste ja nicht, wann sie sie wieder füttern konnte. Sheridan war sehr aufgebracht, das Haus schon wieder verlassen zu müssen – diesmal, um bei Leuten zu wohnen, die sie überhaupt nicht kannte. Im Haus von Fremden in Eagle Mountain. Mom konnte ihr nicht mal sagen, wann sie zurückkommen würden. Sheridan hatte kein Interesse daran, den Eagle Mountain Club kennen zu lernen (»Reiche Leute teilen ihre Wohnung ständig!«, sagte Oma Missy ihr immer wieder. »Und sie haben ein eigenes Schwimmbad!«), im Gegenteil – sie hasste Eagle Mountain jetzt schon. Laut Missy würden die Mädchen in der Schule Sheridan beneiden, aber darauf legte sie eigentlich keinen Wert. Missy mochte es, wenn andere Leute neidisch waren; Sheridan dagegen war nicht sicher, ob das so toll war. Sie hielt es für einen großen Fehler, mit der ganzen Familie nach Eagle Mountain zu ziehen. Das Gleiche hatte sie gedacht, als sie mit Mom und Lucy in der Stadt im Motel übernachtet hatte. Vieles, was ihre Eltern ihretwegen taten, brachte ihr offenbar gar nichts. Das hatte sie Mom und Oma Missy auch gesagt. Sie wollte nicht wieder ihr Zuhause verlassen. Vor allem nicht Lucky, Hippity-Hopp und Elway.

Aber die Tiere schienen nicht da zu sein.

Nicht, dass sie bei Sheridans Auftauchen jedes Mal sofort aus dem Holzstapel gesprungen kamen. Manchmal dauerte es einige Zeit, bis eins der Tiere bemerkte, dass sie in der Nähe war. Aber als sie nun von der Veranda kam und auf den Stapel zuhielt, schien er irgendwie verlassen. Sein geheimes Innenleben war verschwunden. Er war einfach nur ein Holzstapel.

Sie ließ ein paar Körner über die Scheite regnen, wartete und beobachtete genau, ob sich etwas tat. Dann seufzte sie, setzte sich unter die Pyramidenpappel und stützte das Kinn in die Hände. Tränen schossen ihr in die Augen. Wo mochten die Tiere hin sein? Waren sie etwa krank – oder noch schlimmer? Hatte sie ihnen etwas zu fressen gegeben, was sie nicht vertragen hatten? Waren sie in der Nacht wieder in die Berge verschwunden? Mochten sie Sheridan womöglich einfach nicht mehr? Oder wussten sie vielleicht, dass sie wegfuhr, und waren darüber so traurig oder verärgert, dass sie sie noch nicht mal sehen wollten?

»Das ist ein wirklich schlechter Tag«, sagte sie laut zu sich.

Und sie wurde das Gefühl nicht los, beobachtet zu werden.

Sie lugte hinter der Pappel hervor Richtung Haus und erwartete fest, Mom oder Oma Missy am Fenster zu sehen. Oder wenigstens Lucy. Aber da war niemand.

Vielleicht liegt's daran, dachte sie. Vielleicht spüren auch meine Tiere, dass jemand sie beobachtet.

Aus den Augenwinkeln musterte sie alles rundum – den ganzen Hof, den Sandsteincanyon, der in der Abendsonne rot leuchtete, und sogar das Hausdach. Sie schob sich eine blonde Strähne hinters Ohr. Aber sie konnte keins der Tiere entdecken. Ihr war nicht recht geheuer, und ihre Fantasie begann sich zu regen. Seit Tagen dachte sie zum ersten Mal wieder an das Monster. Es kam aus ihrem Unterbewusstsein, als habe es dort nur auf den richtigen Moment gewartet, wieder aufzutauchen. Vielleicht, spekulierte Sheridan, ist das Monster oder sein Freund wegen Lucky, Hippity-Hopp und Elway zurückgekommen.

Als sie aufstand, tat ihr der Bauch weh. Die Gefühle, die in ihr aufstiegen – Zorn, Furcht und Schuld –, überwältigten sie fast. Vielleicht hätte sie Mom und Dad von den kleinen Geschöpfen erzählen sollen? Dann wären sie womöglich noch immer irgendwo in der Nähe. Ihr Vater hätte sie fangen und ihnen hübsche Häuser bauen können. Wie früher den Kaninchenstall. Vielleicht hatte ihr Schweigen den Tieren den Tod gebracht?

Sie beschloss, den dreien etwas mehr Zeit zu geben. Wenn sie sich dennoch nicht zeigten, würde sie zu ihrer Mutter ins Haus laufen und ihr alles erzählen. Wenn Dad dann von der Arbeit käme, könnten sie den Holzstapel Stück für Stück auseinander nehmen, bis sie die armen kleinen Tiere gefunden hätten. Eagle Mountain konnte warten.

Sie warf noch mal Futter auf den Stapel, diesmal mit mehr Schwung. Unmöglich, dass die Tiere nicht bemerkten, dass Sheridan da war. Vorausgesetzt, es ging ihnen gut.

Dann hörte sie ihre vertrauten Laute. Sofort war sie wieder froh.

Aber die Geräusche kamen nicht aus dem Holzstapel. Sie stand ganz still da, lauschte mit gespitzten Ohren und lächelte.

Als sie die Laute wieder hörte, wandte sie ihnen den Kopf zu. Das kam von hinterm Stapel, von hinterm Zaun, von hinter den Büschen. Sheridan stellte fest, dass sie durch die Sträucher auf die abblätternde Farbe der Garagenrückwand sah.

Sie fand die Tiere. Aus irgendeinem Grund waren sie umgezogen. Das Geräusch drang durch die dichten Fliederbüsche, und sie kroch ihm auf Händen und Füßen entgegen. Sheridan kannte die Gegend rund ums Haus so gut, dass sie sicher war, wo sie ihre Tiere finden würde – unterm Fundament der Garage, dessen Beton einige starke Risse aufwies, die in einen dunklen Hohlraum führten. Einmal hatte Sheridan einen langen Stock durch die Risse geschoben, um herauszufinden, wie groß die Höhle war, hatte aber keine Seitenwand ertasten können. Dort würde sie die Tiere sicher finden.

Kaum hatte Sheridan sich durch die Büsche gearbeitet, sah sie, wie Lucky den Kopf aus einer Ritze steckte und gleich wieder unter der Garage verschwand.

»Mann, bin ich froh, euch zu sehen«, sagte sie und warf das ganze Futter in die Höhle. »Das dürfte für eine Weile reichen.« Sie war vor Erleichterung ganz aus dem Häuschen. »Ich komm so bald wie möglich wieder. Da könnt ihr euch drauf verlassen.« Nachdem sie sich vor kurzem furchtbar schlecht gefühlt hatte, ging es ihr nun besonders gut.

»Ihr seid ganz schön schlau.« Sheridan lächelte und

stülpte ihre Taschen um, damit sie noch den letzten Sonnenblumenkern erwischte. »Hier ist es viel sicherer.«

Sheridan mochte nicht wieder durch die Büsche kriechen. Stattdessen hüpfte sie an den Fliedersträuchern entlang zum Ende des Zauns, wo die Koppel begann. Von dort wollte sie durch das Tor, durch das das Monster gekommen war, zum Haus zurückkehren.

Bei der Koppel angekommen, sah sie am Fenster der Holzscheune das Gesicht eines Mannes. Das ließ sie unvermittelt anhalten.

Das Gesicht zog sich vom Fenster ins Dunkle zurück und tauchte dann am Scheunentor wieder auf. Jetzt konnte Sheridan den Mann im Ganzen sehen. Er stand im Licht, trat aber nicht auf die Koppel hinaus. Er winkte, sie solle zu ihm kommen. Und er lächelte. Sie hatte Recht gehabt – sie war tatsächlich beobachtet worden.

Sheridan vermochte sich nicht zu rühren. Sie hatte furchtbare Angst und wusste nicht, ob sie nach ihrer Mutter schreien oder zum Hoftor rennen sollte. Oder zurück zur Garage? Doch der Mann könnte ihr folgen und würde vielleicht die Tiere entdecken.

»Du bist Sheridan, oder?«, fragte der Mann so leise, dass sie ihn gerade eben hören konnte. »Ich muss mal kurz mit dir reden. Hab keine Angst«, fuhr er fort. »Ich kenne deinen Dad.«

Doch, der sieht mir bekannt aus, dachte Sheridan. Sie hatte ihn schon mal mit Dad gesehen, aber keine Ahnung, wie er hieß. Vielleicht hatte sie seinen Namen früher mal gewusst und inzwischen vergessen. Es kamen ja jede Menge Leute vorbei, weil sich im Haus auch Dads Büro befand. Als man den Toten gefunden hatte, waren richtig viele Menschen auf einmal da gewesen. Sheridan wusste, dass sie nicht mit Fremden reden sollte. Aber wenn der Mann Dad kannte und ihren Namen – war er dann eigentlich ein Fremder? Sollte sie jetzt zu ihm gehen? Oder doch lieber nach ihrer Mutter rufen oder weglaufen? Wenn er gesehen hatte, dass sie die Tiere fütterte, sagte er das womöglich ihrer Mom. Und wenn sie schreiend davonliefe, wäre das ihrem Vater vielleicht peinlich.

Der Mann lächelte noch immer und winkte sie weiter zu sich.

Sie trat mit steifen, schweren Beinen auf ihn zu, und ihre Augen waren weit aufgerissen. Dann bückte sie sich durch die Stangen der Koppel. Der Mann blieb noch immer am Scheunentor. Plötzlich erkannte Sheridan, dass er so stand, dass man ihn vom Haus aus nicht sehen konnte, und sie begriff, dass sie die falsche Entscheidung getroffen hatte. Sie drehte sich um und wollte weglaufen, aber er war sofort bei ihr und riss sie mit einem Ruck ins Dunkel der Scheune.

Dort presste er sie gegen die Heuballen und erstickte ihr Schreien mit der Hand. Sein Gesicht war ihr so nah, dass seine Hutkrempe gegen ihre Stirn stieß und sein Atem ihre Brille beschlagen ließ.

»Tut mir Leid, Kleine, aber das musste sein«, flüsterte er, als sie aufgehört hatte, sich zu wehren. »Wirklich. Schade, dass du auf diesem Weg in den Hof gegangen bist. Ich hab dich nicht erwartet, und du hast mich gesehen.«

Er hielt ihr seine riesige, raue Hand noch immer fest vor den Mund. Sie atmete in schnellen, kleinen Stößen durch die Nase, und er hatte nicht vor, sie antworten zu lassen.

»Bevor ich meine Hand runternehme, musst du eins begreifen, Sheridan. Hörst du mir zu?«

Sie versuchte zu nicken. Sie zitterte und konnte damit

einfach nicht aufhören. Sie hatte plötzlich Angst, sich in die Hose zu machen.

»Hörst du mir zu?«, fragte er wieder. Diesmal war seine Stimme sehr freundlich. »Hörst du mir zu?«

Sie nickte mit den Augen.

»Du hast doch ein paar Geheimnisse, Mädchen? Du hast doch ein paar kleine Freunde im Holzstapel? Ich hab dich beobachtet und gesehen, dass du sie gefüttert hast.«

Die große Hand lag noch immer auf ihrem Mund.

»Wissen deine Mom und dein Dad davon?«

Sie versuchte, den Kopf zu schütteln. Obwohl er sie gegen das Heu presste, konnte er erkennen, was sie sagen wollte, denn er lächelte ein wenig.

»Du lügst mich doch nicht an, Sheridan?«

Sie versuchte, so entschieden wie möglich Nein zu sagen. Jetzt kam sein Gesicht noch näher, und sie konnte nichts als seine Augen sehen.

»Na gut. Das ist prima. Dann haben wir ja beide ein Geheimnis. Und wir bewahren dieses Geheimnis auch. Nur wir zwei. Wie zwei Freunde. Du behältst das hier einfach für dich. Erzähl ja niemandem ein Wort davon. Sieh mich an.«

Sheridan hatte die Augen zur Tür gewandt und hoffte, ihr Vater würde auftauchen.

»Sieh mich an!«, zischte der Mann.

Sie gehorchte.

»Wenn du irgendjemandem auch nur ein Sterbenswörtchen über das hier erzählst, reiß ich dir deine hübschen grünen Augen aus. Und das ist erst der Anfang.«

Sheridan spürte, dass der Mann mit seiner freien Hand nach hinten griff. Sie hörte ein Klicken, und dann sah sie nichts als eine riesige schwarze Pistole.

»Damit nehm ich mir dann deinen Dad vor. Ich schieß ihm mitten ins Gesicht. Danach mach ich das Gleiche mit deiner hübschen Mom. Und mit deiner kleinen Schwester. Ich bring sogar den dummen Hund um. Ich blas ihm den Kopf weg. Schau mich weiter an!«, fauchte er.

Sie zitterte nicht mehr. Darüber war sie hinaus. Sie war vollkommen ruhig. Und vollkommen verängstigt.

»Ich nehm jetzt meine Hand weg und lass dich laufen, sobald du wieder lächeln kannst. Dann gehst du mit deinem Lächeln geradewegs ins Haus und erzählst niemals irgendwem, was hier geschehen ist. Deine kleinen Tiere im Holzstapel kommen demnächst in den Himmel, verstehst du? Deine Familie muss nicht in den Himmel oder sonstwohin, wenn du deinen kleinen Mund hältst.«

Er ließ die Hand langsam sinken. Ihr Gesicht fühlte sich an der Luft kalt an. Er hatte ihr die Lippen gegen die Zähne gequetscht, und jetzt spürte sie einen salzigen Blutstropfen im Mund.

»Hörst du mir zu, Sheridan?«

»Ja.« Ihre Stimme war schwach und versagte beinahe.

»Also lächle.«

Sie versuchte es. Ihr war nicht danach zumute.

»Das ist kein Lächeln«, tadelte er, aber er klang wieder freundlich. »Das kannst du besser, Schätzchen.«

Sie versuchte es.

»Schon besser.« Er ließ nicht locker. »Probier's noch mal.«

Diesmal verzog sich ihr Mund zu einem Lächeln.

»Das sollte reichen.« Er trat einen Schritt zurück. Endlich presste er sie nicht mehr ins Heu. Sie erhob sich und zuckte zusammen, als er über ihre Schulter fasste. Doch er strich ihr nur Heu vom Pullover.

»Hab keine Angst vor mir«, mahnte er. Er hörte sich jetzt ganz vertraut an. Sie war genauso verwirrt wie verängstigt. »Es wird nichts Schlimmes passieren, denn wir haben ja jetzt eine Abmachung. Ich halt mich dran, wenn du dich dran hältst«, sagte er. »Und vielleicht werden wir sogar irgendwann Freunde. Wär doch nett, oder?«

»Ja«, sagte sie. Aber das war gelogen.

»Vielleicht nehm ich dich mal mit ins Kino, wenn du etwas älter bist. Und dann kauf ich dir 'ne Cola und Popcorn.« Er strich ihr den Rock am Hintern glatt und drückte dabei fester zu als nötig. »Das könnte dir sogar gefallen.«

Sie sahen beide auf, als Marybeth nach Sheridan rief.

»Geh jetzt besser, Schätzchen«, sagte der Mann.

19

Das Haus, nach dem er suchte, befand sich am Ende einer unbefestigten Straße voller Schlammfurchen und lag mitten in einem Wäldchen aus alten Pyramidenpappeln am Fluss. Die Bäume standen sehr dicht, es war dort immer schattig und dunkel. Joe war hier noch nie abgebogen, aber schon oft an dem Schild vorbeigekommen, das schief an einem Pfosten neben der Kreisstraße hing. Die ins Holz gebrannten Buchstaben meldeten:

Ote Keeley Ausrüster-Dienste
Geführte Jagden
Wapiti – Deer – Pronghorn – Elch
Seit 1996

Das Kiefernblockhaus der Keeleys wirkte heruntergekommen. Das Dach hing in der Mitte etwas durch, und seine einst dunkelgrünen Holzschindeln waren inzwischen grau und verwittert und hatten in der Feuchtigkeit an vielen Stellen Moos angesetzt. An einer Seite sackte das Haus zu einer kleinen Senke hin ab, in der ein verrosteter Jeep aus den 40ern stand, ein Pferdeanhänger, ein Geräteschuppen und ein gelber Subaru Kombi. Über der Haus- und der Schuppentür hingen Geweihe. Joe machte seinen Pick-up aus, saß bei offenem Fenster und lauschte. Über dem Haus lag die schwere, feuchte Stille des Flusses, und Joe glaubte sich eher am Unterlauf des Mississippi als in den Rocky Mountains. In den Bäumen hingen Querbalken – Ote hatte also erlegtes Wild in seinem Hof aufgehängt.

Am frühen Morgen hatte Joe auf dem Weg flussaufwärts zu Keeleys Haus ein paar Angler kontrolliert. Er hatte einem Landarbeiter aus der Gegend, der in einem Flussabschnitt, in dem nur künstliche Köder verwendet werden durften, Würmer benutzt hatte, einen Strafzettel verpasst. Danach hatte Joe zwei umherziehende Hispanics angezeigt, die ohne jede Erlaubnis geangelt hatten. Bevor er am Morgen aufgebrochen war, hatte er in der Zentrale in Cheyenne angerufen, um mit Les Etbauer zu sprechen, dem Beamten, der ihm vor ein paar Tagen die Vorladung geschickt hatte. Etbauer war stellvertretender Leiter der Wild- und Fischbehörde, und er war so früh noch nicht in seinem Büro. Also hatte Joe ihm die Nachricht hinterlassen, er werde am Nachmittag zur Anhörung bei ihm erscheinen.

Auf dem Weg zur Haustür ging Joe am gelben Kombi vorbei und warf einen kurzen Blick in den Wagen. Er sah einen Kindersitz. Auf der Rückbank und dem Boden des Autos lagen überall Hamburgerschachteln, Plastikspielzeug und Kinderbücher herum.

Das unverwechselbare Geräusch, mit dem eine Schrotflinte durchgeladen wird, ließ Joe im Gehen erstarren. Er vergewisserte sich, wo sich seine Hand im Verhältnis zu seinem Pistolenhalfter befand – Verdammt! Schon wieder unbewaffnet! –, und hob langsam beide Arme seitlich vom Körper weg, damit kein Zweifel darüber bestehen konnte, dass er nicht nach einer Waffe griff.

Jeannie Keeley, Otes Witwe, stand in der offenen Haustür und zielte mit einem Gewehr auf seine Brust. Sie trug eine Art Uniformkittel und verwaschene Jeans.

Mit gedämpfter Stimme sagte Joe, wer er sei und dass er ihr gern seinen Ausweis zeigen könne.

»Ich weiß, wer Sie sind«, sagte sie. »Sie haben mich beim Begräbnis angequatscht.«

»Dann würde ich vorschlagen, dass Sie die Schrotflinte gut wegpacken«, sagte Joe. »Ich hab nicht mal meine Waffe dabei.« Er sprach leise, aber sehr bestimmt. Jeannie Keeley zuckte die Achseln, trat ins Haus zurück und tat das Gewehr ins Gestell neben der Tür.

»Bedaure«, sagte sie, aber nach einer Entschuldigung klang das nicht. »Normalerweise bin ich tagsüber nicht zu Hause. Also hab ich nicht damit gerechnet, dass jemand auftaucht. Ich hab hier ein krankes Kind, und seit Otes Tod bin ich ein bisschen nervös.«

»Verstehe.« Joe stand kerzengerade da, atmete ein paar Mal tief durch und entspannte seine Muskeln. Er beschloss, ihr nicht zu sagen, dass er sie verhaften konnte, weil sie eine Waffe auf ihn gerichtet hatte, denn er schätzte, das wäre sinnlos. Wie früher schon Ote, schien jetzt Jeannie fähig, sich Joe gegenüber sehr leicht einen Vorteil zu verschaffen. Er sagte, er würde ihr gern ein paar Fragen über Ote stellen.

Wie sie da im Hauseingang steht, versucht sie, hart zu wirken, dachte Joe. Ihre unangezündete Zigarette wippte auf und ab, während sie anscheinend über seine Bitte und über Joe selbst nachdachte. Sie nahm sich vor ihm in Acht. Er las den Namen, der auf ihren Kittel gestickt war. Sie war Kellnerin bei Burg-O-Pardner in Saddlestring. Das war ein Restaurant, in dem es mittags nur gebratene Stierhoden – die so genannten Rocky-Mountains-Austern – und Hamburger gab, deren Fleisch ein volles Pfund wog.

»Ich lad Sie besser nicht ins Haus ein«, sagte sie. »Ich hab hier ein krankes Kind. Und es ist ziemlich klein. Das Haus, meine ich.«

»Ich bleib gern hier draußen.«

Aus dem Dunkel des Hauses rief ein kleines Mädchen nach seiner Mutter. Jeannie schaute kurz über die Schulter und sah dann wieder Joe an.

»Oh, Mann«, sagte sie. »Kommen Sie rein.«

Joe setzte sich an den aus rohen Brettern gezimmerten Küchentisch, während Jeannie sich um ein Mädchen in Sheridans Alter kümmerte. Das dunkle Haus hatte vier Räume. Die Wände in Küche und Esszimmer waren mit Tierköpfen gepflastert. Hinterm Esszimmer lagen das Bad, ein Schlafzimmer und noch ein zweites, das mit Etagenbetten voll gestopft schien. Mein Haus ist doch schon klein, dachte Joe. Wie bringt es Familie Keeley wohl fertig, dass nicht ständig einer über den anderen stolpert?

April – das Mädchen mit dem gequält wirkenden Gesicht, das Joe bei der Beerdigung gesehen hatte – lag auf der unteren Matratze eines Etagenbetts. Er konnte ein Durcheinander von Bettlaken und nasse, dunkle Haare erkennen. Jeannie gab dem Mädchen etwas zu trinken. Sie solle sich ausruhen und still sein, bis der Mann wegginge. Das Mädchen nickte. Joe sah auch noch ein Kleinkind – schwer zu sagen, ob Junge oder Mädchen –, das im Zimmer auf dem Boden spielte. Es trug nur eine Wegwerfwindel und ein zerrissenes, schmutziges T-Shirt.

Jeannie kam wieder in die Küche und fragte Joe, ob er Kaffee wolle. Er lehnte ab. Jeannie schenkte sich eine Tasse ein, setzte sich, nahm die Zigarette aus dem Mund und tat sie in einen Aschenbecher.

»Ich kann nicht rauchen, weil ich schwanger bin, wie Sie ja sehen. Aber manchmal muss ich mir einfach eine Zeit lang eine in den Mund stecken. Das hilft.«

Jeannie redete weiter und erzählte Joe eine Menge Dinge, die er lieber nicht gewusst hätte. Zum Beispiel, dass Ote keine Versicherung gehabt habe, als er starb. Dass er jeden Cent, den sie verdienten, in Pferde gesteckt habe, in Waffen, in die Jagdausrüstung und den verdammten Wagen, mit dem er begraben worden sei. Dass der Fordhändler in Casper, bei dem er das Auto gekauft habe, sie nerve, weil Ote – wie sich herausstellte – die letzten drei Raten nicht bezahlt habe. Jetzt wollten die das Auto zurück – sei das nicht zum Schießen? Dass Ote sie geheiratet habe, als er als Soldat auf Heimaturlaub gewesen sei. Da sei sie in der vorletzten Klasse der Oberstufe gewesen. In der Hochzeitsnacht habe er ihr das erste Kind gemacht. Dreieinhalb Blagen sei das jetzt her. Dass Ote alles, was er beim Militär gespart habe, für diese Hütte in Wyoming und das Grundstück rundum ausgegeben habe, um seinen Traum zu verwirklichen –

zu töten und Ruhe vor den Leuten zu haben. Er habe ein Trapper und Waldläufer sein wollen und immer gesagt, er sei hundertachtzig Jahre zu spät auf die Welt gekommen. Ote habe Menschen gehasst, vor allem aber den Staat. Er habe an das Recht geglaubt, Waffen zu besitzen und zu tragen. Er habe ihr die ganze Zeit erzählt, er werde draufgehen, wenn das FBI ihn wegen der einen oder anderen Sache drankriege. Darum sei er immer bewaffnet gewesen. Darum habe er ihr beigebracht, wie man mit der Schrotflinte schießt, die sie neben der Haustür aufbewahrten. Darum habe er in seinen hohen Stiefeln immer eine geholsterte Kleinpistole getragen. Ote habe immer gedacht, sein Ausrüstergeschäft komme eines Tages groß raus. Er habe jedem seiner Kunden eine Jagdtrophäe garantiert, wenn sie ihm versprachen, niemandem zu erzählen, wann, wo und wie sie dazu gekommen seien. Er habe ein Wasserflugzeug kaufen und sein Geschäft nach Alaska ausweiten wollen, irgendwann mal. Seine Kinder habe er selbst unterrichten wollen, aber das habe sie nicht mitgemacht – die Kinder würden sie in den Wahnsinn treiben, wenn sie den ganzen Tag zu Hause wären. Außerdem müssten sie eines Tages Arbeit finden und selbstständig werden. Und Ote habe ja selber nicht genug gewusst, um irgendwem irgendwas beizubringen, außer wie man einen Wapiti ausweidet. Dass Ote mit niemandem lieber zu tun gehabt habe als mit Kyle Lensegrav und Calvin Mendes. Ein widerwärtiges Arschloch, das sei Ote gewesen. Er habe gedacht, er wisse alles, aber er sei im Grunde weißer Abschaum aus Mississippi im tiefsten Nordwyoming gewesen. Er habe ihr nichts hinterlassen, nicht mal den verdammten Wagen. Sie werde von Sozialhilfe leben müssen. Sie werde auf Geld von dem Staat angewiesen sein, den er gehasst habe. Ob Ote sich da nicht im Grab umdrehen werde? Aber vielleicht gebe es ja eine Hinterbliebenenversicherung und Unterstützung vom Veteranenamt. Schließlich sei Ote ja Veteran gewesen. Dem müsse sie mal nachgehen. Aber das sei auch wieder Geld vom Staat, den er gehasst habe. Ote werde gar nicht mehr aufhören, im Grab zu rotieren. Wie ein Kreisel. Sie werde das Haus und die Autos verkaufen und wegziehen müssen. Vielleicht werde sie die Kinder mitnehmen, vielleicht auch nicht. Da sei sie sich nicht sicher. Ihre Mutter in Mississippi könne ihr die Kleinen wohl eine Weile abnehmen, bis sie selbst zu Potte gekommen sei. Vielleicht ziehe sie nach Colorado? New Mexico? Arizona? Irgendwohin, wo es wärmer sei. Eine gute Kellnerin bekomme überall einen Job.

Joe hörte zu und beobachtete sie. Auf diesen Wasserfall war er so wenig vorbereitet wie auf ihren Auftritt mit der Schrotflinte. Sie würde immer weiterreden. Sie war über Otes Tod verbittert, möglicherweise genauso stark aber über das Leben, das er ihr beschert und nun hinterlassen hatte. Joe sah wohl, dass sie hübsch gewesen sein mochte, als Ote sie geheiratet hatte. Doch jetzt wirkten ihre Gesichtszüge herb, und ihre Lebenseinstellung schien hartherzig. Joe war überrascht, wie still die Kinder nebenan waren. Ob sie einfach schreckliche Angst vor ihr hatten? Und demnächst bekäme sie noch eins.

»Er starb hinter Ihrem Haus«, sagte sie jetzt mit blitzenden Augen. »Er hatte nicht mal den Anstand, in seinem eigenen Hof zu sterben. Das Arschloch. Ich musste seine Pferde verkaufen, um dieses Begräbnis zu bezahlen. Ich hatte ja keine Ahnung, was es kostet, einen Bagger zu mieten. Warum hab ich sein perfektes Begräbnis bezahlt? Warum? Ich bin so was von dämlich. Für mich hätte er das nicht getan, wenn ich erschossen worden wäre. Ich wette, er hätte sich mit seinen Kumpels Kyle und Calvin besoffen und meinen Leichnam auf dem Scheiterhaufen verbrannt. Wie bei den Indern.«

Joe fuhr sich übers Genick. Er schaute verstohlen auf seine Uhr. Sie redete jetzt seit einer Dreiviertelstunde ununterbrochen. Er musste bald los, wenn er pünktlich in Cheyenne sein wollte.

»Sind Sie das nicht, dem Ote die Waffe abgenommen hat?«, fragte sie plötzlich und grinste.

Joe bejahte.

»Mann, da war er stolz drauf! Einige Zeit hat er von nichts anderem geredet. Dann hat er begriffen, dass er womöglich seine Ausrüsterlizenz verliert, und ist ängstlich und depressiv geworden. Wenn Ote seine Lizenz verloren hätte, hätte er genauso gut tot sein können, müssen Sie wissen. Das hätte ihn umgebracht. Ich bin die Wände hochgegangen, weil er immer und immer wieder davon angefangen hat.«

Während sie sprach, sah Joe sie an, doch seine Aufmerksamkeit war von der Grabesstille im Kinderzimmer in Beschlag genommen. Er wollte wissen, was mit dem kleinen Mädchen im Bett nicht stimmte.

»Ote hat Sie gemocht«, sagte Jeannie. »Er hat sich ein Weilchen wegen dieser Waffengeschichte mächtig aufgespielt, und dann hat er kalte Füße bekommen. Er hat Sie für einen anständigen Kerl gehalten. Das hat er gesagt. Sie seien gerecht und geradeaus, nicht wie Vern Dunnegan.«

Joe fragte, was sie damit meine.

Sie zuckte die Achseln. »Ote hat mir nicht viel von

seinem Geschäft erzählt. Ich weiß nur, dass er einmal wirklich wütend war, weil Vern ihn bei irgendwas – beim Wildern, schätz ich – erwischt hat. Und Vern hat Ote dazu gezwungen, das mit ihm in Ordnung zu bringen.«

»Sie meinen Bestechung?«

»Irgendwas«, sagte Jeannie. »Vern zwang Ote zu irgendwas, aber ich hab keine Ahnung, wozu. Ich weiß nur, dass Ote darüber verdammt sauer war. Und wenn Ote wütend war, war es hier reichlich ungemütlich.«

Aber sie wusste nicht, was genau geschehen war.

»So läuft der Hase nun mal«, sagte sie schließlich, als habe sie vergessen, dass Joe Jagdaufseher war.

»Nicht unbedingt.«

Joe konnte ihr nicht mehr lange zuhören. Er stand auf und bat um ein Glas Wasser. Sie wies zur Spüle. Auf dem Weg dorthin hielt Joe kurz an der Kinderzimmertür an. April lag im Bett. Sie schien Fieber zu haben, und die Haare klebten ihr am Kopf, aber sie blickte ruhig und durchdringend. Am Boden drehte sich das Baby in der Windel zu ihm um – es war ein Junge mit großen, dunklen Augen. Sein Gesicht wirkte seltsam – als erwarte er, dass Joe ins Zimmer kommen und ihn schlagen werde. Doch Joe konnte an den Kindern weder blaue Flecke noch andere Verletzungen erkennen.

Er drehte den Hahn auf. Trübes Wasser aus dem eigenen Brunnen lief ins Glas. Jeannie Keeley starrte ihn an. Joe wurde überhaupt nicht schlau aus ihr. Sie konnte im einen Moment schneidend kühl sein und im nächsten vollkommen überschwänglich plaudern. Es hätte ihn nicht überrascht, wenn sie die Schrotflinte wieder aus dem Flur geholt und auf ihn gerichtet hätte. Dieses Haus und seine Bewohner waren verrückt.

»Ote wollte Ihnen irgendwas geben, um die Sache in Ordnung zu bringen. Haben Sie's bekommen?«, fragte sie.

Joe hatte sein Glas schon fast an den Lippen und hielt inne.

»Er hat gesagt, er habe da was. Wenn Sie das erst mal gesehen hätten, würden Sie alle Anschuldigungen gegen ihn fallen lassen, und er bekäme seine Lizenz zurück. Hat er Ihnen das gegeben?«

»Nein. Hat Ote Ihnen gesagt, was es war?«

»Irgendwas, was er und seine Kumpel gefunden haben. Irgendein Tier.«

»Was für ein Tier?«

Sie zögerte kurz und verzog das Gesicht. Aus dem Kinderzimmer rief das kleine Mädchen: »Mama!«

»Halt die Schnauze!«, brüllte Jeannie Keeley, ohne auch nur hinzusehen, und es war still.

»Was für ein Tier?«

»Ich kann mich nicht genau erinnern. Wir haben jedenfalls darüber gelacht. Es hieß wie mein Sportlehrer in der Oberstufe. Das weiß ich noch.«

»Und wie hieß der?«

»Mr Merle Miller. Killer Miller haben wir den genannt.«

»War es …« – Joe zögerte und kramte in seinem Gedächtnis – »War es ein Miller-Wiesel?« Er erinnerte sich dunkel an diesen Namen, den er mal in einem Biologieseminar gehört hatte. Er wusste nur noch, dass diese Art in den westlichen Rocky Mountains beheimatet und seit mindestens hundert Jahren ausgestorben war.

»Schon möglich«, sagte Jeannie. »Hört sich bekannt an.«

»Hat er Ihnen sonst noch was darüber erzählt?«

Sie zog ein Streichholzbriefchen aus dem Kittel, zündete die Zigarette an, die sie in den Aschenbecher gelegt hatte, und nahm einen tiefen Zug. »Ich halt's nicht aus«, murmelte sie. »Seit dem Frühstück hab ich keine mehr geraucht. Ich muss endlich damit aufhören. Ote wäre stocksauer, wenn er das sehen würde.« Also hatte sie schon die ganze Zeit geraucht.

»Hat er Ihnen sonst noch irgendwas über das Miller-Wiesel erzählt?«, fragte Joe wieder, diesmal lauter.

»Ote hat mir nie was erzählt«, sagte sie kategorisch.

Als Joe wieder aus dem Wäldchen kam und durchs Salbeigebüsch fuhr, das in der gleißenden Sonne lag, ließen ihn drei Dinge nicht los. Erstens das, was Jeannie über das Tier gesagt hatte, das Ote ihm hatte bringen wollen. Zweitens Jeannies aufgelöste, fast verstörte Miene, als sie ihm von Ote erzählte. Schließlich der Gesichtsausdruck ihrer Kinder – den hatte Joe schon früher gesehen, aber nur bei Haustieren. Es war Maxines Ausdruck, der Labradorblick. Und der sagte: Bitte schlag mich, wenn du dich dann besser fühlst.

Das eintönige Knirschen des Schotters hörte plötzlich auf, als die Reifen den glatten Asphalt der Landstraße erreichten. Joe trat aufs Gaspedal, und der Motor heulte auf. Zwei parallele Staubspuren folgten ihm auf dem schwarzen Belag. Joe konnte gar nicht schnell genug von dort wegkommen.

Er fuhr nicht nach Saddlestring, sondern bog Richtung Highway ab. Bis Cheyenne wäre er sechs Stunden unterwegs.

Damit die Leute in Wyoming jagen und fischen dürfen,

dachte Joe, müssen sie Genehmigungen kaufen. Und in einigen Fällen Prüfungen ablegen, um nachzuweisen, dass sie den Umgang mit Schusswaffen beherrschen und die Vorschriften der Wild- und Fischbehörde kennen. Doch um Kinder zu haben, brauchen sie nichts Vergleichbares.

20

Kaum hatte er die Wild- und Fischbehörde in Cheyenne betreten, sich als Joe Pickett vorgestellt und gesagt, er habe einen Termin bei Les Etbauer, veränderte sich die Atmosphäre. Die Frau an der Rezeption sah ihn misstrauisch an und schob sich im Bürostuhl vom Empfangstresen zurück, als habe Joe eine ansteckende Krankheit. Er bemerkte, dass zwei junge Sachbearbeiterinnen für Jagd- und Angelgenehmigungen ihn kurz ins Visier nahmen, als sie seinen Namen hörten, und sich dann schnell wieder ihren Computerbildschirmen zuwandten, als läsen sie gerade die aufregendsten E-Mails, die sie je bekommen hatten. Die Frau vom Empfang wies Joe einen langen Flur entlang. Er solle dort hinten auf dem Plastikstuhl Platz nehmen. Der befand sich neben einer Tür, auf deren Milchglasscheibe »Lesley Etbauer. Stellvertretender Amtsleiter« stand.

Joe nahm den Hut ab und setzte sich. Viel gab's hier nicht zu sehen. Das weitläufige Betongebäude stammte aus den frühen 60ern. Die Wände waren behördengelb gestrichen, und an den Decken leuchteten Neonröhren. Der Flur war eng, der Linoleumboden – schwarzweißes

Schachbrettmuster – zerkratzt. Einer dieser Korridore, in denen die Absätze überlaut widerhallen. Nicht, dass noch viele Angestellte im Haus gewesen wären – die meisten Türen zum Flur waren geschlossen, und durch ihre Scheiben war kein Licht in den Büros zu sehen. Im Vorbeigehen hatte Joe die Namen vieler seiner Vorgesetzten an den Türen gelesen, aber sie hatten anscheinend schon alle Feierabend gemacht. Während er dasaß und auf Les Etbauer wartete, wurde Joe bewusst, dass er sich fühlte, als sei er wieder in der Grundschule und zum Direktor geschickt worden. Wie die meisten Jagdaufseher hatte Joe möglichst wenig Zeit in diesem Gebäude verbracht. Hier saßen die Bürokraten, hier wurde Politik gemacht, hier wurden Vorschriften erstellt. Hier traf sich der Leiter der Behörde mit dem Gouverneur und – in den Sitzungsperioden des Parlaments von Wyoming – mit einzelnen Abgeordneten. Hier wurden Gesetze und Verordnungen ausgehandelt und Zugeständnisse gemacht. Hierher stürmten Jäger, Angler, Grundbesitzer und Umweltschützer, wenn sich die Dinge nicht gemäß ihren Interessen entwickelten, kamen allerdings meist nur bis zur Rezeption. Von hier stammten all die schlauen Drucksachen zu Überstunden und Quittungsbelegen. Und hier kannte man Joe – doch er kannte die Leute hier ganz und gar nicht.

Auf der langen Fahrt nach Cheyenne hatte Joe viel Zeit zum Nachdenken gehabt. Er hatte sich nicht nur überlegt, wohin ihn die Untersuchung der Morde an den Ausrüstern zu führen schien. Er hatte auch darüber nachgedacht, was Vern in der Bar gesagt hatte. Zum ersten Mal seit Ote Keeleys Tod hatte Joe Zeit gehabt, das zusammenzusetzen, was er in Erfahrung gebracht hatte.

Die Schlüsse, zu denen er dabei gekommen war, beunruhigten ihn.

Ein Mann mit offenem Kragen und kurzärmligem Hemd, das über dem feisten Bauch spannte, näherte sich von einem Büro am anderen Ende des Flurs. Joe schaute zu ihm hoch, als er vorbeiging. Der Mann hielt vorsichtig an und drehte sich um.

»Sie sind Joe Pickett?«

Er nickte.

Der Mann schaute den Korridor hoch und runter, um sich zu vergewissern, dass niemand kam.

»Ich will Ihnen nur sagen, dass eine Menge Leute hier denken, Sie werden abgezockt.«

»Wirklich?« Joe war nicht klar gewesen, dass er in der Behörde Diskussionsthema war, obwohl das Verhalten der beiden Sachbearbeiterinnen hinterm Empfangstresen darauf hingedeutet hatte.

Der Mann trat zögernd einen Schritt heran und beugte sich zu Joe vor. »Wir hoffen, Sie nehmen den Kampf auf und bringen die ganze Sache bis vor den Gouverneur. Diese verdammte Filzokratie dauert schon lange genug.«

Joe war verwirrt. »Sie wissen vermutlich viel mehr darüber, was gleich passiert, als ich.«

Der Mann schnaubte kurz, und ein selbstgefälliges Grinsen huschte über sein Gesicht. »Was glauben Sie wohl, warum man Sie für Freitagnachmittag um vier vorgeladen hat? Weil das Ganze schon entschieden ist! Und wenn Sie sauer werden und protestieren wollen, ist niemand mehr da, an den sie sich wenden könnten.«

»Was...«, begann Joe, doch der Mann wandte sich schnell auf dem Absatz um und ging weiter den Flur entlang. Die Frau vom Empfang war wieder aufgetaucht.

Er würde suspendiert werden. Es war einfach nur eine Frage der Zeit, bis Etbauer diese Worte ausspräche. Der hat jetzt schon viel geredet, dachte Joe, aber das fehlt noch. Er saß da und hörte zu. Sein Mund war trocken, seine Hände verschwitzt. Er konnte nicht wirklich glauben, was passierte, obwohl er doch dabei war. In seiner Laufbahn hatte er vorher nie eine mündliche oder schriftliche Verwarnung bekommen. Bis auf das eine Mal, als er den neuen Gouverneur wegen Angelns ohne Genehmigung festgenommen hatte. Die Beurteilung seiner Leistungen war immer einwandfrei, wenn nicht ausgezeichnet gewesen. Er hatte seine Arbeit gut gemacht, dachte Joe – so gut er konnte und den Vorschriften entsprechend. Er hatte sich sehr bemüht, ehrlich und gerecht zu sein, und es sich nie leicht gemacht, sondern immer hart gearbeitet. Er hatte stets viel länger geschuftet, als von ihm verlangt wurde, und nie beantragt, Überstunden abzubummeln oder bezahlt zu bekommen. Er trickste nie bei den Kostenberichten. Er hatte den Vorfall mit Ote Keeley gemeldet, weil das den Vorschriften entsprach, und nicht mal geahnt, dass diese Sache mit mehr als schlimmstens einem leichten Tadel enden würde. Schließlich hatte er seine Waffe zurückbekommen und Ote bei einem wasserdichten Fall von Wilderei erwischt.

Aber er würde suspendiert werden. Joe fühlte sich wie gelähmt.

Etbauer redete und redete mit schwacher, näselnder Stimme. Er saß hinter seinem Schreibtisch und las Joes Bericht vor. Als er damit fertig war, schlug er die Abschnitte der Dienstvorschrift auf, die sich auf von der Behörde ausgegebene Schusswaffen bezogen, und las sie ebenfalls laut vor. Joe hoffte inständig, Etbauer möge nicht bemerken, dass er seine Waffe schon wieder nicht trug. Und ihn nicht fragen, warum.

Etbauer hatte ein breites, gerötetes Trinkergesicht, trug eine starke, graue Brille und bekam eine Glatze. Er redete weniger mit als zu Joe. Seine Stimme zitterte etwas, und er sprach einige Worte falsch aus. Als würde er eine Rede vom Blatt ablesen, auf die er zuvor keinen Blick geworfen hatte.

Joe wusste nicht viel von Etbauer, hatte aber einiges über ihn gehört. Laut Wacey war er direkt aus der Militärverwaltung in diese Behörde gekommen, hatte also immer nur in einer Amtsstube gesessen. Wacey hatte Etbauer als »den Beamten in höchster Vollendung« bezeichnet, der sein Gehalt noch nie anderswo als bei einer Bundesbehörde oder einem Amt des Staates Wyoming verdient habe. Etbauer hatte es auf typisch bürokratische Weise zu seinem jetzigen Posten gebracht – indem er sich bei betriebsinternen Stellenausschreibungen hocharbeitete. Er hatte einfach seine Zeit im Büro abgesessen und war immer dann aufgestiegen, wenn ein Vorgesetzter eine andere Stelle angetreten hatte oder pensioniert worden war. Während Beamte als Angestellte in die Privatwirtschaft wechselten oder eine eigene Firma aufzogen, bekamen Bürokraten wie Etbauer – die kein Unternehmer je einstellen würde – einfach immer mehr Macht und immer höhere Posten. Solche Leute waren die Krebsgeschwüre in den Behörden, saßen immer fester im Sattel und lebten dicken Pensionen entgegen.

Joe hatte Worte immer als begrenztes Kapital betrachtet, und er glaubte an Ersparnisse. Er wollte nicht viele Worte machen, sie nicht verschwenden. Sie waren für ihn wie Geldstücke – Kapital, das man umsichtig verwenden sollte. Joe hielt manchmal lange inne, bis er die richtigen Worte gefunden hatte, um genau auszudrücken, was er sagen wollte. Manchmal verwirrte das die Leute – Marybeth fürchtete, sie könnten ihn für begriffsstutzig halten –, aber damit konnte Joe leben. Darum verachtete er Besprechungen, bei denen die Teilnehmer sich aufführten, als würden sie nach der Anzahl ihrer Worte bezahlt, während die doch – als Folge dieser Einstellung – von Minute zu Minute wertloser wurden, bis sie gar nichts mehr bedeuteten. Nach Joes Erfahrung hatte der, der am meisten redete, sehr oft am wenigsten zu sagen. Manchmal wünschte er, jedem Menschen wäre nur eine bestimmte Menge Wörter zugeteilt. Und wer sein Kontingent ausgeschöpft hätte, wäre zum Schweigen gezwungen. Wenn das so wäre, hätte Joe noch mehr als genug Wörter auf seinem Konto, während Leute wie Les Etbauer sehr still sein würden. Joe hatte Besprechungen erlebt, bei denen nichts erreicht worden war und nur Wörter wahllos und flüchtig durch den Raum geschwirrt waren. Wie Streufeuer aus Maschinengewehren. Was für eine Verschwendung von Worten, dachte er oft. Von Kapital. Von Munition.

Joe bemerkte, dass der Redeschwall jetzt doch zu Ende war, und fuhr aus seinen Gedanken hoch. Etbauer starrte ihn schon seit ein paar Sekunden an.

»Ich habe gefragt …« – er war deutlich verärgert, dass Joe ihm nicht zugehört hatte – »…, wie so was passieren konnte?«

»Leichter, als Sie vermutlich denken«, erwiderte Joe scharf.

Etbauer kniff verächtlich die Augen zusammen. Das war nicht die Antwort, auf die er gewartet hatte.

»Ich war gerade dabei, die Anzeige zu schreiben«,

sagte Joe. »Sie liegt dem Bericht bei. In der einen Hand hatte ich das Klemmbrett mit dem Formular, in der anderen einen Kugelschreiber. Ich gebe zu, dass ich nicht auf Keeleys Verhalten vorbereitet war. Und ich bedaure, dass das passiert ist. Und es ist mein Fehler, dass ich nicht reagiert habe.«

»Aber er hat Ihnen Ihre Waffe abgenommen«, sagte Etbauer, als könnte er durch diese Wiederholung seinen Standpunkt untermauern. »Er hat sie Ihnen abgenommen, und Sie standen einfach nur da.« Etbauer sagte das ungläubig, als könnte er sich nicht vorstellen, dass noch jemand anders so blöd sein könnte wie Joe Pickett.

Der stand völlig überraschend auf, griff über den Schreibtisch, pflückte Etbauers Namensschild von der Hemdtasche und setzte sich wieder. Etbauer sah ihn mit aufgerissenen Augen und einem Anflug von Panik an.

»Verstehen Sie, was ich meine?« Joe hielt das Namensschild hoch. »Selbst wenn einem klar ist, was passiert, kann man manchmal einfach nicht schnell genug reagieren, weil man irgendwie stutzt, dass es überhaupt passiert.«

Etbauer schluckte und versuchte, seine Autorität zurückzugewinnen. Aber seine Stimme war schwach. »Geben Sie mir mein Schild zurück.«

Joe ließ es über den Schreibtisch schlittern. »Sie haben gedacht, ich würd Ihnen einen Schlag ins Gesicht verpassen, oder? Und trotzdem konnten Sie nichts dagegen tun. Sehen Sie – das ist mir mit Ote passiert. Ich hab Mist gebaut, aber ich hab einfach nicht damit gerechnet. Genau wie Sie.«

Etbauers Gesicht war jetzt knallrot. Er sah Joe kein einziges Mal mehr in die Augen. Als er sagte, er habe den

Bericht und das zugehörige Beweismaterial sorgfältig geprüft und entschieden, er werde zum nächsten Dienstag, dem 30. September, ohne Bezahlung offiziell vom Dienst suspendiert, erklärte er das alles der Wand ganz rechts hinter Joe.

Und dann fügte Etbauer hinzu, es habe einige sehr beunruhigende Meldungen gegeben. Ernst zu nehmende Behauptungen.

»Wir haben vor zu ermitteln, ob Sie nicht durch die Untersuchung von Morden, die bereits aufgeklärt sind, Ihre Amtspflichten erheblich vernachlässigt haben. Und es besteht der Verdacht, dass Sie Beweismaterial zerstört haben, das den Angeschuldigten mit dem Verbrechen hätte verbinden können.«

Joe fragte, wer das berichtet habe, und Etbauer belehrte ihn, das dürfe er nicht sagen. Joe spürte, wie ihm ein Kälteschauer über den Rücken lief.

Etbauer fuhr fort. »Hiermit teile ich Ihnen mit, dass wir aufgrund Ihres Verhaltens in den letzten Wochen untersuchen werden, ob Sie als Verdächtiger für die Verbrechen in Frage kommen. Ist Ihnen der Ernst der Lage klar?«

Joe nickte. Natürlich begriff er die Situation, aber er hatte Mühe, etwas zu sagen.

»Ich – ein Verdächtiger?«, krächzte er schließlich.

»Sie – ein Verdächtiger«, bestätigte Etbauer kalt lächelnd. »Wir hoffen, dass Ihre Unschuld rasch erwiesen sein wird. Denn sonst – das sag ich Ihnen offen – würde die ganze Behörde in schlechtes Licht gerückt, und das wollen wir nicht.«

Joe seufzte. Etbauer war ohne Zweifel ein bösartiger, kleinlicher Bürokrat, der Gelegenheiten wie dieser geradezu entgegenfieberte.

»Unsere Geschäftsordnung sieht vor, dass Sie auf der nächsten Versammlung der Wild- und Fisch-Kommission, die Ende Oktober stattfindet, Widerspruch gegen Ihre Suspendierung einlegen können. Der Widerspruch ist schriftlich an den Leiter der Behörde zu richten. Sie haben drei Tage Zeit, um einen Bericht über den Stand der Dinge in Ihrem Revier anzufertigen. Dann werden Ihre Aufgaben vorläufig an den Jagdaufseher eines angrenzenden Bezirks übergeben, der am Montag ernannt wird.«

Joes Mund war so trocken, dass er nicht mal schlucken konnte.

»Sie können gehen«, sagte Etbauer. »Ich kann im Augenblick nicht mehr sagen.«

Joe stand auf. Er wusste, dass ihn das, was er gerade gehört hatte, erst später mit aller Wucht treffen würde. Im Augenblick war er nur wütend und zugleich merkwürdig ruhig.

»Geben Sie den Bezirk Saddlestring wenigstens Wacey Hedeman. Er kennt ihn ziemlich gut und arbeitet schnell.«

»Wir werden das berücksichtigen.« Etbauer befingerte das Namensschild, das Joe ihm abgezupft hatte. »Sie können gehen.«

An der Tür drehte Joe sich noch mal um.

»Haben Sie das schon mal gemacht? Einen Jagdaufseher suspendiert, der zum ersten Mal so ein Dienstvergehen begangen hat?«

Etbauer wurde wieder knallrot und sah weg. Joe folgte seinem Blick zur Digitaluhr auf dem Aktenschrank. Es war 4:58.

»Steckt jemand hinter dem, was Sie da tun?«, fragte Joe.

»Natürlich nicht.« Etbauer schaute noch immer auf die Uhr.

»Hat niemand angerufen und gesagt: ›Les, sei so gut und grab die Sache mit Picketts Dienstwaffe wieder aus‹?«

Etbauer fuhr auf seinem Bürostuhl herum. »Natürlich nicht.« Er war jetzt in der Defensive. »Das Gespräch ist beendet.«

Joe öffnete die Tür. Die Frau vom Empfang, die draußen gehorcht hatte, schreckte hoch und floh den Korridor hinunter. Ihre Absätze klapperten wie eine alte Schreibmaschine.

»Das war kein Gespräch«, sagte Joe zu Etbauer. »Lynchjustiz vielleicht, aber kein Gespräch.«

Er warf die Tür so heftig hinter sich zu, dass er im Flur noch mal anhielt, um sich zu vergewissern, dass das Glas keinen Sprung bekommen hatte.

Joe fand ein leeres Büro, das nicht abgeschlossen war, und rief bei Marybeth in Eagle Mountain an. Er fühlte sich noch immer eigenartig ruhig, hatte aber das starke Bedürfnis, mit seiner Frau zu sprechen. Er wollte wissen, wie sie über das dachte, was eben geschehen war. Als sie den Hörer abnahm, fragte er, wie es ihr bei den Kensingers gefalle.

»Oh, es ist nett«, sagte sie, aber Joe hörte ihr an, dass sie begeistert war. »Fünf Schlafzimmer, vier Badezimmer, eine wunderschöne Terrasse mit Blick über den Twelve Sleep River, ein Whirlpool. Die Küche ist so groß wie unser Haus, das Esszimmer so riesig wie ein Stadion. Die Wandschränke sind richtige Garderoben – man kann in jeden reingehen. Und in den Kühlschrank auch – eine richtige Kältekammer. Die Küche hat einen Frühstückstresen, so mit Barhockern. Und es gibt drei offene Kamine, einen davon im großen Schlafzimmer. Mom und Lucy sind total begeistert. Sie gehen gerade mit Maxine und dem Hund der Kensingers um den Golfplatz.«

Joe fühlte sich gleich besser, als er ihre Stimme hörte. Nach dem, was er gerade erlebt hatte, brauchte er das.

»Und was ist mit Sheridan? Gefällt's ihr auch?«

Marybeth zögerte kurz. »Ich bin mir nicht sicher. Aus irgendeinem Grund scheint sie nicht so begeistert. Sie hat nichts zu Mittag gegessen und wollte nicht mit Mom raus. Sie sitzt einfach nur im Wohnzimmer und starrt aus dem Fenster.«

»Liegt das nur an der ungewohnten Umgebung?« Joe dachte daran, wie oft sie mit ihr in den letzten Jahren umgezogen waren. Sheridan hatte die Beständigkeit und den Alltagstrott im Haus in der Bighorn Road offensichtlich genossen. Vielleicht dachte sie jetzt, sie würden schon wieder umziehen.

»Das hoff ich«, sagte Marybeth. »Nicht, dass sie krank wird.«

Joe sah das genauso. Dann sagte er es. »Marybeth, ich bin ab Dienstag suspendiert, ohne Gehalt, weil Ote Keeley mir meine Waffe abgenommen hat. Und man verdächtigt mich, irgendwas mit den Morden an den Ausrüstern zu tun zu haben.«

Marybeth schnappte nach Luft. »Mein Gott, Joe!«

Er schwieg, und Marybeth schwieg auch. Schließlich fragte er, ob sie noch am Apparat sei.

»Joe, was hat das zu bedeuten?«

»Zweierlei, glaube ich«, sagte er mit so viel Zuversicht, wie er aufbringen konnte. »Erstens wollen mich ein paar verdammt einflussreiche Leute loswerden. Zweitens sieht's so aus, als telefonierst du gerade mit dem neuesten Mitarbeiter von InterWest Resources.«

»Bist du sicher?«, fragte sie. »Joe, willst du da wirklich arbeiten?« Ihre Besorgnis war aufrichtig, und dafür hätte er sie am liebsten durchs Telefon umarmt.

»Ich seh nicht viele Alternativen. Ich muss eine Familie ernähren.«

»Und das Haus?«

»Wir können dort wohnen, bis über meinen Widerspruch entschieden ist. Wenn wir ihn überhaupt einlegen.«

»Joe…«

»Ich hab noch drei Tage, bevor ich offiziell abgelöst werde«, unterbrach er. »Bis dahin will ich ein paar Dinge verfolgen, über die ich auf der Fahrt hierher nachgedacht habe. Dann teil ich Vern die Entscheidung mit. Einverstanden?«

»Sicher.«

»Ich bin heute Abend zurück. Aber geh ruhig schlafen.«

»Ich liebe dich, Joe Pickett«, sagte Marybeth.

»Ich liebe dich auch.«

Joe ging die Treppe runter in die Abteilung für Zoologie. Er kam erst an einem schon verlassenen Schreibtisch, dann an einem Labyrinth kleiner Zimmer vorbei, in denen jede Menge Laborgeräte auf den Tischen standen. Es stank nach nassem Fell, nassen Federn und starkem Desinfektionsmittel. Und ohne Fenster war es hier unten reichlich dunkel. Der leere Korridor schien das Geräusch seiner Stiefel zu verstärken. Er ging den Flur entlang und suchte nach jemandem, der vielleicht noch bei der Arbeit war.

Eine Frau kam mit über den Arm gelegter Jacke und Handtasche aus ihrem Zimmer, und Joe wusste sofort, wer sie war. Sie hatte dieses gehetzte Aussehen eines Menschen, der gerade losspurten will, um seine Kinder aus dem Hort abzuholen.

»Am Freitag so spät noch an der Arbeit?«, fragte Joe lächelnd.

»Es ist später, als mir lieb ist.« Sie sah ihn an und wunderte sich offensichtlich, was er hier unten tat. »Suchen Sie was? Kann ich Ihnen helfen? Ich hab's etwas eilig.«

Er erkannte ihre Stimme.

»Ich bin Joe Pickett. Ich glaube, wir haben neulich miteinander telefoniert.«

Ihre schmerzliche Miene bestätigte das.

»Tut mir Leid, dass ich Sie aufhalte, da Sie so in Eile sind. Also komm ich gleich zur Sache«, sagte Joe. »Ich weiß zu schätzen, was Sie getan haben. Dazu braucht man Mut, und mir ist klar, dass sie deswegen Ärger bekommen können. Was mich betrifft – wir sprechen hier doch gar nicht miteinander. Ich kenn Ihren Namen nicht, und ich frag auch nicht danach.«

Sie schaute ihn noch immer misstrauisch an. Joe sah, dass sie erwog, ihn einfach stehen zu lassen.

»Und?«, drängte sie.

»Würden Sie mir bitte zeigen, wo ich Informationen über gefährdete Tierarten finden kann. Genau genommen geht es um ein Tier, das als ausgestorben gilt.«

Ihr Gesicht war maskenhaft starr. »Ist die Art in Wyoming und den Rocky Mountains beheimatet?«

»Ja.«

Sie fasste einen Entschluss und zuckte die Achseln. »Also, kommen Sie mit. Das dauert nur eine Minute. Dann lass ich Sie allein.«

Sie ging schnell den ganzen Korridor hinunter in eine Bibliothek, die mit Nachschlagewerken und Zeitschriften voll gestopft war. Joe folgte ihr. Hier gab es zwei Arbeitsplätze. Auf dem einen standen ein Computer und ein Fax, auf dem anderen ein Gerät, an dem man Mikrofiches lesen konnte. Sie fuhr den Computer hoch, legte währenddessen Jacke und Handtasche auf ein Regal, klickte mit der Maus durch einige Menüs und öffnete den Katalog der Bibliothek.

»Können Sie damit umgehen?«, fragte sie.

»Ja«, sagte Joe. Jedenfalls glaubte er das.

»Tippen Sie ein, wonach Sie suchen. Wenn das System fündig wird, erscheinen Signatur und Titel auf dem Bildschirm. Die Nachschlagewerke stehen in den Regalen hinter Ihnen und nebenan.« Sie stand auf und griff schnell nach ihren Sachen. »Ich bin weg.«

»Eins noch…«, rief er ihr nach.

Sie fuhr mit deutlicher Ungeduld herum.

»Hat jemand das Päckchen ausfindig gemacht, das ich eingeschickt habe?«

Sie seufzte. »Versuchen Sie's mal bei unserem Verbrennungsofen.«

»Nochmals vielen Dank.«

»Vergessen Sie's,« rief sie ihm im Weggehen über die Schulter zu. »Das mein ich ernst. Aber vergessen Sie nicht, Computer und Licht auszuschalten, wenn Sie gehen. Und wenn jemand runterkommt, verdrücken Sie sich einfach, und halten Sie den Mund.«

»O.k.!«, sagte Joe lachend. Er mochte sie.

Er setzte sich und drehte sich zum Bildschirm. Nachdem er sich ein bisschen mit dem Menü vertraut gemacht hatte, rief er die Suchfunktion auf und tippte ›Miller-Wiesel‹ ein.

Als Joe mit dem Lesen fertig war, fuhr er ins Zentrum von Cheyenne und kaufte in einer Pfandleihe einen Revolver. Und ein paar Häuser weiter eine Schachtel Munition dafür.

21

»Hallo, Mädchen! Ist die Schule schon aus?«, rief der Mann, als er seinen Wagen angehalten und das Seitenfenster runtergelassen hatte. »Soll ich dich mitnehmen?«

Sheridan blinzelte in die Staubwolke, die ihr entgegenschlug – das war doch der Mann, der sich in der Scheune versteckt hatte! Er war in Gegenrichtung vorbeigefahren, hatte dann aber auf der Straße gewendet und war zurückgekommen. Der Sitz neben ihm war leer. Da die Fahrbahn deutlich höher als der Seitenstreifen lag, auf dem Sheridan wartete, konnte sie nur sein Gesicht und eine Hand sehen, die auf dem Lenkrad lag. Er trug eine Sonnenbrille, seine Augen waren nicht zu erkennen. Er lächelte.

»Ich soll nicht zu Fremden ins Auto steigen«, sagte Sheridan.

Der Mann lachte. Er konnte so freundlich wirken. »Aber ich bin doch kein Fremder, Schätzchen. Ich kenn deinen Dad, erinnerst du dich? Und dich kenn ich auch!«

Sheridan nickte. Sie trug ein blaues Kleid und Schnürschuhe. Im Rucksack hatte sie ihre Hausaufgaben und etwas zu lesen. Weil sie jetzt im Eagle Mountain Club wohnte, musste sie mit einem anderen Bus und von einer anderen Haltestelle aus fahren als sonst. Der Bus kam immer zu spät. Sie war das einzige Kind, das in Saddlestring diese lange Fahrt hatte.

»Mom holt mich in Eagle Mountain an der Haltestelle ab«, sagte Sheridan.

»Schon gut, schon gut. Aber komm wenigstens etwas näher ran.« Der Mann lächelte noch immer. »Damit ich nicht schreien muss.«

Sheridan kam vom Seitenstreifen hoch auf die Straße, hielt aber weiter Abstand von der Beifahrertür. Sie war vorsichtig und bereit, sofort wegzulaufen. Der Mann müsste erst über den Beifahrersitz rutschen und die Tür öffnen – bis dahin würde sie doch wohl außer Reichweite sein, dachte sie. Jetzt, da sie auf die Straße gekommen war, konnte sie den Mann etwas besser sehen und ins Wageninnere blicken. Ihr Magen war ganz verkrampft. Sheridan fühlte sich, als könnte ihr gleich speiübel werden. Seit der Mann sie in die Scheune geschleppt hatte, hatte sie ständig an ihn denken müssen. Und jetzt war er wieder da, direkt vor ihr! Er wirkte so nett, doch er hatte so furchtbare Sachen gesagt. Und er sah sie an, als bedeute sie ihm viel. Als seien sie einander dadurch, dass sie das Geheimnis teilten, irgendwie besonders nah. So hatte sie noch nie über einen erwachsenen Mann gedacht. Das machte ihr Angst. Und zugleich fühlte sie sich schuldig.

Sie versuchte, unauffällig in beide Fahrtrichtungen zu schauen.

»Es kommt niemand«, sagte der Mann, und dabei

Unwillkürlich wich Sheridan vom Auto zurück und schlitterte dabei ein kurzes Stück die Böschung runter. Sie wollte so weit wie möglich von dem wegkommen, was im Handschuhfach lag.

»Wenn ich die Viecher nicht aus dem Stapel kriegen kann, musst du mir womöglich dabei helfen«, sagte der Mann. »Vielleicht kannst du mit ihnen in der Wieselsprache reden oder so. Was weiß ich?«

Er ließ den Wagen an und rief durch das Motorengeräusch: »Mach's gut, Schätzchen. Und wünsch mir Glück mit den Wieseln.«

Der Mann fuhr los. Im Rückspiegel beobachtete er, wie der gelbe Schulbus über den Hügel kam und an der Haltestelle bremste. Jetzt stieg das Kind zur Fahrbahn hoch. Die Tür öffnete sich, und das kleine Mädchen im blauen Kleid verschwand im Bus. Sie war schon süß, diese Sheridan.

Er beugte sich vor, öffnete das Handschuhfach und fasste hinein. Das Päckchen war noch warm und das Papier fettig. Er streifte die Verpackung mit den Zähnen ab. Dann biss er herzhaft hinein, und Ketchup spritzte ihm auf den Schoß.

So ein dreifacher Chili-Cheeseburger von Burg-O-Pardner an der Hauptstraße war schon eine verdammt leckere Sache. Die wussten wirklich, wie man Hamburger macht.

Er wischte sich mit dem Handrücken über den Mund und musterte sich kritisch im Rückspiegel. Trotz allem mochte er, was er da sah.

22

Der erste Hinweis auf das Miller-Wiesel stammt von Captain Meriwether Lewis, der mit William Clark 1804-06 im Auftrag von US-Präsident Thomas Jefferson eine Forschungsreise an den Oberlauf des Missouri und in die Rocky Mountains leitete, bei der eine schiffbare Route vom Atlantik zum Pazifik gefunden werden sollte. In seinem unter dem Titel »Journals of the Lewis and Clark Expedition« erschienenen Reisebericht wird das Wiesel nicht sehr eingehend beschrieben. Die Forscher waren auf kleine Kolonien dieser »so erfreulich anzuschauenden Thiere« gestoßen, und zwar kurz hinter Three Forks – heute ein Ort in den Bergen von Montana –, wo drei Quellflüsse des Missouri zusammenkommen. Die Expedition folgte dem Jefferson River durch die Rocky Mountains. Wie Präriehunde (Erdhörnchen, die mit Murmeltieren und Eichhörnchen verwandt sind) gruben die Wiesel sich Baue, und zwar – wie sich bald herausstellte – entlang der Wanderrouten der Bisons. Benannt wurden die Tiere nach Rodney »Mandan« Miller, der rechten Hand des Landvermessers der Expedition, der sich den Knöchel verletzte, als er in einen der Baue stolperte. Lewis schrieb, die Tiere stünden manchmal in dichten Gruppen auf den Hinterläufen und stießen einen Warnschrei aus, wenn die Reisenden sich näherten. Die Miller-Wiesel seien »muntere kleine Begleiter am Weg« und würden sich vor allem am Aas der Bisons »gütlich thun«. Wenn die Expedition einen Stier oder eine Kuh als Verpflegung geschossen habe, versammelten sich die Wiesel am nächsten Tag und warteten geduldig, bis die großen Raubtiere – Wölfe, Kojoten, Adler und Geier – die Kadaver abgefressen hätten. Dann würden sie sich über das hermachen, was übrig geblieben sei. Die Wiesel fräßen Fleisch, Fell und Eingeweide der Bisons. Wie es seine Gewohnheit war, zeichnete Lewis erst eine Skizze, schoss dann einige Wiesel, zog ihnen das Fell ab und legte die Kadaver in Salz ein, damit sie nach seiner Rückkehr für wissenschaftliche Untersuchungen zur Verfügung standen.

Langsam dämmerte der Abend herauf. Im kupfernen Licht der strahlend sinkenden Septembersonne fuhr Joe nordwärts nach Saddlestring zurück. Er hatte das Seitenfenster halb runtergekurbelt, damit er den süßen, trockenen Geruch des Salbeis einatmen konnte, der als endloser Wuschelteppich die weite Ebene ringsum zwischen Casper und Waltman bedeckte. Auf der zweispurigen Schnellstraße war nur wenig Verkehr. Gleich würde die Sonne hinterm Horizont verschwinden. Genau zu dieser Tageszeit kamen Rotwildrudel lautlos aus der Deckung der tief eingeschnittenen Bachbetten und des hohen Salbeigestrüpps. In diesen wenigen magischen Minuten schickte die Sonne ihre letzten kraftvollen Strahlen ganz flach über die Ebene und ließ das braunweiße Fell von Hunderten von Pronghorns aufleuchten. Die sonst im grauen Gebüsch verborgenen Tiere waren jetzt für kurze Zeit den Blicken ausgesetzt. Gleich schon würde das grelle Abendlicht verlöschen – und mit ihm die eigentümliche Beleuchtung der Hornträger, die man früher für Antilopen hielt. Dann würden die Tiere wieder in den gedeckten und melierten Farben dieser Landschaft verschwinden, als gäbe es sie gar nicht wirklich.

Joe kurbelte sein Fenster ganz runter und schaltete das

Radio aus. Es gab nicht mehr viele Ecken in Nordamerika, wo man fast völlig allein und unerreichbar sein konnte – hier aber doch. Seit ein paar Minuten hatte er den einzigen verbliebenen Radiosender nicht mehr empfangen können, und der Suchlauf war wie ein Glücksspielautomat erfolglos durch alle Frequenzen gehuscht. Joe befand sich jetzt in der Gegend, die Wacey »Radio Freies Wyoming« nannte, und daran würde sich für mindestens eine halbe Stunde nichts ändern. Er hatte vor, durchzufahren und nur zum Tanken zu halten, denn er wollte um Mitternacht zu Hause bei Marybeth sein.

Ein merkwürdiges, fast ausgelassenes Gefühl überkam ihn. Er hatte in Wyoming schon Tausende von Sonnenuntergängen gesehen, doch aus irgendeinem Grund ging ihm dieser hier nah. Seine Gefühle taumelten wie der Suchlauf zwischen Schuld, Erleichterung und unverhohlenem Zorn umher. Er verspürte Schuld darüber, dass er Marybeth und seine Familie enttäuschte; Erleichterung, weil dieses Kapitel seines Lebens – die lange Arbeitszeit, die schlechte Bezahlung, der frustrierende Versuch, angesichts einer betäubend gleichgültigen Verwaltungsbürokratie seine Arbeit anständig zu erledigen – vorbei war; und Zorn, ja schlimme, ihm ganz unvertraute Aufwallungen weiß glühender Wut darüber, ein Bauer im Schachspiel eines anderen zu sein.

Er versuchte, nicht länger darüber nachzudenken, dass er heute womöglich fast zum letzten Mal diesen Pick-up fuhr und seine Uniform trug. Er würde ja nicht einfach nur seinen Job verlieren, sondern auch das Bild, das er von sich hatte. Ohne Dienstmarke war er genau wie alle anderen. Zum ersten Mal dämmerte ihm, warum ein Polizist seine Waffe lieber auf sich selbst richten mochte, statt sie bei seiner Dienststelle abzugeben. Joe kämpfte gegen das Selbstmitleid, das ihn zu überwältigen drohte.

Also dachte er an das, was er in der Bibliothek herausgefunden hatte.

Das Wissen über die Miller-Wiesel stammte aus vier Hauptquellen: aus den Aufzeichnungen von Captain Lewis, aus den Beobachtungen früher Biologen, aus den Erwähnungen in den Tagebüchern der Pioniere und aus einer Reihe von Artikeln über die letzte bekannte Population der Tiere, die 1887 im Zoo von Philadelphia gezeigt worden war. Diesen Artikeln zufolge waren sie damals ein beliebtes Ausstellungsstück – viele Jahre bevor der Ausdruck »gefährdete Art« aufkam. Die höchstens dreißig Zentimeter langen und erstaunlich schnellen Miller-Wiesel waren enger mit dem europäischen Hermelin verwandt als jede andere nordamerikanische Tierart. Äußerlich schienen sie auch dem eichhörnchengroßen Ziesel zu ähneln, das allerdings zu den Hörnchen gehört. Die Wiesel waren Allesfresser und stürzten sich auf Eier, Schlangen, Mäuse, Vögel, Eidechsen, Obst, Insekten, Pflanzenzwiebeln und Körner. Angeblich jagten sie sogar Füchse und Hunde. Laut Schätzungen lebten Anfang des 19. Jahrhunderts bis zu einer Million Miller-Wiesel in den Rocky Mountains und östlich davon in der Prärie, den Great Plains, und zwar in Sippen von fünf bis dreißig Tieren. Sie wechselten mehrmals im Jahr ihre Behausung, denn sie folgten den Bisons auf ihren Wanderungen. Sie waren nicht nur auf deren Aas angewiesen, sondern auch darauf, dass die Bisons den Boden beim Grasen mit den Hufen aufwühlten und so Pflanzenknollen und kleine Tiere freilegten, von denen sie sich ernährten.

Die Indianer hielten die Wiesel für Glück bringende Tiere, malten sie auf ihre Zelthäute und stickten sie auf ihre Kleidung. Und das aus einem einfachen Grund – wo Miller-Wiesel waren, waren auch Bisons in der Nähe.

In vielen Tagebüchern der Siedler, die auf dem Oregon Trail mit Pferd und Wagen nach Westen zogen, werden die Wiesel erwähnt, nie aber ausführlich beschrieben. Meist ging es nur darum, die Tiere bei jeder sich bietenden Gelegenheit zu töten. Offenbar hatte sich die Legende gebildet, dass die so knuddelig aussehenden Wiesel Menschenfleisch mochten. Die Biologen, die die Tagebucheinträge untersuchten, vermuteten, die Pioniere hätten nicht nur beobachtet, dass sich die Wiesel vom Aas der Bisons ernährten, sondern vielleicht auch, dass sie sich in die zahlreichen Gräber am Oregon Trail wühlten. Unbestätigten Gerüchten nach waren die Tiere dafür bekannt, sich nachts in die Wagen der Siedler zu stehlen und Babys im Schlaf anzunagen. Wegen dieser Legende wurden Miller-Wiesel mit allen Mitteln ausgerottet. Die Pioniere ließen vergiftetes Fleisch und Getreide als Köder bei den Bauen der Tiere zurück. Auch errichteten sie immer wieder Feuer auf den Höhlenausgängen der Wiesel oder fluteten ihre Gänge, um die fliehenden Tiere dann totzuknüppeln. Und die Wiesel wurden natürlich auch erschossen, kaum dass sie sich zeigten. Manchmal mähte ein einziger Schuss mit der Schrotflinte gleich zehn Tiere nieder, wenn sie eng beieinander auf den Hinterläufen standen und laut fiepsten.

Was die Miller-Wiesel aber tatsächlich zum Aussterben brachte, war die fast völlige Vernichtung der großen Bisonherden der Great Plains. Weil sie vom Bison abhängig waren, starben sie aus, als er verschwand. Erst viele Jahre später wurde offenkundig, dass es in Nordamerika keine Miller-Wiesel mehr gab.

War es möglich, dass doch noch ein paar dieser Tiere lebten?

Ja, dachte Joe, das ist möglich. Vielleicht haben sie gelernt, etwas anderes zu fressen. Wenn die verbliebenen Wiesel ihre Hauptnahrungsquelle ändern konnten, gibt es für sie in den Bergen jede Menge Wapitis und Elche, die wie Bisons den Boden aufwühlen.

Und Vern hatte Recht – würde eine Miller-Wiesel-Kolonie entdeckt, käme diese Neuigkeit innerhalb weniger Stunden übers Internet bei Wissenschaftlern und Umweltschützern an. Das würde der ohnehin schon dahinsiechenden Stadt Saddlestring, Wyoming, einen gewaltigen Schlag versetzen, und Joe war sich nicht sicher, ob sie sich davon erholen könnte. Beamte aus verschiedenen Bundesbehörden kämen angereist. Und Journalisten, Biologen und Umweltschützer aus aller Welt. Alle würden ihre eigenen politischen Ziele verfolgen. Viehzüchter, Holzfäller und Ausrüster, überhaupt die Bewohner von Saddlestring wären ihnen nicht gewachsen.

Joe hatte bis jetzt keine klaren, vorzeigbaren Beweise für die Existenz des Miller-Wiesels. Aber wenn man die Geschehnisse der letzten Wochen in einem gewissen Licht betrachtete – einem Licht, das dem Sonnenuntergang von vorhin ähnelte, der die Pronghorns im Unterholz hatte leuchten lassen –, schien alles darauf hinzudeuten, dass eine Tierart, die seit hundert Jahren als ausgestorben galt, in den Bighorn Mountains lebte und gedieh. Und dass drei Männer, die das herausgefunden hatten, ermordet worden waren. Laut Sheriff Barnum und der Kriminalpolizei war Clyde Lidgard der Mörder. Doch wenn er es nicht war? Joe glaubte nicht besonders fest an Clydes Unschuld, doch er fragte sich, wer es sonst gewesen sein konnte. Und warum seine Kollegen, die doch an der Ermittlung des wahren Schuldigen das größte Interesse haben sollten, so offensichtlich desinteressiert waren und versuchten, ihn von der ganzen Sache abzulenken.

Im Dunkeln lächelte Joe bitter.

Er hatte nur drei Tage, um diese Fragen zu beantworten. Und er war ganz auf sich gestellt.

In Waltman kaufte Joe in einem Gemischtwarenladen – dem einzigen im Umkreis von fünfzig Kilometern – einen großen Flachmann Bourbon und eine Sechserpackung Bier. Der alte Mann hinterm Tresen, dem der Laden gehörte, hatte nicht nur ein Auge verloren, sondern auch den linken Unterarm. Den leeren Ärmel seines schmutzigen, goldfarbenen Cowboyhemds hatte er gar nicht erst hochgesteckt, sondern ließ ihn wie einen gebrochenen Flügel herabhängen, als er Joes Einkäufe in die Kasse tippte. Ja, sagte er, das Telefon draußen funktioniere noch.

Joe verließ den Laden, nahm den Hörer ab und wählte. Dann öffnete er ein Bier und lehnte sich an die rosafarbene Hauswand. Im Schein der Bierreklame, deren Neonröhre über dem Schaufenster brummte, erschien sein Gesicht hellblau.

Schließlich ging Dave Avery, Joes Freund aus der Wild- und Fischbehörde von Montana, in seinem Haus in Helena ans Telefon. Joe hörte, dass im Hintergrund ein Footballspiel im Fernsehen lief. Er fragte Dave, ob er die Probe schon analysiert habe, die er ihm geschickt hatte.

»Willst du mich verschaukeln, Joe?«, fragte Dave

misstrauisch. »Versuchst du, mir einen Streich zu spielen?«

Also hatte Dave die Kotkügelchen bekommen und untersucht.

»Wie kommst du darauf?«

Dave schnaubte. Er war angeheitert. Sicher hatte er schon ein paar Bier intus. »Das weißt du doch, Joe. In der Probe war von allem etwas – ein bisschen Kiefernzapfen, Pflanzenreste, Knorpelspuren, sogar Wapitifell. Könnte von einem Fuchs sein oder so. Aber dafür sind die Kügelchen viel zu klein. Du hast gewonnen – ich hab keine Ahnung, von welchem Tier das stammt. Ich dachte, ich brauch nur drei Stichproben, um den Kot sicher zu bestimmen, oder noch weniger. Aber ich bin verdutzt, verstummt und fix und fertig.«

Das bestätigte Joe, auf der richtigen Spur zu sein.

»Schon mal vom Miller-Wiesel gehört?«

»Wovon?«, fragte Dave und lachte dann. Er war nicht überzeugt. Beide schwiegen einige Zeit. Dave Avery kannte sich mit den Tierarten der Rocky Mountains gut aus. Nicht nur mit denen, die jetzt im Gebirge lebten – auch mit denen, die früher dort beheimatet waren. »Ist das wirklich dein Ernst?«, fragte er dann. »Hast du tatsächlich welche gesehen?«

Joe berichtete, was geschehen war, wo er den Kot gefunden hatte und was er vermutete. Dave sagte nur immer wieder »Donnerwetter«.

»Ist dir klar, worum es hier möglicherweise geht?«, fragte er, als Joe fertig war. »Wenn die in Washington dahinter kommen, geht's rund.«

»Das ist gerade meine kleinste Sorge. Aber kannst du mir noch einen Gefallen tun?«

»Schieß los.«

»Mach bitte noch ein paar Tests, um sicherzugehen, dass wir beide uns nicht täuschen. Und dann schließ die Probe und die Untersuchung gut weg. Erzähl niemandem davon. Auch nicht von dem, was wir gerade besprochen haben. Halt es einfach ein Weilchen geheim, bis ich die Dinge hier geklärt habe.«

Dave fragte, wann Joe sich wieder bei ihm melden würde.

»In drei Tagen.«

Fünfzig Kilometer hinter Waltman und dreißig Kilometer vor Kaycee bog Joe von der Schnellstraße in eine kaum befahrene Ranchzufahrt ab. Seine Reifen holperten über den tief gefurchten Weg, bis er über einen Hügel gekommen war. Jetzt konnte man ihn von der Straße aus nicht mehr sehen.

Er schaltete den Motor aus und verließ den Wagen. Im letzten Abenddämmern sah das Salbeigestrüpp ganz flauschig aus. Ein Eselhase hoppelte mit Riesensprüngen den Weg entlang. Im Scheinwerferlicht wirkte er deutlich größer. Hinter Joes Rücken tickte der heiße Motor.

Joe strich über den geriffelten Griff seines neuen Revolvers. Dann hob er die Waffe, spannte den Hahn mit dem Daumen und spürte, wie weich die Trommel in der Schussposition einrastete. Über den langen Lauf zielte er auf den Hasen in der Ferne und drückte ab. Der Schuss krachte, der Rückstoß fuhr ihm mächtig in die Hand, und ein gut halb meterhoher Blitz, der aus der Mündung des Laufs gefahren war, zuckte in seinen Augen nach. Eine Staubwolke schnellte vor dem Hasen aus dem Boden, und er änderte Haken schlagend die Laufrichtung.

Joe feuerte und feuerte. Er drückte immer wieder ab, bis er merkte, dass die Trommel leer war und es schon dreimal nur geklickt hatte. Etwa einen Kilometer entfernt raste der Hase in höchstem Tempo auf die Berge zu.

Mit klingenden Ohren und halbblind vom grellen Licht der Explosionen stolperte Joe zum Pick-up und lud die Waffe nach.

23

Vern Dunnegan war nicht in seinem Zimmer und saß auch nicht an der Theke im Hotel, doch dann entdeckte Joe seinen schwarzen Suburban in der Hauptstraße vor der Stockman Bar. Er parkte daneben. Die Eingangstür schloss sich hinter ihm, und er blinzelte durch die dunkle, schlauchartige und verrauchte Kneipe – ganz hinten saß Vern in seiner Nische, genau wie vor ein paar Tagen. Er war allein und starrte vorgebeugt in ein großes Glas Bourbon mit Soda, das er in den Händen hielt.

Als Joe sich näherte, blickte Vern auf, und eine Miene, die sich als Mischung aus Überraschung und Zorn deuten ließ, huschte über sein Gesicht. Joe konnte Verns Gesichtsausdruck kaum einordnen, weil er sofort einem breiten, übertriebenen Lächeln wich. Er ließ sich Vern gegenüber auf die Bank fallen und bestellte ein Bier.

»Du bist noch verdammt spät unterwegs«, sagte Vern und musterte Joe trotz seines offenherzig wirkenden Lächelns genau.

»Ich komm gerade aus Cheyenne. Das ist eine ewig lange Fahrt.«

»Die dauert zweieinhalb Sixpacks«, lachte Vern. »Ich bin die Strecke sehr oft gefahren. Sieht aus, als hättest du auch ein paar Biere gezischt, um die Gurkerei besser auszuhalten. Aber Vorsicht auf der Schnellstraße.« Vern lächelte wie ein Patriarch. »Einige Verkehrspolizisten tun nichts lieber, als einem Beamtenkollegen eine Anzeige aufzubrummen. Die können einem mächtig Ärger machen.«

Erwischt! Da konnte Joe nur nicken. Ein Trinker wie Vern, der sich jahrelang bemüht hat, seine Sauferei zu verbergen, ist einfach ein guter Beobachter, wenn's darum geht, ob ein anderer was getrunken hat, dachte er.

»Du hast Wacey gerade verpasst«, fuhr Vern fort. Er hatte sich nun fest im Griff. Was auch immer eben über sein Gesicht gehuscht war – jetzt war es gut versteckt. »Wir haben ein bisschen gefeiert.«

Joe sah überrascht drein.

»Barnum hat heute erklärt, dass er nicht zur Wiederwahl antritt«, sagte Vern. »Der Sheriff geht in den Ruhestand.«

»Das ist nicht dein Ernst!«, antwortete Joe. Warum hatte Barnum sich wohl dazu entschieden? Jetzt, da er aus dem Rennen war, würde Wacey die Vorwahl der Republikaner für das Amt des Sheriffs in ein paar Wochen bestimmt gewinnen. Und das bedeutete im Twelve Sleep County, dass er auch die allgemeine Wahl gewinnen würde. Hier gab's doch nur eine Hand voll Demokraten, und die wenigsten davon gingen überhaupt noch wählen.

»Der alte Wacey ist ganz begeistert gewesen, und wir haben es mit ein paar Gläschen begossen«, meinte Vern.

»Waceys Begeisterung kann ich mir gut vorstellen. Komisch, dass Barnum ausgestiegen ist.«

Vern zuckte die Achseln. »So was passiert nun mal.

Vielleicht hat er gemeint, dass er bei der Wahl glatt durchfällt.«

Joe dachte an sein Gespräch mit Barnum Anfang der Woche. Der Sheriff hatte sich eindeutig so benommen, als sei er schon geschlagen. Aber Joe hatte das damals nicht verstanden und verstand es auch jetzt nicht. Ihm war bei den Leuten hier nicht aufgefallen, dass sie zunehmend Wacey Hedeman unterstützen würden. Und kaum jemand war mit Barnum unzufrieden. Gegen Sheriff O.R. »Bud« Barnum zu stimmen war, wie gegen die Bighorn Mountains zu stimmen. So jedenfalls schätzte Joe die Meinung der meisten Wähler ein.

»Politik«, sagte Vern, als würde dieses eine Wort ihre Unterhaltung zusammenfassen. »Da passieren die unglaublichsten Sachen.«

Joe nippte an seinem Bier. Mist, dass er auf dem Heimweg getrunken hatte. Er hätte jetzt gern einen klareren Kopf.

»Was treibt dich eigentlich in die Stockman Bar? Für dich ist doch längst Schlafenszeit«, meinte Vern.

Joe sah auf. »Ich schätze, ich will dein Jobangebot bei InterWest annehmen,« sagte er. »Ich bin heute suspendiert worden.«

Vern runzelte melodramatisch die Stirn. »Suspendiert? Du?! Das ist doch völlig unmöglich!«

Joe hatte das Gefühl, dass diese Nachricht für Vern längst nicht so überraschend kam, wie er tat. Sie spielten jetzt irgendein Spiel miteinander. Dabei war Joe ein Amateur und Vern ein absoluter Profi.

Joe erzählte, was passiert war. Vern schüttelte den Kopf und rollte die Augen stets im richtigen Moment. Joe dachte kurz, Vern habe vielleicht doch nichts davon gewusst. Nein, entschied er dann – Vern weiß genau Bescheid. In Cheyenne schulden ihm noch immer viele Leute einen Gefallen, und irgendjemand hat ihm längst einen Wink gegeben.

»Deshalb will ich mit dir arbeiten«, schloss Joe.

»Warum legst du keinen Widerspruch ein? Das hört sich doch nach einer lächerlichen Überreaktion der Behörde an. Die Verhandlung dürftest du gewinnen.«

»Ich hab weder Zeit noch Geld, um gegen sie anzutreten. Und ich muss meine Familie ernähren«, sagte Joe ehrlich. »Ich weiß gar nicht, ob ich wirklich Widerspruch einlegen soll – ich frage mich, ob ich meinen Job überhaupt zurückhaben will, wenn die zu so was fähig sind.«

Vern trank seinen Bourbon aus und bestellte für beide nach. »Was sagt Marybeth dazu?« Seine Stimme klang nicht freundlich.

»Ich hab noch nicht mit ihr darüber gesprochen.« Joe errötete ein wenig. »Ich bin direkt hierher gekommen.«

»Joe«, sagte Vern, nachdem die Getränke gekommen waren. »Wir haben uns da wohl irgendwie missverstanden.«

»Was meinst du damit?«

Vern lachte auf seine freundlichste Art, als liege die Peinlichkeit der Situation ganz bei ihm. »Joe, ich denke nicht, dass ich dir tatsächlich einen Job angeboten habe. Wenn ich mich recht entsinne, habe ich nur gefragt, ob du vielleicht Interesse hast, für InterWest zu arbeiten. Ich glaube, ich hab gesagt, ich würde das Gelände sondieren. Kannst du dich nicht mehr an diesen Ausdruck erinnern?«

»Natürlich erinnere ich mich daran.« Joe versuchte zu verstehen, was hier gerade passierte und wohin Vern steuerte. Er wollte ihm noch immer trauen, aber Verns Feststellung, dass auf Joe bei InterWest kein Job wartete, hatte ihn ins Wanken gebracht und misstrauisch gemacht. »Aber ich weiß, was ich von dir gehört habe und was du damit gemeint hast.«

»Also«, sagte Vern, sah sich kurz in der Kneipe um und senkte die Stimme. »Daraus wird nichts.«

Joe lehnte sich zurück.

»Außerdem...« – Vern rollte sein beschlagenes Glas langsam in den Handflächen – »... habe ich mit meinen Chefs bei InterWest gesprochen. Sie sind inzwischen der Meinung, so wie es jetzt steht, ist es gut. Tja, eine Zeit lang haben sie überlegt und mich gefragt, ob du bereit wärst, für sie zu arbeiten, und ich musste ihnen damals ehrlich sagen, ich hätte nicht den Eindruck. Danach haben sie noch mal drüber nachgedacht und sehen jetzt keinen Bedarf mehr für weitere Angestellte. Weder auf dieser Gehaltsstufe noch in diesem Stadium des Projekts. Vielleicht, wenn du dich eher bei mir gemeldet hättest... Oder mit ein wenig Begeisterung... Bevor diese Sache in Cheyenne passiert ist... Gerade jetzt wäre es reichlich schwer, meine Chefs davon zu überzeugen, du hättest plötzlich deine Meinung geändert und das habe nichts damit zu tun, dass man dich rausgeworfen hat.«

Joe wollte etwas sagen, verkniff es sich aber.

»Ich hab dich auch wegen deiner sauberen Führungsakte und deines tadellosen Rufs bei mir an Bord haben wollen.« Vern klang jetzt fast bedauernd. »Aber in letzter Zeit hast du deine Arbeit vernachlässigt und bist wie wild durch die Gegend gegeistert, um den Ausrüsterfall wieder aufzurollen. Glaub nicht, das hätte niemand bemerkt. Vormittags bei den Treffen im Café Alpin warst du das Hauptgesprächsthema. Man munkelt, du hättest Clyde Lidgards Wohnwagen abgefackelt und würdest schon deine Gründe dafür haben. Jetzt bist du suspendiert worden. Ich glaub wirklich nicht, dass wir für dich einen Job haben, Joe. Tut mir Leid.«

Joe war heute zum zweiten Mal sprachlos. Das durfte doch alles nicht wahr sein! Er wusste nicht, was er Vern antworten sollte. Er hatte gedacht, er könne Marybeth bei seiner Rückkehr genau das Gegenteil sagen. Und seinen Mädchen. Und seiner Schwiegermutter. Und das Schlimmste daran war, dass er anfangs eigentlich gar nicht zu Vern hatte kommen und ihn fragen wollen. Er hatte sich auf der Rückfahrt erst dazu überreden müssen und dabei ziemlich gepichelt. Letztlich hatte er sich dafür entschieden, weil er es für das Vernünftigste hielt. Als er jetzt aufstand, dachte er daran, Vern einen Fausthieb in sein grinsendes Maul zu geben. Und zwar so hart wie möglich. Aber er ließ es. Er fühlte sich einfach zu geschlagen dafür.

»Es ist nicht alles verloren, Joe«, sagte Vern, als Joe den Hut aufsetzte. »Vielleicht braucht Wacey einen neuen Hilfssheriff. Er will diesen McLanahan ja sofort loswerden, wenn er im Amt ist. Es ist nicht alles verloren.«

Joe drehte sich um, stützte die Hände auf die Tischplatte und beugte sich ganz nah an Verns Gesicht heran.

»Da liegst du falsch, Vern.« Joe flüsterte beinahe. »Alles ist so gut wie verloren.«

»Mensch, Joe ...«

»Vern,« unterbrach Joe. »Halt den Mund und hör mir zur Abwechslung mal zu.«

Vern vergewisserte sich schnell, dass niemand in der

Bar auf sie achtete. Dann schaute er Joe wieder an. Argwöhnisch.

»Vern, ich hab heute meine Arbeit und meine Wohnung verloren. Mein Glaube daran, dass es sich auszahlt, seine Aufgaben zu erledigen, hart zu arbeiten und ehrlich zu sein, wankt mächtig. Noch ein Monatsgehalt – dann sitzt meine Familie auf der Straße. Ein Monatsgehalt! Eben hat sich meine einzige Aussicht auf einen anderen Job zerschlagen. Und zur Krönung sagst du mir, ich hätte meinen guten Ruf eingebüßt. Und dann meinst du auch noch: ›Es ist nicht alles verloren‹!«

Vern legte Joe die Hand auf die Schulter, aber er schüttelte sie wütend ab.

»Mensch, Joe«, sagte Vern. »Fang an, mehr an Joe Pickett zu denken und weniger daran, was deine Familie und die anderen Leute meinen. Das hab ich gelernt, Joe.«

Verns Augen wurden hart, und sein Mund verzog sich zu einem höhnischen Grinsen. »Willkommen in meiner Welt. In der Welt, wie sie wirklich ist. Da passieren den netten Leuten nicht unbedingt die netten Sachen. Ich bin Unternehmer«, sagte Vern in seiner hochtrabendsten Art. »Ich schaffe Reichtum. Ich hab dieses InterWest-Geschäft doch erst Wirklichkeit werden lassen. Man hat dir ein Angebot gemacht, und du hast es ignoriert, als du hättest zugreifen können.«

Sie schauten einander fest in die Augen.

»Vern, hast du schon mal was vom Miller-Wiesel gehört?«

Verns Mundwinkel zuckten leicht, und dann kam wieder sein falsches Lächeln: »Miller-Wiesel sind ausgestorben. Die gibt's nicht mehr, obwohl alle zehn Jahre das Gerücht aufkommt, jemand habe eins gesehen. Das ist wie mit dem Yeti – der wird auch immer mal wieder gesichtet.«

»Vern«, zischte Joe. »Wenn ich rauskriege, dass du in das alles verwickelt bist, dann geht's rund.«

Die Miene, die Joe bei Vern gesehen hatte, als er in die Bar gekommen war, huschte wieder über sein Gesicht. Diesmal aber war auch Angst dabei. Es tat gut, das zu sehen.

Die Nacht war deutlich kälter geworden, und die Sterne waren hinter Wolken verborgen. Joe zitterten die Hände, als er in seinen Taschen nach dem Autoschlüssel suchte. Er ließ den Pick-up an und fuhr nach Hause, bremste dann scharf und fluchte laut, als er merkte, dass er in die falsche Richtung fuhr. Sie wohnten doch jetzt in Eagle Mountain. Also wendete er mitten auf der Hauptstraße und verschwand mit heulendem Motor in die Gegenrichtung.

Fünfter Teil

Landerwerb:

Der Innenminister verabschiedet ein Programm zur Erhaltung der Tier- und Pflanzenwelt. Es umfasst auch die als gefährdet oder bedroht gelisteten Arten. Für Maßnahmen in Bundesforsten ist der Landwirtschaftsminister zuständig.

Der zuständige Minister
1) nutzt bei der Durchführung dieses Programms den Landerwerb und andere Befugnisse des Gesetzes zum Schutz der Tierwelt von 1956 (in der jeweils geltenden Fassung) sowie das Gesetz zum Schutz der Zugvögel;
2) ist befugt, durch Kauf, Schenkung oder auf andere Weise Land, Gewässer oder Anteile daran zu erwerben. Diese Befugnis gilt zusätzlich zu allen hinsichtlich des Landerwerbs bestehenden Befugnissen.

Gelder, die nach dem Gesetz zur Einrichtung eines Fonds zum Schutz von Land und Gewässern von 1965 zur Verfügung stehen, können für den Erwerb von Land, Gewässern oder Anteilen daran verwendet werden.

Aus: Zusätze (1982) zum Gesetz über gefährdete Arten

24

Im Esszimmer stand ein langer dunkler Hartholztisch, an dem vierzehn Menschen bequem Platz hatten. Mitten in der Nacht saß Joe bei gedimmtem Kronleuchter im Bademantel am Fuß der leeren Tafel und bemitleidete sich. Schon vor Stunden war er von Bier und Bourbon auf Wasser umgestiegen und füllte den bauchigen Becher aus geschliffenem Glas wieder und wieder aus einem Krug, der älter war als er selbst.

Das Haus der Kensingers war prachtvoll, doch Joe hatte es mit amüsierter Distanz inspiziert. Allein die Bar war halb so groß wie die Grundfläche seines Hauses an der Bighorn Road. Die Wände waren mit Gemälden von Bama und Schenck gepflastert, zeitgenössischen Malern, die sich am Mythos des rauen Westens, der Rockys und der Great Plains abarbeiteten. Und mit englischen Kupferstichen aus dem 18. Jahrhundert, die die Laster und Moden ihrer Zeit verspotteten. Von den Deckenbalken hingen Navajo-Teppiche, das Stück für 2000 Dollar. Die Küche war ganz aus Edelstahl und besaß tatsächlich eine Art Kühl- und Gefrierkammer, einen Eisschrank zum Reingehen. Joe hatte den Eindruck, hier würde nicht gekocht – hier würden Speisen mit tief ernstem Gesicht und unter beinahe klinischen Bedingungen zubereitet. Die Wände im Arbeitszimmer standen voller Bücher – vor allem in Leder gebundene Prachtbände zu sittengeschichtlichen und anderen historischen Themen, deren Rücken so steif waren, dass sie gewiss noch niemand aufgeschlagen hatte. Auf einem Stativ prangte ein Fernrohr mit hohem Vergrößerungsfaktor. Damit ließen sich der Twelve Sleep River und die Tiere, die aus den Gebirgsausläufern zum Trinken an seine Ufer kamen, beobachten. Joe schien das Haus nicht so sehr gebaut und eingerichtet, um darin zu leben, sondern eher, um als Bühne für repräsentative Anlässe zu dienen. Kleine Kinder würden dieses Haus erledigen. Und umgekehrt würde das Haus sie erledigen. Es war eine Art Museum des zeitgenössischen Luxus-Landhaus-Lebens im Westen der USA.

Joe nippte an seinem Glas und ließ die Augen langsam durchs dunkle Esszimmer gleiten. Wie unwirklich alles hier wirkte – angesichts seiner Lebenssituation! Überwältigend.

»Kann ich dir irgendwas bringen?« Das war Marybeth. Sie stand im Halbdunkel der Flügeltür. Er wies auf den Krug mit Wasser, um ihr zu zeigen, er sei versorgt. Dabei schaute er sie an, als sehe er sie zum ersten Mal. Als Nachthemd trug sie ein sehr großes T-Shirt, das ihr halb über die Oberschenkel reichte. Der Baumwollstoff spannte über ihrem schwangeren Bauch und ihrem üppigen Busen, und ihre Brustwarzen standen vor wie Knöpfe. Unterhalb des T-Shirts waren ihre Beine straff und dünn, und ihre Zehen versanken halb im Flor des Teppichs. Das Haar lag ihr auf den Schultern und war schlafzerzaust. Sie sah wunderbar aus.

Gleich als er nach Hause gekommen war, hatte er ihr alles erzählt. Die Kinder waren schon im Bett, und Missy Vankeuren war sonstwo im Haus. Er hatte nichts verschwiegen, als sie einander gegenüber am Esszimmertisch gesessen hatten. Was in Cheyenne in der Zentrale passiert war; dass Dave Avery seinen Verdacht bekräftigt hatte; was Vern über den Job bei InterWest und über Joes Ruf gesagt hatte – all das hatte er Marybeth berichtet.

»So oder so – der Mann hat dafür gesorgt, dass er noch immer Macht über dich hat«, hatte Marybeth schließlich gesagt. »Vern Dunnegan ist wohl der einzige Mensch, den ich wirklich zu hassen gelernt habe.«

Er hatte ihr von seinem Plan erzählt, morgen noch mal hoch zum Jagdlager zu reiten, wo die Ausrüster ermordet worden waren. Noch sei er dazu ja befugt. Vielleicht könnte er am Oberlauf des Crazy Woman Creeks etwas finden, das den Verdacht, den er inzwischen über diese Morde zu hegen begann, erhärtete. Er hatte ihr alles ganz nüchtern mitgeteilt. Als er fertig war, hatte Marybeth ihn angesehen und gesagt: »Jede Menge Stoff zum Nachdenken.« Dann war sie ins Bett gegangen. Sie hatten die schwierigen Probleme ungelöst im Raum stehen lassen. Jetzt war Marybeth wieder da.

Sie kam von der Türschwelle, zog einen Stuhl mit senkrechter Rückenlehne neben ihm unterm Tisch vor und setzte sich. Dann schob sie ihren Arm zwischen die Falten seines Bademantels, legte ihm die warme Hand auf den Oberschenkel und sah ihm in die Augen.

»Joe, ich hab über alles nachgedacht, was du gesagt hast.«

Er wartete, was nun kommen würde.

»Joe, es ist nicht alles verloren. Du hast mich. Du hast deine Familie. Du hast Charakter. Das ist eine Menge, und das können nicht viele Menschen von sich sagen. Wir lieben dich. Und wir schätzen dich und das, was du getan hast, sehr.«

Er sah sie fragend an.

»Joe, du bist ein anständiger Mensch. Du bist einer der Letzten deiner Sorte. Vergiss das nicht. Leute wie dich gibt's kaum noch. Du hast ein gutes Herz, und dein moralischer Kompass ist mustergültig. Tu, was du tun musst. Alles wird sich klären, und wir können später darüber reden. Wir werden gerade auf die Probe gestellt – weiß Gott, warum.«

Joe war überrascht. Aus irgendeinem Grund – der ihm nun ein reichlich schlechtes Gewissen machte – hatte er gedacht, sie werde ihm sagen, sie habe genug und es sei wohl das Beste, sie nehme die Kinder und lebe eine Zeit lang bei ihrer Mutter in Arizona. Joe hatte das Gefühl, sie enttäuscht zu haben. Aber sie zeigte, dass sie stärker und von ihm – und ihnen beiden – fester überzeugt war, als er es ihr zugetraut hatte. Er wollte wissen, warum, aber sie kam ihm zuvor.

»Frag mich nicht, Joe. Mit Logik hat das nichts zu tun. Ich kann es dir wirklich nicht erklären, aber ich vertraue dir und bleibe bei dir bis zum bitteren Ende.«

»Da hast du dir viel vorgenommen«, sagte Joe.

»Und ob!«, antwortete Marybeth. »Aber du hast mich bisher nicht enttäuscht.«

Sie ist noch nie so schön gewesen wie jetzt, dachte Joe.

»Ich weiß nicht, was ich sagen soll.« Er wurde rot.

Sie zog die Hand von seinem Schenkel, nahm seine Rechte, führte sie unter ihr T-Shirt und legte sie auf ihren Bauch. Dort breitete Joe die Finger aus. Unter der strammen Bauchdecke konnte er das Baby spüren.

»Unsere Kinder sind wundervoll«, sagte sie leise. »Wir setzen feine, kleine Leutchen in die Welt, die Eltern haben, die sich um sie kümmern und sie lieben. Sie werden Gut und Böse unterscheiden können, weil ihre Eltern ihnen das beibringen und ihnen ein Vorbild sind. Eines Tages wird das belohnt werden, Joe. Daran müssen wir glauben. Wir können doch nicht vollkommen verlassen sein.«

Joe sah Marybeth an und wusste noch immer nicht, was er sagen sollte. »Aber jetzt will ich dich einfach bei mir im Bett haben«, fuhr sie fort. »Ich brauch dich da.«

Er folgte ihr in ein Schlafzimmer, das so prächtig schien, wie er noch keines gesehen hatte. In dem fremden Bett schliefen sie zärtlich und ein wenig unbeholfen miteinander, und das ließ Joe wenigstens für eine kurze, sehr schöne Zeit seine Probleme vergessen.

Er wusste nicht, wie lange er geschlafen hatte, doch als er die Augen öffnete, war es draußen noch dunkel. Er stand vorsichtig auf, um Marybeth nicht zu wecken, und trottete über die kalten Steinfliesen in die Diele. Dann wurde ihm klar, dass er nicht wusste, wo sich in diesem Haus das nächste Bad befand. Er schob einen Vorhang zur Seite und sah durchs Fenster. Es war noch tiefe Nacht. Sterne funkelten am schwarzen Himmel. Er wollte spätestens um sieben im Sattel sitzen und bis mittags um zwölf das Jagdlager erreicht haben. Er wusste noch nicht, wohin er dann reiten und wie tief er in die Berge gehen würde.

Im schwachen, blauen Mondlicht sah er den Umriss einer Lampe. Sie stand auf einem Tisch in der Diele. Er beugte sich runter, schaltete sie ein und sah auf die Armbanduhr.

»Dad?«

Die Stimme ließ ihn zusammenzucken und herumschnellen. Er hatte nicht gewusst, wo die Kinder schliefen. Als er ins Zimmer kam, saß Sheridan aufrecht im Bett und hatte die Finger fest um die Decke gekrallt.

»Süße«, sagte Joe und setzte sich zu ihr aufs Bett. »Es ist halb vier. Warum schläfst du nicht?«

Er konnte sie im Dunkeln nicht gut erkennen und sah kaum mehr als einen zerzausten blonden Schopf und einen schmächtigen Körper. Er strich ihr durchs Haar und drückte sie behutsam ins Kissen zurück.

»Ich kann nicht«, sagte Sheridan heiser.

»Liegt das an dem neuen Haus?«, fragte er. »Daran, dass du in einem anderen Bett schläfst?«

Sie antwortete nicht, aber Joe hatte das Gefühl, sie wolle etwas sagen. Ihm etwas erzählen. Er streichelte ihr Kopf und Schultern, um sie zu beruhigen. Irgendwas stimmte nicht. Er hörte sie schniefen und merkte, dass sie geweint hatte. Er fühlte ihre Wangen – sie waren ganz nass.

»Mir kannst du's doch erzählen«, sagte er sanft.

Plötzlich fuhr sie hoch, warf ihm die Arme um den Hals und vergrub das Gesicht an seiner Brust. Er nahm an, sie habe vorhin etwas von seinem Gespräch mit Marybeth mitgehört. Vielleicht machte sie sich Sorgen über die Lage – so wie er. Er sagte ihr, alles werde gut. Und sie brauche doch etwas Schlaf. Er wartete darauf, dass sie ihm erzählte, was ihr zu schaffen machte. Sie hatte noch nie Hemmungen gehabt, über ihre Gefühle zu reden. Ganz im Gegenteil, dachte Joe.

»Mir gefällt's hier nicht«, sagte sie schließlich unter Tränen.

Er verschwieg, dass er sich in diesem Haus auch nicht besonders wohl fühlte. Stattdessen drückte er sie wieder vorsichtig ins Kissen zurück.

»Sonst nichts?«

Sie zögerte sehr, sehr lange und legte die Hände vors Gesicht.

»Sonst nichts«, sagte sie schüchtern.

»Wir bleiben ja nicht für immer hier«, sagte Joe und war sich der Ironie dieses Satzes bewusst.

Er streichelte ihre Schulter, bis Sheridan wieder eingeschlafen schien. Schließlich stand er auf und ging leise durchs Zimmer zum Flur.

»Ich hab dich und Mom so gern«, sagte sie. »Ich hab unsere ganze Familie wahnsinnig gern.«

Er drehte sich an der Tür um.

»Deine Familie hat dich auch wahnsinnig gern, Sheridan. Und jetzt schlaf.«

25

Joe trieb Lizzie so stark an, wie er nur wagte, und erreichte gegen Mittag das Jagdlager. Es war kalt. Graue Wolken zogen rasch über den Himmel, der heute besonders tief hing. Im Lager stieg er vom Pferd, streckte sich und nahm Lizzie den Sattel ab. Sie hatten sich beide in Schweiß gearbeitet. Der Rücken der Stute dampfte richtig, und Joe rieb sie in Handschuhen ab, während sie aus dem kalten Rinnsal trank, zu dem der Crazy Woman Creek wie üblich Anfang des Herbstes geschrumpft war. Er schüttete Lizzie Hafer hin und hängte die rauchfarbene, nasse Satteldecke über einen Ast. Er wollte abwarten, bis das Pferd wieder trocken und bei Kräften war, und dann weiterreiten.

Auf dem Campinggelände an der Bighorn Road hatten ein paar früh aufgestandene Jäger vor Sonnenaufgang darauf gewartet, dass ihr Kaffeewasser endlich kochte. Seitdem hatte Joe niemanden mehr gesehen. Auf seinem schnellen Ritt in die Berge hatte er ein kleines Rudel Wapitis – Hirschkühe mit Kälbern – aufgeschreckt und beinahe einen Kojoten niedergetrampelt, der den Pfad gemächlich runterspurte, den er hinaufsetzte.

Während Lizzie sich ausruhte, nahm Joe den Sattel und ging durchs Lager. Er setzte sich auf einen Stein, holte die Thermoskanne aus der Satteltasche und schenkte sich Kaffee ein. Zusätzlich zum neuen Revolver, den er im Gürtel an der Hüfte trug, hatte er seine mit grobem Schrot geladene Flinte mitgenommen. Er legte das Gewehrfutteral so auf den Sattelknopf, dass sie schnell schussbereit war.

Obwohl er sich am gleichen Ort befand, den er mit Wacey und McLanahan vor kaum zwei Wochen betreten hatte, erschien ihm jetzt alles ganz anders. Die Zelte waren verschwunden, genau wie die Öfen und die Holzfußböden. Die Ermittler hatten den Boden des Lagers restlos festgetreten. Die Feuerstelle war zerstoßen, und die Querbalken in den Bäumen, die zum Aufhängen von Wapitis gedient hatten, waren entfernt. In ein, zwei Jahren wäre das Lager nicht mehr auszumachen. Bis dahin würden die starken Schneefälle des Winters, die Bodenerosion bei der Schneeschmelze und das Gras, das im Frühjahr hier wüchse, daraus nichts weiter als eine große, ebene Fläche am Bach werden lassen.

Joe breitete eine topographische Karte auf den Knien aus und studierte sie, bis er den Punkt gefunden hatte, an dem er jetzt war. Einige Zentimeter bachaufwärts rückten die schmalen Höhenlinien der Karte sehr nah zusammen – also musste sich dort eine enge und steile Schlucht befinden. Und auch der Bach wurde zu einer haarfeinen Linie. Der abwechselnd mit Punkten und Strichen markierte Pfad endete am Eingang der Schlucht.

Die schien auf der Karte unglaublich lang und schmal. Er folgte ihr langsam mit dem Finger, wie sie sich mitten durch den Berg schlängelte. Aber vor allem interessierte sich Joe für das Quellgebiet des Crazy Woman Creeks. Dort weitete sich die Schlucht zu einem Becken, das gut drei Kilometer lang, fast fünf Kilometer breit und ringsum von steilen Felsen umgeben war. In der ganzen Gegend waren keine Wege, geschweige denn Straßen eingetragen, und man konnte von den Klippen her praktisch nicht in das Becken gelangen. Der einzige Zugang führte offenbar bachaufwärts durch die Schlucht.

Joe war dort noch nie gewesen. Als er im Twelve Sleep County gerade als Jagdaufseher angefangen hatte, hatte er Vern nach dem Becken gefragt, denn es sah auf der topographischen Karte so einzigartig aus. Vern hatte gesagt, er sei dort einmal und nie wieder gewesen, weil es so schwer zu erreichen sei. Jäger würden die Gegend meiden, denn obwohl sie abgelegen und vermutlich wildreich sei, sei sie doch ein Gelände, »aus dem man einen Wapiti nur mit Messer und Gabel rausbringen kann«.

Ote Keeley, Kyle Lensegrav und Calvin Mendes aber hatten hier oben viel Zeit damit verbracht, die Gegend auszukundschaften und Wapitis zu jagen. Joe wäre gar nicht überrascht, wenn sie das Bedürfnis gehabt hätten, rauszufinden, was bachaufwärts hinter der engen Schlucht lag. Sie hatten vermutlich die gleiche Karte benutzt wie er. Und auch sie hatten sehen können, dass das

Becken sehr wahrscheinlich die Heimat prächtiger Wapitis war, die selten oder nie gejagt wurden.

Joe sah auf und spähte in die Richtung, wo die Schlucht beginnen musste. Dorthin wollte er reiten.

26

»Warum willst du denn unbedingt wieder in die Bighorn Road, Sheridan?«, fragte Marybeth beim Abräumen des Frühstückstischs. Lucy war schon Richtung Fernseher verschwunden. Ihre heiße Liebe galt all den vielen Kanälen, die sich plötzlich über Satellit empfangen ließen.

Sheridan hatte lange und intensiv über eine glaubhafte Geschichte nachgedacht. Sie habe ihre Bücher aus der Schulbibliothek vergessen. Die seien Montag fällig. Klar – das war eine Lüge. Aber eine ziemlich gute, meinte sie.

»Können wir nicht morgen fahren?«, fragte Marybeth. »Dann ist Sonntag.«

»Ich muss die Bücher aber lesen.« Sheridan sah ihre Großmutter Beistand suchend an. »Ich muss eins davon im Unterricht vorstellen.«

Missy Vankeuren lachte. Seit ihrem Einzug im Eagle Mountain Club war sie ständig gut gelaunt. »Sie klingt wie ich in meiner Schulzeit.«

»Ja«, sagte Marybeth und sah ihre Mutter missbilligend an. »Aber das klingt nicht nach Sheridan.«

Sie drehte sich wieder zu ihrer Tochter um.

»Sheridan, du weißt doch, dass man seine Hausaufgaben nicht auf den letzten Drücker macht.« Dann brachte sie das Geschirr in die Küche.

»Na ja, in letzter Zeit war ganz schön viel los«, meinte Sheridan und spielte damit auf den Umzug an. Das würde doch wohl ein wenig Schuldgefühl wecken. Ihre Mutter wusste schließlich, dass Sheridan das neue »Ferienhaus« (O-Ton Missy) nicht besonders mochte.

»Setz einfach deinen Charme ein, um dich in der Schule aus der Affäre zu ziehen«, sagte Missy und zwinkerte Sheridan zu. »Klimpere mit den Augen und denk dir eine gute Ausrede aus. So würd ich's machen.« Dann lächelte sie.

Marybeth kam wieder ins Esszimmer.

»Was ist?«, fragte Sheridan. »Holen wir jetzt meine Bücher?« Hartnäckigkeit zahlte sich meistens aus.

»Mal sehen.« Marybeth sah sie streng an.

»Heißt das Ja?«

»Es heißt: Mal sehen. Und jetzt zisch ab. Du siehst aus, als könntest du eine Mütze Schlaf vertragen.«

»Mir geht's gut.«

»Fühlst du dich wirklich gesund, Süße? Du siehst etwas blass aus.«

»Mir geht's gut«, wiederholte Sheridan und sprang vom Stuhl.

»Der geht's wunderbar«, sagte Missy mit einem wissenden Lächeln zu Marybeth.

Mann, dachte Sheridan – die liegt auch immer falsch.

Also Ja, überlegte Sheridan, als sie mit Lucy in eine Decke gekuschelt auf dem Sofa lag und die Zeichentrickserien anschaute, die am Samstagvormittag im Fernsehen liefen. Ein zweites »Mal sehen« bedeutete immer Ja.

Zwar hatte Sheridan gesagt, es gehe ihr gut, aber sie fühlte sich gar nicht wohl. Ausdruckslos starrte sie auf den Bildschirm. Sie hatte kaum gefrühstückt und Bauchweh. Die letzte Nacht war die schlimmste. In dem ungewohnten Bett war ihr fast gewesen, als liege dieser Mann neben ihr – so nah schien er. Sie konnte fast seinen Atem riechen. Es war, als beobachtete er sie und wartete, bis sie etwas sagen oder tun würde, was sie nicht sollte. Dann würde sich sein Lächeln in etwas anderes verwandeln, in etwas Böses, und sie sah ihn in ihrer Fantasie schon auf dem Absatz kehrtmachen, um ihrer Familie wehzutun. Und sie konnte nichts unternehmen, um ihn aufzuhalten.

Sheridan hatte sehr schlecht geträumt, war davon aufgewacht und hatte lange nicht wieder einschlafen können. In einem Traum, dem schlimmsten, befand sich der Mann im Zimmer und saß auf einem Stuhl am Fuße ihres Bettes. Er redete mit ihr und sagte, er sei ihr Freund, doch auf seinem Schoß lag etwas Rundes, Großes, und es war in Papier eingewickelt. Aber als sie das Päckchen diesmal anschaute, war es nicht der Kopf eines Kätzchens – es sah aus wie Lucys Kopf. Und dann begann der Mann, es auszupacken.

In einem anderen Traum stand sie wieder in der Scheune, und wieder presste der Mann sie gegen die Heuballen, atmete ihr ins Gesicht und redete. Er werde ihrer Mutter etwas antun, sagte er. Und auch dem ungeborenen Kind. Du willst doch eigentlich sowieso nicht mehr Geschwister, oder? Ich weiß Bescheid. Du wärst am liebsten das einzige Kind, sagte er. Sheridan fühlte sich schlecht, weil sie im Traum genickt hatte. Hoffentlich dachte sie nicht wirklich so. Um sich das zu beweisen, umarmte sie Lucy. Aber die wand sich los.

Sheridan war wach geblieben, als Joe ihr Zimmer verlassen hatte. Sie hatte gelauscht, wie er Kaffee kochte und durchs Haus schlurfte, um seine Sachen zu packen. Als er bei ihr gesessen hatte, war sie nahe dran gewesen, ihm von dem Mann und ihren geheimen Haustieren zu erzählen. Und wie nah! Aber Nachbilder ihrer Träume hatten sie im letzten Moment davon abgehalten. Nachdem ihr Vater aus dem Haus gegangen war, hatte sie an die unvertraute Zimmerdecke geschaut und einige Entscheidungen getroffen, die ihr gleich sehr richtig erschienen waren. Um sie am Morgen nicht zu vergessen, war sie aufgestanden und hatte sie mit Buntstift auf einen Zettel geschrieben. Er steckte jetzt zerknittert in ihrer Pyjamatasche.

Erstens würde sie einen Weg finden, wieder in die Bighorn Road zu kommen, um sich zu vergewissern, dass die Tiere noch da waren. Sie würde sie nach Möglichkeit füttern. Sie betete, dass es ihnen gut ging.

Zweitens würde sie ihrem Vater alles erzählen. Wie er ihr letzte Nacht den Kopf gestreichelt hatte – das gab ihr jetzt irgendwie das Gefühl, er sei der Einzige, der sie und ihre Familie überhaupt beschützen könnte.

Jetzt, da sie wusste, was sie weiter unternehmen würde, fühlte sie sich etwas besser. Lucy lehnte sich an sie, und sie kuschelten unter der Decke. Lucy lachte über irgendetwas, das auf dem Bildschirm geschah. Sheridan ließ die Augen zufallen. Sie brannten. Das war zu viel für sie. Alles.

Sie würde warten müssen, bis Dad nach Hause käme. Und dann würde sie reden. Es war höchste Zeit.

27

Auf dem ersten Kilometer der Schlucht lief alles gut, auch als die dunkelgrauen Felsen ganz steil wurden und der Himmel zu einem Lichtstreifen zusammenschmolz, der sich genau über Pferd und Reiter hinzog. Auf den Felsen gab es indianische Zeichnungen – pfeilgespickte Wapitis; bemalte und mit Federn geschmückte Reiter; Krieger, die Skalps und ganze Köpfe ihrer Feinde in die Höhe hielten. In der Nähe der Felszeichnungen stieß Joe auf neuere und ausgesprochen dämliche Filzstiftschmierereien. »Ote Keeley bläst dem Herrgott einen«, hatte jemand gekritzelt. »Kyle ist ein Scheißefresser«, stand daneben. Und »Calvin hat 'nen Mauseschwanz«. Na also, dachte Joe – die sind tatsächlich hier gewesen.

Schließlich rückten die Felswände so nah zusammen, dass Joe abstieg und die Steigbügel über den Sattelknopf hängte, damit sie sich nicht im Gestein verfingen. Lizzie war unruhig. Sie hatte die Ohren fest an den Kopf gelegt, und ihre Augen waren vor Angst weit aufgerissen. Er hatte sie am Zügel, redete ihr gut zu weiterzugehen und führte die ganze Zeit mit Singsangstimme ein hirnverbranntes Selbstgespräch, um sie zu beruhigen, während die Wände immer näher kamen. Er trat im Bach von Stein zu Stein, um trockene Stiefel zu behalten. Lizzies Hufeisen klirrten, und manchmal glitten ihre Läufe auf den Steinen aus, so dass Joe sehr bald eine von hinten klatschnasse Hose bekam.

Er bereute, das Pferd mitgenommen und nicht am Eingang angebunden zu haben. Er wäre besser allein gegangen. Die Schlucht war viel enger, als er erwartet hatte, und Wurzeln, Äste, Laubwerk und obendrein die vielen dicken Spinnweben – all das verstärkte das Gefühl der Platzangst. Aber sie waren schon zu tief in den Felsen, um noch umdrehen zu können. Joe würde Lizzie dazu bringen müssen, fast einen halben Kilometer weit über glitschige Steine rückwärts zu gehen. Die Wahrscheinlichkeit, dass sie dabei hinfallen, sich verletzen und auch noch den Ausgang blockieren würde, war zu groß. Er musste weiter vorwärts gehen und hoffen, dass Lizzie ihm vertraute.

An einer Stelle wurde die Schlucht so eng, dass das Pferd mit beiden Flanken die Felsen berührte. Und das Gestrüpp, das über ihnen in den Felsvorsprüngen wuchs, war so dicht, dass es das Licht fast ganz abschirmte. Da scheute Lizzie und ruckte zurück. Und Joe, der sie am halblangen Halfter führte, landete im Bach. In wilder Panik verdrehte Lizzie die Augen fast ganz nach innen – Joe sah statt der Pupillen ein blankweißes Schimmern. Er versuchte, sie aufzuhalten, als sie nach hinten ausbrach. Die Leine sirrte durch seine Hände und brachte seine Handschuhe zum Glühen. Schließlich rutschte Lizzie auf den Steinen aus und fiel mit einem dumpfen Klatschen spritzend auf die Hinterläufe. Sie atmete keuchend aus geblähten Nüstern, saß zitternd da und ließ zu, dass Joe sich ihr näherte. Er sprach leise mit ihr und sagte ihr etwa das, was er Sheridan in der Nacht erzählt hatte. Nach zehn Minuten, die sehr langsam vergangen waren, rappelte Lizzie sich mühsam auf. Sie atmete jetzt wieder gleichmäßig. Joe quetschte sich neben sie und fand fast keine Verletzungen. Nur an einer Flanke war ein kleiner Fetzen Haut aufgerissen und stand wie eine ausgestreckte Zunge vom Körper ab. Joe war jetzt völlig durchnässt und fror. Auch Lizzie war nass, und die Schlucht roch stark nach Pferd.

»Wir haben mehr als die Hälfte geschafft, Lizzie«, sagte Joe immer wieder beschwörend. »Entweder wir gehen weiter, oder wir müssen rückwärts zurück. Lass uns vorwärts gehen. Jetzt ist es nicht mehr allzu weit. Es wird besser, das versprech ich dir. Alles ist gut. Alles ist wirklich ganz wunderbar. Nichts ist so schlimm, wie es aussieht.«

Als die Felswände schließlich zurückwichen, wurde der Bach seicht, und bald konnte Joe wieder aufsteigen und am sandigen Ufer entlangreiten. Der Himmel war nicht mehr so grau wie am Vormittag, und die Sonne, die zaghaft durch den Wolkenschleier drang, wärmte und trocknete Pferd und Reiter.

Endlich hatten sie das Ende der Schlucht erreicht. Das von Bergen umgebene Becken war noch üppiger und wilder, als Joe es sich ausgemalt hatte – ein herrlicher, außergewöhnlicher Ort. Rundum ragte nackter, roter Fels auf, der Schutz gewährte, auch vor Wind. Hauchfeine Wasserfälle, die wie Spitzenbordüren an alten Kleidern aussahen, kamen von den Felsen herab. Joe stellte sich vor, wie kräftig die Wasserfälle im Frühling sein mochten – ihr Rauschen würde das ganze Becken erfüllen. Die alten Bäume waren riesig und voller Moos, ihr Laubwerk sehr dicht. Hohes Gras stand am Ufer, während im Bachbett überall klare, kalte Quellen entsprangen, die an der Wasseroberfläche ringförmige Wellen warfen.

Es knackte in den Bäumen, und Joe zog mit einer Bewegung seine Schrotflinte aus dem Futteral. Doch bevor er durchgeladen hatte, sah er, dass das Geräusch von einem gewaltigen Wapitihirsch gekommen war, der ihn bemerkt hatte und nun durch die Bäume floh. Zwischen den dicken Stämmen wirkte seine Silhouette wie die von hinten beleuchteten Blätter eines rotierenden Ventilators. Dann war er verschwunden. Joe legte die Schrotflinte auf den Sattelknopf und ließ den Apfelschimmel antraben.

Er war sich bewusst, an einem einzigartigen Ort zu sein, und hatte den Eindruck, eine Zeitreise gemacht zu haben und gerade als einer der Ersten zu einem Naturwunder wie Yellowstone oder dem Grand Canyon vorzustoßen und dabei seinen Augen nicht wirklich trauen zu können. Heutzutage hatten nur noch wenige Menschen die Möglichkeit zu sehen, was er jetzt sah, oder zu erfahren, was er gerade erfuhr.

Das dachte er jedenfalls.

Der grasbewachsene Hang lag schon fast hinter ihm, als Joe plötzlich begriff, wo er war. Als er später darüber nachdachte, konnte er nicht genau sagen, warum er angehalten oder wie er es herausgefunden hatte. Es war ein Gefühl im Nacken gewesen, eine Art Geisterberührung. Aber als er das Pferd zügelte und sich im Sattel umsah, hatte er absolut keinen Zweifel daran, was vor ihm lag.

Der Schauplatz eines Massakers.

Es war ein baumloser Hang, der an einem dunklen Wäldchen begann und sanft bis zum Talgrund abfiel. Das Eigenartige an diesem dicht mit trockenen, hohen Gräsern bestandenen Gelände war seine Leblosigkeit. Es gab keine Vögel, und nichts huschte durchs Gras. Hier war alles tot, und Joe wollte wissen, warum.

Er sah die Erdhaufen und zählte sechsundzwanzig. Zu jedem gehörte ein Schlupfloch, das mal von Spinnweben bedeckt, mal von hineingewehten Blättern blockiert war.

Als Joe von Haufen zu Haufen ging, fand er, was er vermutet hatte – leere Patronenhülsen. Er beugte sich über ein ausgedörrtes Wapitiviertel, das fast nur noch aus Haut und Knochen bestand. Das Gift, mit dem der Köder präpariert war, sah Joe dennoch sofort. Und er roch es – Compound 1080, eine Substanz, die diejenigen gern verwenden, die es mit dem Töten von Raubtieren besonders ernst nehmen.

Dann fand Joe einige Patronen, die mit Draht an einem toten Kaninchen befestigt waren. Diese schon lange verbotenen Vorrichtungen sprühten Blausäuresalz in die Mäuler der Tiere, die an ihnen zerrten. Das Zyanid, das mit Speichel reagierte, tötete innerhalb von Sekunden. Und die Patronen waren leer.

Betäubt und benebelt sammelte Joe so viel Beweismaterial, wie er konnte. Er nahm seinen Fotoapparat aus der Satteltasche und verschoss mehrere Filme. Ihm war klar, dass viele seiner Bilder nicht besser wären als die von Clyde Lidgard. Dann fand er ein Häufchen winziger Knochen in der mulligen Erde eines Hügels und füllte es in einen Plastikbeutel. Die Patronenhülsen tat er je nach Kaliber in weitere Beutel. Schließlich setzte er sich auf den Stamm eines umgestürzten Baums und starrte einfach den Hang hinab. Er versuchte sich vorzustellen, wie es ausgesehen hatte, als hier die letzte Miller-Wiesel-Kolonie auf Erden herumwimmelte.

Kurz vor Einbruch der Abenddämmerung kam Joe im Trab wieder am Jagdlager vorbei und ritt weiter den Berg hinab. Der lange Rückweg durch die Schlucht war fast wie im Traum geschehen. Das Pferd schien gespürt zu haben, dass er sehr beunruhigt war, und hatte sich diesmal problemlos führen lassen. Außerdem wusste Lizzie, dass es nach Hause ging. In Joes Kopf rasten die Gedanken, und er war von seiner Entdeckung und dem Schlafmangel ganz zittrig. Ein paar Mal griff er in seine Satteltaschen, um sich zu überzeugen, dass er die Beweise tatsächlich gesammelt hatte, die er gesammelt zu haben glaubte. Das Becken schien schon sehr weit weg.

Joe dachte über die Tragweite seiner Entdeckung nach. Sie war gewaltig. Da oben waren schreckliche Dinge geschehen – unmittelbar vor seiner Nase, in seinem Bezirk und während seiner Amtszeit. Und natürlich gab es jetzt ein Komplott. Er bezweifelte aber, dass es von Anfang an bestanden hatte, und vermutete, dass eine ganze Reihe Zwischenfälle und Fehler geschehen waren, die sich rasch zu etwas Großem und Furchtbarem entwickelt hatten. Er wusste noch nicht, wie alles zusammenhing, und war sich nicht sicher, ob er das überhaupt herausfinden konnte. Doch er wusste, dass er jetzt mittendrin steckte. Aber wo drin? Er fragte sich, wer wohl auftauchen würde, wenn sich das rumsprach.

Er dachte wieder an den Ort des Massakers, vor dem ihn ekelte und der ihn deprimierte. Die Gründlichkeit der Täter erstaunte ihn. Sie hatten mit den Miller-Wieseln angefangen und mit der Ermordung der Ausrüster weitergemacht. Diese Steigerung deutete darauf hin, dass sie vielleicht noch nicht fertig waren.

Joe führte Lizzie in den Anhänger und lud Sattel und Zaumzeug auf die Ladefläche des Pick-ups. Er teilte sich das restliche Wasser mit seinem Pferd, stieg dann steifbeinig ins Führerhaus und ließ den Motor an.

Als er aus dem Wald kam, öffnete sich unter ihm das Tal des Twelve Sleep Rivers. In der Ferne leuchteten die

Lichter von Saddlestring. Als hätte jemand in der Prärie eine Schachtel Juwelen fallen lassen. Direkt unter ihm war der Campingplatz mit den funkelnden, gelben Laternen und Propangaslampen der Jäger. Und dazwischen – kilometerweit entfernt und in den Gebirgsausläufern verborgen – lag sein Haus an der Bighorn Road.

Meine Güte, war er sauer! Er war wütend über seine eigene Lage und auf die Leute, die sie ihm eingebrockt hatten. Und zornig über das Massaker. Darüber, dass eine Tierart vollständig und vorsätzlich ausgerottet worden war. In seiner Studienzeit und in all den Klatschgeschichten, von denen er über die Jahre erfahren hatte, hatte er noch nie von einer derartigen Barbarei gehört.

Jetzt war es fast ganz dunkel, und es wurde kälter. Ein eisiger Wind wehte aus dem Tal in die Berge. Bis zum Horizont war der Himmel rundum überwiegend klar, aber später mochte sich wieder Einiges zusammenbrauen. Lange, dünne Wolken zogen in großer Ferne über die flache Prärie. Sie sahen aus wie rote Stichwunden, die in immer röter werdendes Fleisch geschlagen waren.

28

»Haben wir in letzter Zeit nicht tolle Sonnenuntergänge, Süße?«, fragte Marybeth.

»Mhm«, meinte Sheridan nur. Sie hatte andere Dinge im Kopf.

Marybeth hatte ihre Tochter auf dem Weg zum Haus in der Bighorn Road gefragt, was eigentlich los sei. Sie seien hier im Auto doch nur zu zweit. Allmählich mache sie sich etwas Sorgen um ihr großes Mädchen. Ihr liege doch etwas auf der Seele, und sie solle endlich davon erzählen. Sie sehe auch so müde aus.

»Mir geht's gut, Mom«, sagte Sheridan. Ihr Rucksack lag vor ihr auf dem Boden. Den habe sie für die Bücher mitgenommen, hatte sie erklärt. Tatsächlich aber war eine ganze Tüte voller Essensreste drin.

»Hast du was von dem Gespräch mitgehört, das Dad und ich gestern Abend hatten?«

Sheridan schüttelte den Kopf, und Marybeth schien darüber erleichtert. Sheridan war froh, dass es schon fast dunkel war, denn irgendwie konnte Mom in ihrem Gesicht lesen. Und manchmal sogar ihre Gedanken. Sie hatte ein schlechtes Gewissen, weil sie ihrer Mutter nichts von den Tieren und dem Mann erzählte. Mom war wunderbar und sehr klug, hin und wieder aber auch streng. Manchmal konnte Sheridan gar nicht fassen, wie wunderbar Mom war, vor allem, wenn sie einige Zeit mit Oma Missy verbracht hatte. Gelegentlich schien Mom die einzige Erwachsene zu sein, und Oma Missy, Lucy und Sheridan die Kinder. Aber Mom konnte sich natürlich auch Sorgen machen. Und sie würde sich bestimmt mächtig viele machen, wenn sie wüsste, was Sheridan wusste. Und Sorgen waren für eine Hochschwangere nicht gut. Das stand für Sheridan fest.

»Du kannst mir alles erzählen, was dich bedrückt – sei dir da ganz sicher.« Marybeth ließ einfach nicht locker.

Sheridan hatte einen Teil ihres Problems gelöst. Wenn sie ankämen, würde sie ins Kinderzimmer gehen und ein paar ihrer eigenen Bücher in den Rucksack packen. Unwahrscheinlich, dass Mom die sehen wollte, um zu prüfen, ob sie aus der Schulbibliothek waren. Die härtere

Nuss aber war, einen Grund zu finden, allein nach draußen zu gehen. Sheridan hatte eine kleine Taschenlampe im Rucksack, um unter die Garage zu leuchten. Sie hoffte, die Tiere dort zu sehen. Und dass sie wohlauf waren.

»Ich glaub, ich mag das Haus einfach nicht, in dem wir jetzt wohnen«, sagte Sheridan. »Da ist mir alles zu schick. Und wie bei fremden Leuten.«

»Das hab ich mir schon gedacht«, sagte Mom. »Aber wir wohnen ja auch bei Fremden. Reiche Leute wie deine Oma tun das ständig, doch für dich ist es natürlich neu. Aber findest du es nicht nett, eine Zeit lang ein eigenes, großes Zimmer zu haben? Und einen Fernseher mit x Programmen? Und was ist mit dem tollen Kamin? Und den vielen Büchern?«

»Das ist schon ganz in Ordnung«, gab Sheridan zu. »Aber unser Haus gefällt mir trotzdem besser.«

»Manchmal tut Abwechslung ganz gut«, sagte Marybeth.

»Meistens tut sie gar nicht gut«, gab Sheridan düster zurück.

Ihre Mutter lachte. »Manchmal übertreibst du wirklich etwas, Süße.«

Das Auto wurde langsamer, und Marybeth bog in die Einfahrt ein.

»Noch alles da«, sagte sie.

Sheridan sah durch die Windschutzscheibe. Das Haus wirkte sehr dunkel. Es sah aus, als stände Dads Pick-up an seinem Stammplatz. Aber es war nicht sein Pick-up.

»Wacey ist wohl mit Dad unterwegs und hat seinen Wagen hier gelassen, als sie die Pferde geholt haben«, meinte Mom. »Mir war gar nicht klar, dass er mitreitet.« Sie machte den Motor aus.

»Wie dem auch sei – bringen wir's schnell hinter uns«, fuhr sie fort. »Oma macht Lasagne, und die wollen wir nicht verpassen.«

Missy war irgendwann zu dem Schluss gekommen, die ganze Familie sei von ihrer Lasagne begeistert. Dass nie jemand seinen Teller leer aß, hatte diese Überzeugung nicht erschüttern können. Tatsächlich aber gab es nur einen Menschen, der Oma Missys Lasagne mochte, und das war Oma Missy.

Sheridan stand hinter ihrer Mutter, als die den Hausschlüssel aus der Tasche kramte, die Tür aufschloss und reinging. Marybeth wollte schon auf den Lichtschalter drücken, hielt aber im letzten Moment inne. Sheridan lief voll auf sie auf.

Ihre Mutter bewegte sich nicht.

»Was …?«

Plötzlich beugte sich Mom ganz tief zu ihr runter.

»Mach kein Licht an, Süße. Und sei ganz leise.« Moms Stimme klang nachdrücklich – und ernst. So hatte Sheridan sie selten gehört, und es machte ihr Angst.

»Was ist denn los?« Sie hatte große Augen.

»Das weiß ich nicht genau. Aber da ist Licht im Hof.«

Sheridans Kehle war wie zugeschnürt. Sie schaute hinter ihrer Mutter hervor und konnte es jetzt auch sehen – gelbes Licht drang durchs Küchenfenster und wanderte über die Decke. Dann leuchtete es wieder durch den Hof.

Marybeth führte Sheridan zum Sofa und setzte sie hinein.

»Warte hier einen Moment. Ich schau mal, was das ist.«

Sheridan saß da und klammerte sich an ihren Rucksack. Sie beobachtete, wie Mom rüber in die Küche ging.

Jetzt sah sie ihren Umriss im schwachen Gegenlicht des Fensters.

»Mom…«

Marybeth drehte sich um. »Draußen ist ein Mann mit Taschenlampe. Er tritt den Holzstapel auseinander«, flüsterte sie angespannt. »Der will wohl unser Brennholz stehlen.«

Sheridan fuhr zusammen, als sie hörte, dass jemand – ein Mann! – sich am Holzstapel zu schaffen machte. Und dann blitzte in ihr ein panischer Schreck auf: der Pick-up vor dem Haus – Moms kurze Verwunderung – Dads Freund…

Wie hieß er bloß?

»Mom!«, schrie Sheridan, sprang vom Sofa und sauste in die Küche, als ihre Mutter gerade zum Schalter fasste und die Hofbeleuchtung anmachte.

»Lass das Holz in Ruhe!«, schrie Mom und schlug mit der Handfläche ans Fenster, als wäre der Mann ein streunender Hund, der im Müll stöbert.

Dann sprang die Scheibe, und es knallte durchdringend. Marybeth wurde rücklings auf den Boden geworfen, und ihr Kopf schlug hart auf dem Linoleum auf. Draußen schrie ein Mann.

Sheridan warf den Rucksack beiseite, fiel auf die Knie, rutschte neben ihre Mutter und legte die Hände an ihre Wangen.

»Oh, Mom…«

»Ich bin verletzt, Liebling«, sagte sie mit deutlicher Stimme. »Er hat mich angeschossen, und mir geht's gar nicht gut. Keine Ahnung, wer das war.«

Sheridan heulte, vergrub den Kopf an der Brust ihrer Mutter und spürte deren Herz hämmern. Aber Sheridans Hand, die auf Marybeths Taille lag, war warm und nass.

»O Gott«, sagte Mom mit erstickter Stimme. »Ich spür nichts. Alles ist taub.«

Das Ganze war so schnell passiert, dass Sheridan die Lage noch nicht begreifen konnte.

Plötzlich war Marybeth in Licht getaucht, und Sheridan sah ihr Gesicht und die Tränen in ihren Augen und das Blut, das ganze Blut, das sich immer weiter auf dem Fussboden ausbreitete. Mom sah von Sheridan zum Fenster, und Sheridan folgte ihrem Blick. »Bleibt, wo ihr seid, alle beide«, sagte der Mann fast ruhig. Dann drehte er die Taschenlampe weg. Sie hörten, wie er versuchte, durch die abgeschlossene Hintertür reinzukommen.

»Tür auf«, befahl er.

Marybeth fasste nach Sheridans Arm und drückte ihn. »Hau ab, Sheridan.«

»Ich kann nicht.« Die Worte purzelten unter Tränen aus ihr heraus. »Das ist alles meine Schuld. Er hat gesagt, wenn ich jemandem was erzähle, tut er unserer Familie weh. Dir und Lucy und Dad. Und dem Baby.« Ihre Tränen tropften auf Marybeths Gesicht.

»Macht die verdammte Tür auf!« Diesem Schrei folgte ein lautes Krachen – der Mann warf sich gegen die Tür. Sie hatte schon einen großen Riss in der Mitte, und Holzsplitter flogen auf den Fußboden.

»Hau sofort ab!«, sagte Mom. »Lauf durch die Vordertür und renn immer weiter. Dann versteck dich und warte, bis Dad und Wacey zurückkommen.« Ihre Stimme war jetzt schwächer als vorhin. »Halt ja nicht an, Sheridan.«

Diese Worte ließen Sheridan erstarren. Der Wagen vor

dem Haus, der nur so aussah wie der von Dad; die bekannte Stimme des Mannes; was ihre Mutter gerade gesagt hatte – all das stand jetzt glasklar vor ihr, und mit einem Mal flutete die Erkenntnis auf.

»Aber Mom, das da draußen ist doch Wacey!«, schrie sie. »Wacey hat gesagt, er tut uns weh!«

Doch Marybeth hatte die Augen geschlossen, und ihre Hand war auf den Boden gefallen. Aber Sheridan spürte das Herz noch schlagen – ihre Mutter sah aus, als würde sie schlafen.

»Ich hab dich so gern, Mom«, sagte sie, sprang auf und rannte los. Sie war gerade vorne raus, als die Hintertür nachgab und Wacey Hedeman ins Haus stolperte.

29

Sheridan rannte wie noch nie und spürte unter den Sohlen ihrer Tennisschuhe weder Gras noch rissigen Beton. Sie hatte die Haustür hinter sich zugeworfen und war durchs Vordertor auf die Bighorn Road gelaufen. Dort besann sie sich anders und jagte wieder die Einfahrt hinauf. Sie hatte die Hand schon am Griff der Wagentür, doch dann zögerte sie. Sie dachte nicht klar, merkte aber, dass sie überhaupt keine Idee hatte, was sie im Wagen tun sollte. Zwar konnte sie die Türen verriegeln, aber Wacey würde dann einfach eine Scheibe einschlagen und sie schnappen. Wegfahren ging nicht, denn Mom nahm immer den Autoschlüssel mit. Vermutlich lag er in ihrer Handtasche auf dem Küchenboden.

Also ließ sie sich auf den Bauch fallen und kroch wie

ein Krebs unters Auto. Der scharfe Schotter drückte sich in ihre bloßen Hände und drang in ihren Hosenbund. Ein heißes Metallrohr am Unterboden des Wagens zerriss ihr die Bluse und verbrannte ihr an einer Stelle den Rücken.

Dann kam sie auf der anderen Seite wieder unter dem Auto hervor und stand auf. Sie blieb einen Augenblick stehen und versuchte nachzudenken. Entweder sie rannte wieder auf die Bighorn Road, wo sie vielleicht jemanden finden würde. Oder sie lief um die Garage herum in den Hof. Auf der Straße konnte er sie gleich sehen und erschießen oder überfahren, den Hof dagegen und seine nähere Umgebung kannte sie genau. Dort würde er wohl nicht zuerst suchen, und sie würde Zeit gewinnen. Diese Gedanken schossen ihr durch den Kopf, und dann rannte sie zur Garage. Einige entsetzliche Sekunden lang war sie ohne Deckung – er würde sie bestimmt sehen, wenn er jetzt in ihre Richtung schaute... Bevor sie sich auf alle viere fallen ließ, um durch die Fliederbüsche zu kriechen, blickte sie kurz über die Schulter.

Im Haus brannten alle Lampen, und Wacey kam aus der Vordertür. Er hatte die eine Hand auf der Klinke, hielt in der anderen die Pistole und schaute blinzelnd die Einfahrt hoch zur Straße. Sheridan war sicher, dass er sie nicht in den dunklen Büschen hatte verschwinden sehen, die zwischen Haus und Garage eine Hecke bildeten.

Als sie sich durch die Sträucher schlängelte, konnte sie kaum etwas erkennen, doch sie wusste den Weg inzwischen fast auswendig. Da hörte sie, wie er ihren Namen rief. Und dann rief er ein zweites Mal.

Nein, sie sah fast nichts, doch sie kannte sich im Unterholz gut aus, kam endlich aus den Büschen und rannte über den Hof. Dabei wich sie den Lichtkegeln und der

Pyramidenpappel aus, kam am Holzstapel vorbei, dessen sauber aufgeschichtete Stämme nun verstreut auf dem Boden lagen, duckte sich durch den Zaun und lief über die Koppel. Die Scheune war leer und dunkel, Dads Apfelschimmel verschwunden. Sie zerrte eine schwere Pferdedecke vom Querbalken, warf sie sich über die Schultern und rannte aus der Scheune zum Canyon. Sie wollte hinauf in die Hügel, dorthin, von wo die Monster gekommen waren. Oder das, was sie damals für Monster gehalten hatte.

Sie hörte Wacey wieder ihren Namen schreien.

Aha – jetzt stand er vorne auf der Straße.

Sheridan stieg eine Seite des Canyons hinauf und entfernte sich immer weiter vom Haus. Kakteen stachen ihr in die Füße, und Dornen wilder Rosenbüsche rissen an ihren Sachen, gerieten ihr ins Haar, ritzten ihre Haut, als wollten sie sie davon abhalten, höher zu klettern, und sie dorthin zurückweisen, wohin sie gehörte. Sie konnte kaum erkennen, wohin sie stieg. Darum bahnte sie sich ihren Weg blind. Dabei nahm sie Sinne zu Hilfe, von deren Besitz sie bisher nicht gewusst hatte, die ihr jetzt aber sagten, wann sie die Richtung ändern, sich bücken oder mit einem großen Schritt über einen Stein treten sollte. Ein paar Mal zog sie die Pferdedecke über Kopf und Arme und kämpfte sich so durchs Dickicht, das ihr sonst die Haut aufgerissen und sie zum Stolpern gebracht hätte.

Schließlich hielt sie an. Sie konnte nicht mehr. Ihr Brustkorb brannte vom heftigen Atmen, und ihre Arme und Beine waren einfach zu schwer.

Sie sank auf den Boden, lehnte den Rücken an einen Felsblock, schlang sich die Pferdedecke um und presste den Mund hinein, um ihr furchtbares Schluchzen zu dämpfen. Das Bild ihrer Mutter auf dem Küchenboden nahm sie völlig in Beschlag. Sie schob die Hand, die sie auf die Taille ihrer Mutter gelegt hatte, in den Mund und schmeckte Blut. Und sie lauschte – hoffentlich hörte sie Wacey nicht nachkommen.

Stattdessen rief er ihren Namen – und diesmal sehr deutlich.

»Sheridan, ich weiß, dass du mich hörst.« Er musste jetzt hinterm Haus im Hof sein. Die Stimme tönte durch den Canyon und warf hier und da ein Echo.

»Ich weiß, dass du mich hörst, Sheridan. Ich will dir was Wichtiges sagen.«

Ihr Kopf tauchte aus der Decke auf.

»Sheridan – was passiert ist, tut mir wirklich Leid. Ich entschuldige mich bei dir und deiner Mom. Sie hat mich sehr erschreckt, und ich hab geschossen, ohne zu wissen, wer gerufen hat. Wirklich! Glaub mir das! Bitte!«

Hörte er sich nicht an, als sagte er die Wahrheit?

»Ich hab den Krankenwagen alarmiert. Er ist unterwegs. Deine Mom wird wieder gesund. Ich hab gerade mit ihr gesprochen. Es geht ihr bald wieder wunderbar. Es sieht viel schlimmer aus, als es ist. Sie sorgt sich nur um ihr kleines Mädchen. Du sollst zurückkommen. Sie vermisst dich sehr. Sie macht sich furchtbare Sorgen.«

Mann, konnte der lügen! Erst hatte er ihre schwangere Mutter niedergeschossen, dann sie verfolgt. Verschwinde – das war das Letzte, was Mom ihr gesagt hatte. Und Sheridan vertraute ihren Worten. Viel mehr als denen von Wacey Hedeman.

»Sheridan, sag was, damit ich weiß, dass es dir gut geht. Deine Mama muss das doch erfahren.«

Er machte noch eine Weile so weiter. Sie hörte zu, blieb aber still und bewegte sich nicht. Endlich atmete sie wieder ruhiger, und ihr Brustkorb tat nicht mehr so weh. Die Decke war dick und warm und roch nach Lizzie und nach Dads Ledersattel. Das tröstete sie.

Seine Stimme wurde strenger. Er forderte nun, dass sie antwortete. Von ihrer Mutter war jetzt keine Rede mehr. Das hieß doch, dass er die ganze Zeit gelogen hatte! Also hatte sie richtig vermutet. Er wollte wissen, ob sie ihm wirklich alles über ihre »kleinen Freunde« erzählt habe. Seit zwei geschlagenen Tagen versuche er, diese Miller-Wiesel zu finden, aber außer ein paar »verdammten Scheißhäufchen« sei nichts im Brennholz gewesen.

»Beweg deinen kleinen Hintern her, Sheridan. Wenn nicht, bekommst du größeren Ärger, als du dir je ausgemalt hast!« Jetzt klang er wie ein Verrückter.

Als sie seine letzten Worte hörte, beschloss sie, sich keinen Zentimeter von der Stelle zu rühren. Erwachsene konnten unglaublich dumm sein. Er hatte sie schon beinahe davon überzeugt gehabt zu antworten – und dann die Beherrschung verloren.

»Na gut«, fuhr er fort. »Wenn du nicht sofort – sofort, Sheridan! – runterkommst, rat ich dir sehr, die ganze Nacht haargenau an Ort und Stelle zu bleiben!«

Das war neu. Sie spitzte die Ohren. Er schrie in die Dunkelheit. Und seine Stimme wurde heiser.

»Sheridan, gleich tauchen hier jede Menge Leute auf. Viele Lichter, viel Polizei. Komm ja nicht hier runter bevor sie wieder weg sind. Wenn doch, Sheridan, werden noch viel mehr Leute sterben. Du als Erste. Und dann geb ich deiner Mutter den Rest. Genau wie ich jetzt diese ganzen beschissenen Wiesel brate!«

Das war das Erste, was sie ihm wirklich glaubte.

Sie sah hoch – die Felswand vor ihr glühte. Orangene Lichtfetzen flackerten über den Stein, und für einen Augenblick war sie überzeugt, ein Wunder zu erleben.

Dann kletterte sie auf den Felsblock, unter dem sie gesessen hatte, und sah hinunter. Sie war überrascht, was für eine Strecke sie zurückgelegt hatte und wie deutlich sie erkennen konnte, was unten geschah.

Der Holzstapel brannte, und die Flammen schlugen lichterloh in die kalte Nachtluft. Wacey stand im grellen Schein des Feuers auf dem Hof. Er schaute noch immer den Hang hinauf, ja es schien, als würde er sie direkt ansehen. Aber hier oben konnte er sie ja gar nicht erkennen. Dazu war sie viel zu weit weg. Und sie lag doch auch ganz flach auf dem Stein.

Er wandte sich ab und ging rein. Und sie war viel zu weit weg, um ins Haus blicken und ihre Mutter sehen zu können.

30

Als Joe mit seinem Pick-up über die Hügelkuppe kam, sah er aus der Entfernung, dass sein schlimmster Albtraum Wirklichkeit geworden war. Wohl jeder Vater denkt zwangsläufig bisweilen an ein solches Ereignis, aber Joe hatte diese Ängste bisher immer rasch wieder in sein Unterbewusstsein verabschiedet. Doch manchmal springen solche Horrorvisionen – egal, wie stark sie verdrängt wurden – in schrecklichen Momenten von der Kette. So wie jetzt.

Sein Haus und die Straße davor lagen in rhythmischem Leuchtgewitter. Grellrote und grellblaue Lichter rotierten auf den Autos der Polizei und der Feuerwehr von Saddlestring und auf den Rettungswagen. Orangene Flammen schlugen hinterm Haus in den klaren Nachthimmel, und das Feuer war so mächtig, dass es den ganzen Hang beleuchtete.

Dann stieg mitten aus diesem Chaos ein mit Landescheinwerfern gespickter Rettungshubschrauber auf und hob sich schwerfällig über das Dach des Hauses. Erst als der Helikopter aus den Rauchschwaden, die schwarz in den schwarzen Nachthimmel wehten, heraus war, gewann er rasch an Höhe.

Joe wäre vor Schreck fast das Herz stehen geblieben, denn er hatte für einen Augenblick vergessen, dass sich seine Familie in Eagle Mountain befand. Aber nachdem er sich gesagt hatte, dass seine Angehörigen doch gar nicht in der Nähe sein konnten, war er gespannt, was es zu sehen gab.

Er trat das Gaspedal durch und beschleunigte. Der Pferdeanhänger schlingerte träge hinter ihm. In den wenigen Minuten bis zur Ankunft gingen Joe verschiedene Szenarios durch den Kopf. Die elektrischen Leitungen im Haus waren schon immer schlecht gewesen – vielleicht hatte ein Kurzschluss einen Brand ausgelöst, und im Rettungshubschrauber lag ein verletzter Feuerwehrmann. Oder ein betrunkener Jäger, den irgendwas auf die Palme gebracht hatte, war zu Joes gerade unbewohntem Haus gefahren, hatte den Holzstapel angezündet und dabei was von den Flammen abbekommen. Oder die, die das Miller-Wiesel ausgerottet hatten, waren ihm auf die Bude gerückt, und dabei war etwas schief gegangen. Das alles war möglich, ergab aber keinerlei Sinn.

Im grellen Rot- und Blaulicht konnte Joe zum Schluss kaum noch den Weg erkennen. Einige Wagen blockierten die Einfahrt, andere waren vor dem Haus an der Straße geparkt. Joe hielt auf dem Seitenstreifen gegenüber und sprang aus dem Auto. Er ließ den Motor laufen und die Tür offen.

Ein paar Hilfssheriffs in kurzen, dunklen Jacken und Texashüten verglichen auf dem Rasen ihre Notizen. Niemand schien Joe zu bemerken. Durchs Panoramafenster sah er Männer im Wohnzimmer und in der Küche stehen. Im ganzen Haus war Festbeleuchtung. Joe hatte das Gefühl, er spiele in einem Film mit – als Mr Unsichtbar. Von draußen sah er Barnums niedergeschlagenes Gesicht. Der Sheriff telefonierte.

Als Joe die Haustür öffnete und in den Flur trat, versperrte Wacey ihm plötzlich den Weg. Joe sah an seiner abgespannten und zugleich panischen Miene, dass irgendetwas ganz und gar nicht stimmte. Er versuchte, an Wacey vorbeizukommen, aber der zeigte ihm deutlich, er solle nicht weiter ins Haus kommen.

»Lass mich durch, Mensch!«

»Joe – jemand hat Marybeth niedergeschossen.«

Joe erstarrte. Diese Worte schlugen wie eine Bombe ein.

Wacey legte Joe die Hände auf die Schultern, um ihn zu beruhigen und an Ort und Stelle zu halten.

»Joe, ich bin vor einer halben Stunde hier vorbeigekommen und hab gesehen, dass hinterm Haus ein großes Feuer brennt. Marybeths Wagen stand in der Einfahrt, und die Haustür war offen, also bin ich reingegangen.

Ich hab sie in der Küche auf dem Fußboden gefunden. Das Fenster hat ein Einschussloch, und jemand hat die Hintertür eingetreten.«

Joe hatte das Gefühl, ihm drehten sich die Eingeweide um. »Wer …«

»Das wissen wir nicht.« Waceys verzweifeltes Gesicht beunruhigte Joe noch mehr.

»Geht's Marybeth gut? Warum war sie überhaupt hier?«

»Sie lebt, aber wir wissen noch nicht, wie schlimm es ist. Der Rettungshubschrauber fliegt sie nach Billings. In einer halben Stunde dürfte sie im OP sein.«

Joe starrte an Wacey vorbei ins Haus. Der Fußboden in der Küche war voller Blut. Wie viele Liter mochten das wohl sein? Ein Polizeifotograf nahm die Fensterscheibe und den Boden auf.

»Joe?«

Der sah wieder Wacey an.

»Joe, hast du irgendeine Vorstellung, wer das getan haben könnte? Wollte dir jemand ans Leder? Hattest du Ärger mit Jägern oder so?«

Joe schüttelte den Kopf. Er wollte keine Zeit damit verschwenden, Wacey zu erzählen, was er bei seinem zweiten Besuch im Jagdlager herausgefunden hatte. Schließlich wusste er nicht, ob das etwas mit dem zu tun hatte, was Marybeth passiert war.

»War sie allein?«, fragte er. »Oder hatte sie die Kinder dabei?«

»Gott sei Dank war sie allein«, sagte Wacey. »Mann – es tut mir so Leid, dass dir das passieren musste. Wirklich.«

»Meine Güte«, seufzte Joe.

»Sie war ganz allein«, bekräftigte Wacey. »Aber mach dir keine Sorgen, Joe. Wir kriegen raus, wer das getan hat. Die schnappen wir vermutlich heute noch. Ich schätze, es waren betrunkene Jäger.«

Joe nickte, hörte aber kaum hin.

»Wacey, kannst du mir helfen?«

»Logisch, Joe.«

»Ich muss nach Billings fahren. Hilfst du mir beim Abkoppeln des Pferdeanhängers und rufst dann meine Schwiegermutter in Eagle Mountain an und erzählst ihr, was passiert ist? Ich melde mich bei ihr und den Kindern vom Krankenhaus aus, sobald ich weiß, wie es Marybeth geht.«

Wacey war einverstanden, und sie gingen zu Joes Wagen. Ob er zum Fahren nicht zu aufgeregt sei, fragte Wacey, und Joe murmelte: »Nein«. Er war von all dem Blut auf dem Küchenboden noch ganz erschüttert. Von Marybeths Blut.

Sie koppelten den Pferdeanhänger ab und setzten die Deichsel auf den Boden. Joe bat Wacey, Lizzie in die Koppel zu bringen und ihr Futter und Wasser zu geben.

»Soll ich den Sattel auch mitnehmen?« Wacey leuchtete mit der Taschenlampe auf die Ladefläche des Pickups. Die Satteltaschen waren prall gefüllt, und die Schrotflinte steckte noch im Futteral.

»Nein«, sagte Joe. »Den behalte ich.«

Er überging Waceys Bemerkung, er würde den Sattel »mit Vergnügen« in den Stall schleppen.

Als er losfuhr, sah er im Rückspiegel, wie Wacey das Pferd über die Straße führte und dabei dem Wagen nachblickte.

Irgendwas hat in Waceys Augen gelegen, dachte Joe.

»Es gibt keinen leichten Weg, solche Dinge zu sagen. Seien Sie stark. Helfen Sie ihr durch Ihre Liebe, wieder gesund zu werden, wenn sie aus dem Krankenhaus kommt. Das ist der beste Rat, den ich Ihnen geben kann.«

Joe dankte dem Arzt, hätte ihn aber viel lieber fortgeschickt. Er wollte jetzt von niemandem gesehen, wollte nicht wieder von Schwestern begluckt werden – wie damals, als seine Mutter im Krankenhaus gewesen war. Der Arzt schien das zu spüren und ging wieder in den OP.

Joe stolperte den Flur entlang in die Herrentoilette, schaltete das Licht aus und heulte zum ersten Mal seit vielen Jahren.

32

Wacey wusste gerade so viel über die Telefonleitungen im ländlichen Twelve Sleep County, um gefährlich zu sein. Dieses bisschen hatte er von Ingenieuren der Telefongesellschaft US West gelernt, die einmal seine Hilfe benötigt hatten. Sie waren aus Denver gekommen, um den Funkmast für den Bereich Saddlestring zu reparieren und zu modernisieren, waren aber auf eine Elchkuh gestoßen, die sie nicht an den Mast auf der Kuppe des Wolf Mountain herangelassen hatte. Zwischen der Satellitenschüssel und dem Container mit den Sendeanlagen stehe ein Elch, hatten sie Wacey berichtet und ihm die Delle in der Tür ihres Pick-ups gezeigt. Die stamme vom ersten Angriff. So was hätten sie noch nie erlebt.

Wacey hatte ihnen erklärt, Elche könnten nicht gut sehen und würden ihre Umgebung nur verschwommen erkennen. Wenn sie in Panik gerieten, würden sie manchmal alles angreifen, wovon sie sich bedroht fühlten. Die Elchkuh habe wahrscheinlich irgendwo im Gebüsch rund um den Mast ein Kalb zu beschützen.

Dann war er mit den Ingenieuren auf die Kuppe hochgefahren. Die Elchkuh entdeckten sie dort nicht, wohl aber ihr tot geborenes Kalb. Es war noch warm, und die Nabelschnur steckte ihm fest um den Hals. Die Ingenieure waren vermutlich gleich nach der Geburt aufgetaucht, als die Kuh vor Wut raste.

Wacey stand im Vorgarten von Joes Haus und sah zu dem einsamen roten Licht auf dem Wolf Mountain hoch. Dort stand der Funkmast. Wacey hatte angeboten, bis zum Morgen am Ort des Verbrechens zu bleiben. Dann würde Barnum Hilfssheriff McLanahan oder jemand anderen als Ablöse schicken. Im Schein der Verandalampe sah er auf die Armbanduhr und dann zum Hang hinterm Haus, wo Sheridan sich mit Sicherheit versteckt hielt.

Als er im Frühjahr auf dem Wolf Mountain gewesen war, hatten ihm die Ingenieure die Schaltkreise im Container gezeigt. Und die Telefondrähte, die zu Tausenden in die Fernleitung mündeten. Er hatte sich gemerkt, wo sie aus dem Container kam. Damals hatte er gleich gedacht, man könne mit einem wuchtigen Gewehrschuss in ihren Ausgangspunkt das Telefonnetz des ganzen Tales lahm legen. Vielleicht würde die Reparatur ein paar Tage dauern, aber Wacey machte sich nur um heute Nacht Gedanken.

Ein Gewehr mit großer Durchschlagskraft hatte er dabei. Und Sheridan würde es doch nicht einmal merken, wenn er wegführe.

33

Es war elf Uhr, doch Joe kam es viel später vor. Er stand in der Eingangshalle des Krankenhauses und warf Münzen ins Telefon, um Missy Vankeuren anzurufen. Wieder und wieder hatte er sich im Stillen vorgebetet, was er sagen würde – wie er Sheridan und Lucy erzählen würde, was geschehen war, ohne ihnen furchtbare Angst einzujagen. Er musste jetzt ganz ruhig sein. Und väterlich.

Es klingelte ein paar Mal, bis Joe begriff, dass er geistesabwesend in der Bighorn Road angerufen hatte. Er schlug die Telefonnummer von Eagle Mountain in seinem Notizbuch nach und wählte. Dabei fragte er sich, wie Barnum schon vom Ort des Verbrechens hatte verschwinden können. Und das, ohne eine Wache zurückzulassen. Vielleicht war Barnum wirklich unfähig. Vielleicht hatte Wacey Recht. Vielleicht wäre er als Sheriff eine willkommene Bereicherung.

Joes Schwiegermutter war beim zweiten Klingeln am Apparat. Sie klang kühl und verärgert.

»Ja?«

»Missy – ich bin's, Joe.«

Kurze Pause. Dann: »Ach, hallo, Joe! Hast du mich aber überrascht! Ich hab gedacht, das wäre Marybeth.« Diese Reaktion traf ihn unvorbereitet.

Er war verwirrt. Dann begriff er, dass sich noch niemand bei ihr gemeldet hatte. Aber Wacey wollte das doch übernehmen ...

»Ich hab zur Abendbrotszeit immer wieder in der Bighorn Road angerufen«, sprudelte Missy los. »Und jedes Mal besetzt. Jedes Mal! Und dann ist plötzlich niemand da. Marybeth hat gesagt, sie käme in einer Stunde zurück. Das war vor vier Stunden, Joe. Mein Essen ist ruiniert.«

»Missy…«

»Ich hab seit Ewigkeiten nicht mehr gekocht, ich meine – richtig gekocht. Den ganzen Nachmittag hab ich an meiner berühmten Lasagne gearbeitet. Die mochte Marybeth doch immer so gern. Sie hat gesagt, sie freut sich schon sehr darauf. Allmählich denke ich, bei ihr zu wohnen ist doch keine so gute Idee. Weder für sie noch für mich, Joe…«

Es klang sehr danach, als hätte Missy schon ganz ordentlich am Wein genippt, den sie bestimmt zum Essen vorgesehen hatte. Joe war verärgert.

»Missy, verflixt, hör bitte mal auf!«

Stille.

»Missy, ich ruf vom Krankenhaus in Billings an.«

Stille.

»Marybeth ist niedergeschossen worden. Im Haus in der Bighorn Road. Man weiß noch nicht, wer's war. Die Ärzte sagen, dass sie durchkommen wird. Aber das Baby…« Noch mehr Stille. Joe begriff, dass die Leitung tot war. Ob sie überhaupt etwas von seinen Worten gehört hatte? Sie konnte doch eigentlich nicht eingehängt haben?

Er rief noch mal an. Kein Zeichen in der Leitung. Und noch mal. Eine Stimme vom Band sagte, die Nummer sei zurzeit nicht in Betrieb. Er versuchte es im Büro von Sheriff Barnum – auch diese Leitung war tot.

Joe konnte nicht sitzen. Er konnte nicht still stehen. Er versuchte mehrmals, eine von den vielen Illustrierten im

Wartezimmer zu lesen, musste aber feststellen, dass er sich nicht auf die Worte konzentrieren konnte und nicht mal wusste, zu welchem Thema er gerade etwas gelesen hatte. Er ging zum Schwesternzimmer, um zu fragen, ob er Marybeth schon sehen könne.

Die Schwester war höflich, aber verärgert. Sie wies auf die Uhr auf ihrem Schreibtisch – das habe er sie doch vor kaum zehn Minuten schon gefragt. Joe konnte sich nicht erinnern, dass die Zeit je so langsam vergangen war. Es würde noch immer mindestens eine halbe Stunde dauern, bis Marybeth aus dem OP käme.

Er versuchte noch dreimal, Missy und Barnum zu erreichen. Dann rief er ein viertes Mal im Büro des Sheriffs an. Unglaublich, was er für ein Pech hatte. Anscheinend waren die Telefonverbindungen im ganzen Bezirk gestört.

Also lief er in den Fluren herum und schaute immer wieder auf die Armbanduhr. Die Korridore sahen alle gleich aus – dick mit hellblauer Farbe bekleisterte Betonwände; gedämpfte Neonbeleuchtung; auf dem Plattenboden da und dort schwarze Spuren von den Rädern der Betten; eine Nachtschwester auf jeder Station, die ihn über ihren Schreibtisch hinweg musterte. Er machte das Zimmer ausfindig, wo Marybeth liegen würde. Ihr Name stand auf einem Pappschild an der Tür – die Tinte war noch nicht trocken. Sie würde dort allein liegen, bemerkte er. Ohne Zimmergenossin. Dann ging er den Flur entlang zur Entbindungsstation und hörte Babys schreien. Er ertappte sich dabei, wie er eine junge Mutter anstarrte, die von der Schwangerschaft noch mollig und von der Geburt noch erhitzt war. Sie wiegte ein winziges rotes Baby in den Armen und wartete darauf, dass die Schwester sie in ihr

Zimmer fuhr. Dieser Anblick haute ihn um. Ganz benommen stieg er die Treppe zum nächsten Stock hoch.

Joe lief planlos herum, vermittelte aber den Eindruck, ein Ziel zu haben, und niemand hielt ihn auf. Im Vorbeigehen blickte er kurz durch die Türscheiben in die Zimmer und sah, dass hier ältere Leute lagen. Leute, die auf Besserung oder den Tod warteten. Im Fernsehen lief eine Talkshow.

Ein Polizist aus Billings stand im Schwesternzimmer und lehnte sich lässig gegen den Tresen. Er beachtete Joe im Vorbeigehen nicht weiter, sondern sprach leise auf eine attraktive Krankenpflegerin ein. Sie schien an dem interessiert, was er erzählte, tat aber gelangweilt. Joe bemerkte den leeren Stuhl des Polizisten neben einer Tür am Ende des Flurs und ging dorthin. Auf dem Schild an der Zimmerwand stand »C. Lidgard«.

Joe ging noch ein paar Schritte, bevor der Groschen fiel. Er hielt an und schaute über die Schulter den Gang entlang. Der Polizist stand mit dem Rücken zu ihm. Joe zögerte einen Augenblick, machte dann kehrt und betrat den Raum. Leise schloss er die Tür hinter sich.

Lidgards Zimmer wurde nur von einer schwachen Glühbirne beleuchtet, die am Kopfende des Bettes montiert war. Joe erkannte Clyde kaum. Er sah aus wie achtzig und war fast nur noch ein Gerippe. Seine Haut war wächsern, gelb und stark verrunzelt. Aus beiden Armen entsprang ein Gewirr von Schläuchen – wie die weißen Wurzelfäden einer gekeimten Kartoffel. Sein Kopf lag zur Tür gewandt auf dem Kissen, und sein silbriges, dünnes, fast fedriges Haar strahlte im Schein der Lampe.

Joe starrte Clyde Lidgard ins Gesicht, als wolle er ihn aus dem Koma wecken.

»Erzähl mir, was du weißt, Clyde«, sagte er. »Erzähl mir einfach, was du weißt.«

Als Lidgards Augen sich langsam öffneten, stand Joe wie angewurzelt da. Sie waren wässrig und schleimverklebt. Joe war nicht sicher, ob Lidgard überhaupt etwas sehen konnte. Es war doch unmöglich, dass er tatsächlich wach war oder Joes Anwesenheit irgendwie bemerkte. Vielleicht tat er das im Schlaf immer.

»Hörst du mich, Clyde?«, fragte Joe leise. Nicht unwahrscheinlich, dass eine Nachtschwester oder der Polizist jeden Moment ins Zimmer stürmten und ihn rauswarfen.

Lidgard bewegte die Lippen, als lutsche er ein Bonbon.

»Dein Mund ist ganz trocken. Willst du was trinken?«, fragte Joe und schüttete Wasser aus einem Plastikkrug in einen kleinen Pappbecher. Den setzte er Lidgard an die Lippen, und Clyde trank. Seine Augen folgten Joes Bewegungen.

»Weißt du, wer ich bin?«, fragte Joe ruhig.

»Aufseher.« Die Antwort kam so schwach, dass Joe sie fast nicht verstehen konnte. »Aufseher.« Er stellte den Krug auf den Nachttisch und beugte sich über Lidgards Gesicht. In seinem Atem roch er den Gestank der Verwesung. Genauso roch Wild nach dem Abschuss.

»Stimmt. Ich bin Jagdaufseher Joe Pickett aus Saddlestring. Du musst mir erzählen, was oben im Lager passiert ist.«

Lidgards Augen fielen kurz zu und öffneten sich wieder. »Ich werd jetzt sterben«, flüsterte er.

»Nicht, bevor du mir erzählt hast, was da oben los war«, beharrte Joe. »Erst, wenn du mir von den Miller-Wieseln berichtet hast.«

Clyde Lidgards Mundwinkel zuckten ganz leicht. Als versuche er zu lächeln.

»Ich hab ein paar gute Fotos von diesen Wieseln gemacht«, antwortete er. »Aber ich hab nie gesehen, ob sie was geworden sind. Stattdessen bin ich gestorben.«

Joe gab Lidgard wieder zu trinken. Auf dem Flur war es noch immer ruhig.

»Du hast erst ein bisschen geredet und dein Gewissen erleichtert. Du bist eine Zentnerlast losgeworden«, sagte Joe. »Und danach bist du gestorben. Als du mit dir im Reinen gewesen bist.«

»Tatsächlich?«, fragte Lidgard.

»Also – los geht's.«

Als Joe das Zimmer verließ, lehnte der Polizist noch immer bei der Nachtschwester am Tresen. Und Clyde Lidgard war tot.

Kaum wurde Marybeth aus dem OP geschoben, fiel Joe als Erstes auf, dass sie im Vergleich zu Clyde Lidgard bemerkenswert gesund aussah. Er tastete unter dem Laken nach ihrer Hand und drückte sie im Gehen. Als er auf ihren flachen, verbundenen Bauch sah, traten ihm Tränen in die Augen.

Joe musste ihre Hand einen Augenblick loslassen, als die Schwestern das Bett in Marybeths Zimmer schoben und fest stellten. Dann bereiteten sie die Infusion vor, und Joe trat wieder zu Marybeth. Die Schwestern sagten ihm, sie habe gerade ein starkes Beruhigungsmittel bekommen und werde bis in den Morgen schlafen.

Doch das Mittel wirkte noch nicht ganz, denn sie wachte kurz auf.

»Du wirst wieder gesund«, sagte Joe und lächelte gezwungen. »Du schaffst es und wirst ganz gesund.«

Sie schaut mich an und sucht Sicherheit, dachte er. Hoffentlich geb ich sie ihr.

»Marybeth, weißt du, wer das getan hat?«

»Das konnte ich nicht erkennen. Ich weiß nur, dass es ein Mann war.«

»Kannst du mir irgendwas Näheres erzählen?«

»Was ist mit meinem Baby?« Ihre Stimme war träge.

Joe schüttelte den Kopf.

Sie blickte weg und weinte mit zugepressten Augen. Er drückte ihre Hände.

Plötzlich sah Marybeth ihn an und musterte verzweifelt sein Gesicht.

»Wo ist Sheridan? Sie sollte weglaufen.«

Sechster Teil

Wie Blinde, die einen mechanischen Elefanten bauen, nahm jeder Beteiligte Hammer und Schraubenschlüssel und bastelte für sich und oft im Geheimen am Getriebe, verlötete Drähte und brachte das Walzblech in Form. Einer baute ein Bein, ein anderer den Schwanz, ein Dritter den Rüssel. Da erwachte dieses Konstrukt plötzlich wie ein furchtbarer Android zum Leben, bewegte sich ruckartig hin und her, verschlang seine Erbauer und zermalmte sie in seinem Getriebe. Außer Kontrolle torkelte es dann unbekannten Zielen zu – ohne Zweck, ohne Beschränkungen und ohne Reue.

Alston Chase über Entstehung und unbeabsichtigte Folgen des Gesetzes zum Schutz gefährdeter Arten.

Aus: IN A DARK WOOD, 1995

34

Sheridan hatte noch nie so gefroren, noch nie solchen Hunger gehabt und sich noch nie so allein gefühlt. Als das Feuer unten niedergebrannt war, senkte sich die Nacht stockfinster über den Hang. Sheridan igelte sich am Fuß des Felsblocks ein und versuchte, die Pferdedecke fest um sich zu schlagen, aber die war dafür zu steif. Und auch zu klein, um sie rundum zu wärmen. Felsblock, Boden und Luft waren eisig. Wie gern hätte Sheridan jetzt den Rucksack dabeigehabt, denn da waren lauter Essensreste drin. Sie hatte heute zum ersten Mal das Abendbrot verpasst. Wenn sie nur irgendetwas Gewohntes tun könnte – in den Pyjama schlüpfen oder Zähne putzen. Dann würde sie wenigstens ein bisschen Normalität spüren. Sie wusste nicht, wie spät es war, aber auf jeden Fall spät. Der Mond stand nicht am Himmel, und die kalten, klaren Sterne funkelten erbarmungslos.

Nachttiere waren unterwegs. Eins, das sich den Schritten nach wie ein Hund anhörte, war den Steilhang runtergekommen, hatte dann aber angehalten, als es Sheridan gewittert oder gespürt hatte. Mit plötzlichem Tapp-Tapp-Tapp hatte es die Laufrichtung geändert und war wieder bergauf durchs Gebüsch gebrochen. Sheridan war sehr darüber erschrocken, weil sie für einen Moment dachte, das sei Wacey. Aber dann war sie ziemlich sicher, dass es ein Kojote gewesen war. Davon gebe es hier oben viele, hatte Dad gesagt. Sie hatten immerhin ihren Welpen und ihr Kätzchen gefressen.

Sheridan hatte geschlafen, wusste aber nicht, wie lange. Ein durchdringender Knall – ein Schuss von irgendwo in den Bergen – hatte sie vor ein paar Minuten wachgeschreckt. Sie horchte auf weitere Schüsse – nichts. Sie kroch wieder auf den Felsblock und sah hinunter. Vom Feuer waren nur noch Asche und dunkelrot glühende Holzkohle übrig. Die Lampen im Haus brannten noch immer, aber Sheridan konnte den Mann nirgendwo sehen – keine Bewegung, weder drinnen noch draußen. Es war kein gutes Gefühl, nicht zu wissen, wo er war. Sie dachte kurz daran, zum Haus zurückzukehren.

Wenn sie sich nur irgendwie gegen ihn verteidigen könnte! Sie musterte ihre Bestände – die Pferdedecke, eine Haarspange, in den Taschen zwei Centstücke. Sie hatte noch nicht mal einen Stock. Wäre sie jetzt in einem Film, könnte sie aus diesen Sachen bestimmt was Raffiniertes basteln und den Bösen erledigen. Aber das hier war kein Film. Sie fror. Und sie hatte Angst.

Dann sah sie die Scheinwerfer vom Wolf Mountain kommen. Sie beobachtete, wie sie den Fluss kreuzten und die Bighorn Road entlangkamen. Schließlich bog der Wagen in die Einfahrt. Sie hörte eine Tür zufallen, konnte aber nicht sehen, wer am Steuer gesessen hatte.

Kurz darauf sah sie im Haus jemanden am hinteren Panoramafenster vorbeigehen. Dann ging die Taschenlampe an, und Wacey kam aus der Hintertür. Und zwar mit Gewehr.

»Huhu! Sheridan? Gibt's dich noch?«

Sie begann zu weinen. Einen Augenblick lang hatte sie gedacht, das sei ihr Vater.

»Sag was, Schätzchen, damit ich weiß, dass es dir gut geht!« Er klang freundlich – wie immer am Anfang.

Sie weinte jetzt heftig und hemmungslos. Als seien alle Dämme gebrochen.

»Drinnen ist es warm und gemütlich, Sheridan. Ich mach gerade Kakao heiß. Schönen warmen Kakao mit klitzekleinen Marshmallows. Die hab ich im Küchenschrank gefunden. Mmmmhh! Dir muss da oben doch langsam ein bisschen kalt werden.«

Sie konnte nicht aufhören zu weinen und ließ das Gesicht in die Hände sinken.

Für kurze Zeit war es unten still.

Dann: »Ich höööör dich! Ich hör dich da oben. Wein nicht länger, sonst fühl ich mich ganz schlecht. Ich will doch nicht den ganzen Kakao alleine trinken.«

Sie kletterte vom Felsblock. So plötzlich, wie sie zu weinen begonnen hatte, hatte sie es sein lassen. Sie war entsetzt, dass Wacey sie gehört hatte. Jetzt wusste er genau, wo sie war.

»Das ist ja Mitleid erregend, Sheridan. Komm doch endlich runter, damit ich nicht hochklettern und dich holen muss.«

Sie schlug sich am Felsblock entlang durch einen Wacholderstrauch, damit sie das Gelände unten wieder überblicken konnte. Er stand noch immer im Schein der Hofbeleuchtung, hatte das Gewehr angelegt und versuchte, sie durch das Zielfernrohr zu erkennen. Aber er sah in die falsche Richtung, irgendwo links von ihr. Vielleicht wusste er ja doch nicht, wo sie war? Vielleicht hatte ihr Schluchzen ein Echo geworfen, das ihn täuschte? Wie auch immer – er kam nicht hoch. Noch nicht.

Bei Sonnenaufgang würde sich das ändern.

35

Um drei Uhr nachts kam Joe Pickett mit heulendem Motor aus Richtung Billings in Saddlestring an. Die vier Ampeln blinkten gelb, und niemand war unterwegs. Die letzten Kneipen waren schon geschlossen und Frühaufsteher noch nicht auf den Beinen. Die ganze Stadt war mausetot.

Joe fuhr die Hauptstraße runter bis zu Barretts Apotheke. Dort parkte er den Wagen um die Ecke und musterte sich im Rückspiegel. Er erwartete, dass seine Augen rot glühten. Wie die eines Teufels oder Aliens. Er war völlig übermüdet und ganz ausgelaugt. Die letzten beiden Nächte hatte er kein Auge zugetan und seit dem Frühstück, also seit bald zwanzig Stunden, nichts mehr gegessen.

Und er kochte vor Zorn. Lange konnte es nicht mehr dauern, bis er explodierte. Fragte sich nur noch, wie viele Menschen seine Wut abbekämen.

Die Apotheke war schwach erleuchtet. Joe drückte das Gesicht ans Schaufenster und blickte hinein. Auf dem Parkplatz hatte er einen Pick-up gesehen, an dessen Fahrertür das Magnetschild »Hans – der hilfreiche Hausmeister« haftete. Und tatsächlich brummte Hans gerade mit dem Staubsauger durch den Gang mit Illustrierten und Taschenbüchern. Joe klopfte ans Fenster, aber Hans blickte nicht hoch – bei dem Lärm konnte er ihn nicht hören. Joe schlug wieder gegen die Scheibe, diesmal ganz fest. Er ließ es drauf ankommen, dass sie zersprang oder Alarm ausgelöst wurde. Aber Hans, der ohnehin halbtaub war, reagierte nicht.

Joe nahm die Taschenlampe vom Gürtel und richtete sie Hans genau ins Gesicht. Der kniff die Augen zusammen und fuhr sich geistesabwesend über die Lippen – ihm war noch nicht recht klar, was ihn eigentlich störte. Als er endlich hochsah, schreckte er zurück und stolperte beinahe ins Bestsellerregal. Joe leuchtete sich mit der Taschenlampe ins Gesicht, damit Hans ihn erkennen konnte, und hielt seine Dienstmarke ans Fenster. Hans stand da und grübelte, das Kinn in der Hand. Dann winkte er Joe zum Hintereingang.

»Eigentlich dürfte ich Sie nicht reinlassen«, sagte er, als er die Tür aufschloss. »Bill Barrett hat mir eingeschärft, nie und unter keinen Umständen jemanden nach Feierabend ins Geschäft zu lassen, selbst ihn nicht. Hier liegen ja jede Menge Schmerzmittel und so Zeugs rum.«

Joe bedankte sich und stürmte an Hans vorbei. »Ich bin dienstlich unterwegs. Gut, dass Sie gerade da sind.«

Hans seufzte und schloss die Tür wieder ab.

»Ich muss das Bill Barrett melden.«

»Nur zu«, antwortete Joe und ging zum Fototresen.

»Sie haben doch nichts dagegen, wenn ich weitersauge? Am Nachmittag war ich mit Jack jagen, und jetzt bin ich reichlich spät dran. Aber dafür hab ich meinen Hirsch erwischt. Endlich! Und einen schöneren verfehlt. Sie können Jack danach fragen.«

»Hans – ich muss Sie was fragen.«

Der hielt inne und starrte ihn an. Seine Hände zitterten. Offenbar versuchte er sich zu erinnern, gegen welche Jagd- und Angelbestimmungen er in letzter Zeit verstoßen haben mochte.

»Keine Sorge«, versicherte Joe. »Soweit ich weiß, haben Sie nichts verbrochen.«

Hans zitterte weiter.

»Erinnern Sie sich daran, dass ich neulich aufgetaucht bin, als Sie und Jack gerade ein Pronghorn erlegt hatten?«

Hans nickte.

»Da haben Sie mich gefragt, ob ich was von einer gefährdeten Tierart in den Bergen gehört hätte. Erinnern Sie sich?«

Hans nickte wieder.

»Was wissen Sie darüber?«, fragte Joe sehr bestimmt.

»Nichts. Ehrlich. Wir haben nur Gerüchte gehört. Thekengeschwätz. Irgendwer hat gesagt, einer habe da oben was gefunden.«

»Wer hat es gefunden?«

»Clyde Lidgard, hat einer gemeint.«

»Saugen Sie weiter.« Joe winkte auffordernd, schob sich hinter den Tresen und zog die übergroße Schublade auf, in der die alphabetisch geordneten Umschläge der entwickelten Filme steckten. Joe ging sie flüchtig durch, bis er zum Buchstaben L kam. Dort fand er Lawton, Livingston, Layborn, Lane und Lomiller. Aber nicht den Namen, den er gesucht hatte. In der anderen Ecke des Ladens machte Hans den Staubsauger an. Joe rammte die Schublade zu. »Mist!« Aber Hans war schon wieder in seine Arbeit versunken.

Es gibt eine erstaunlich einfache Antwort darauf, warum Clyde Lidgard im Wohnwagen keine Fotos aus den beiden Monaten vor der Ermordung der Ausrüster gehabt hat, dachte Joe. Er hat die entwickelten Bilder einfach nicht abgeholt. Aber irgendjemand hat es offenbar getan.

Vielleicht, dachte Joe und verzog das Gesicht, vielleicht hink ich mal wieder zehn Schritte hinter allen her. Wie immer, seit diese ganze Sache losgegangen ist.

Vielleicht aber auch nicht.

Er zog die Schublade noch mal auf und suchte ganz hinten. Auf XYZ folgte noch eine Trennpappe. Und die trug das Etikett »Nicht abgeholt«. Dahinter steckten zehn Umschläge. Drei davon waren für Clyde Lidgard.

Joe riss den ersten auf und ließ die Bilder auf den Tresen rutschen. Sie sahen bekannt aus – verschwommene, unscharfe Schnappschüsse von Bäumen, Wolken, Clydes Penis und einem Kanaldeckel. Dann fand er die Aufnahmen, die er suchte. Zu Dutzenden.

Die Stockman Bar war seit zwei Uhr geschlossen, aber Joe fuhr für alle Fälle dort vorbei und dann weiter zum Holiday Inn am Stadtrand. Er parkte direkt vor dem Eingang, setzte den Hut auf und ging rein.

Der Mann an der Rezeption war schreckhaft wie alle Nachtportiers. Er hatte die Haare zu einem fettigen Pferdeschwanz gebunden und trug eine dicke Hornbrille. Die Gläser vergrößerten seine Augen gewaltig. Rasch begrub er ein Pornoheft in den Hotelunterlagen, aber nicht schnell genug, als dass Joe es beim Kommen nicht bemerkt hätte.

Er nannte seinen Namen und zeigte seine Dienstmarke. Ihm dürfte ein Paket ins Hotel geschickt worden sein, das Vern Dunnegan für ihn habe annehmen sollen. Er habe versucht, deswegen anzurufen, sei aber nicht durchgekommen.

»In der ganzen Stadt sind die Leitungen tot«, sagte der Nachtportier. »Nichts zu machen.«

Joe beobachtete, wie der Finger des Portiers die Liste

der Hotelzimmer runterfuhr. Bei Nummer 238 hielt er an.

»Hier steht nichts von einem Paket.«

»Würden Sie das bitte überprüfen?«, bat Joe. »Es hätte gestern kommen sollen. Vielleicht liegt es noch hinten.«

Der Portier kicherte in sich hinein, entschuldigte sich für einen Augenblick und verschwand ins anschließende Zimmer.

Kaum war die Tür hinter ihm zugefallen, schwang Joe sich rasch auf den Tresen der Rezeption, griff über den Schreibtisch des Portiers und öffnete die Schublade. Es gab zwei Ersatzschlüssel für Zimmer 238, und er schnappte sich einen davon.

Joe musterte die kleine Pförtnerloge, während er ungeduldig darauf wartete, dass der Nachtportier ohne Paket zurückkam. Dabei fiel ihm ein Plastikschild unter der Uhr an der Wand auf, das die Gäste darüber unterrichtete, sie könnten mit ihrem Zimmerschlüssel auch die Hintertür des Hotels öffnen. Schließlich tauchte der Mann wieder auf und bedauerte, er habe nichts gefunden. Joe wünschte eine gute Nacht. Kaum draußen, sprang er in seinen Pick-up, fuhr ums Hotel herum zum Seitenflügel und parkte neben der Eingangstür. Mit dem Schlüssel kam er ins Gebäude, lief die Treppen hoch und nahm bei jedem Schritt zwei Stufen.

Zweihundertvierunddreißig. Sechsunddreißig. Achtunddreißig! Niemand auf dem Korridor. Joe entfernte den Klettverschluss vom Hahn seines Revolvers und drehte den Zimmerschlüssel im Schloss. Er trat ein und machte die Tür hinter sich zu. Kein Licht.

Joe stand einen Augenblick reglos da und wartete, bis

er allmählich die Umrisse der Gegenstände rundum erkennen konnte. Es war eine Suite mit Theke und Barhockern. Auf dem dunklen Sofa lag ein Kleiderhaufen. An den Wänden hingen Drucke mit Szenen aus dem Cowboyleben. Die Mattscheibe des Fernsehers war enorm. Zwei weitere Türen führten vermutlich ins Bad und ins Schlafzimmer. Jemand hustete, und Joe wandte sich zur linken Tür, ging über den Teppich und öffnete sie behutsam.

Es stank nach abgestandenem Bourbon und kaltem Rauch. Joe konnte niemanden sehen, spürte aber, dass hier nicht nur einer schlief. Er richtete den Revolver mit der Rechten aufs Bett und suchte an der Wand hinter sich mit der Linken den Lichtschalter.

Beide Nachttischlampen gingen an, und Joe hantierte mit dem Revolver herum, bis die Mündung aus nächster Nähe mitten auf Vern Dunnegans verschwitzte Stirn zeigte. Der hatte mit Armen und Beinen in den Laken gezappelt, als das Licht angegangen war, saß nun aber aufrecht im Bett und starrte stumm auf das große schwarze Loch des Laufs. Eine ältere, dünne Frau mit blond gesträhntem Haar presste ihre Bettdecke vor den Mund. Ihr Lidschatten war verschmiert, ihre Augen waren voll roter Äderchen. Sie erstickte einen Schrei.

»Joe, um Himmels willen«, krächzte Vern so zornig wie schlaftrunken. »Was machst du hier, zum Teufel?«

»Ich hab dich gesucht«, sagte Joe. »Und gefunden.«

Die Frau war außer sich. Sie zitterte und blickte von Joe zu Vern.

»Wie heißen Sie, Fräulein?« Joe erkannte sie. Sie arbeitete in der Stockman Bar hinter der Theke.

»Evelyn Wolters.«

»Evelyn – wenn Sie nicht sofort aus dem Bett steigen, fliegt Ihnen Vern Dunnegans Hirn um die Ohren.«

Sie schrie auf und hechtete aus dem Bett. Ihr Hängebusen pendelte, als sie ihre Sachen eilig vom Fußboden auflas.

»Evelyn, kennen Sie Sheriff Barnum?«, fragte Joe.

Sie nickte hektisch.

»Gut. Dann ziehen Sie sich an, und fahren Sie so schnell Sie können zu ihm. Sagen Sie ihm, er soll sofort zu Joe Picketts Haus kommen. Mit allen Hilfssheriffs, die er auftreiben kann. Tun Sie das?«

Evelyn bejahte.

»Mich fragst du wohl gar nicht?«, sagte Vern ganz entrüstet zu ihr.

Joe trat beiseite, damit sie vorbeilaufen konnte. Vern antwortete sie dabei nicht. Dann starrten beide Männer einander schweigend an. Nur die Geräusche von Evelyn Wolters, die sich in aller Eile anzog (Geächz, das ab und zu mit schnalzenden Gummizügen gewürzt war), unterbrachen die Stille. Verns Gesicht war knallrot, seine Augen zu Schlitzen verengt. Joe hatte ihn noch nie so wütend gesehen.

Die Tür zum Flur knallte zu – und Evelyn war verschwunden.

»Joe, was geht hier vor, verdammt noch mal? Das ist doch nicht dein Ernst! Joe? Oder? Ich erkenn dich gar nicht wieder.«

Joe spannte den Hahn seines Revolvers. Die Trommel drehte sich ein wenig, und nun steckte eine Kugel im Lauf. An Verns Schläfen begannen kleine Muskeln zu flattern.

»Tja, Vern, was soll ich dazu sagen?« Joes Stimme verriet, wie zornig er war. »Vielleicht hast du mich einfach noch nicht in einer Nacht erlebt, in der meine Frau niedergeschossen wurde, mein ungeborener Sohn gestorben und meine ältere Tochter verschwunden ist.«

Vern schüttelte den Kopf und schlug sein berühmtes Lachen an. »Joe – du glaubst doch wohl nicht, dass ich auch nur das Geringste mit all dem zu tun habe? Ich hab gerade mit Evelyn die Stockman Bar abschließen wollen, als einer der Hilfssheriffs, die bei dir in der Bighorn Road waren, reingekommen ist und mir erzählt hat, Marybeth sei niedergeschossen worden. Er hat gesagt, Wacey habe ihn mit dieser Nachricht zu mir geschickt. Kurz darauf haben Evelyn und ich Feierabend gemacht und sind hierher gekommen.« Vern hielt inne und schoss Joe einen verdrossenen und zugleich anklagenden Blick zu. »Ehrlich gesagt, Joe – ich weiß nicht, wie du überhaupt auf die Idee kommst, ich könnte in den ganzen Kram verwickelt sein, über den du dich neulich stundenlang beklagt hast.«

»Halt die Klappe, Vern. Du steckst da so tief drin, dass du nicht mehr rauskommst.«

»Joe, ich …«

»Schnauze!«, fuhr er ihn an. Sein Finger legte sich fester um den Abzug. Vern sah das und verstummte mit offenem Mund.

»Hier.« Joe warf die Umschläge mit Clydes Fotos auf die Bettdecke. Vern war verwirrt, bis er den Inhalt eines Umschlags ausschüttete. Er schaute alle Bilder flüchtig an und schnippte jedes mit seinen Wurstfingern aufs Bett. Als spiele er Karten.

»Das sind lausige Aufnahmen«, fuhr Joe fort. »Genau wie alle anderen von Clyde Lidgard. Wenn man's nicht weiß, kommt man gar nicht auf den Gedanken, dass all die braunen Pelzdinger auf dem Boden die letzten Miller-Wiesel auf Erden waren.«

Vern steckte die Bilder wieder in den Umschlag und nahm den zweiten.

»Die Negative sind natürlich woanders – diese Möglichkeit kannst du gleich abhaken«, sagte Joe.

Beim Anschauen der Fotos schien Vern zu schrumpfen. Für kurze Zeit stand ihm die umfassende Niederlage ins Gesicht geschrieben.

»Klar – die meisten Aufnahmen sind so mies, dass man nichts erkennt. Aber Clyde hat's eben doch geschafft, einige richtig gute Fotos von dir und Wacey in den Bergen zu machen. Auf einem ragt sogar ein Päckchen Patronen aus deinem Rucksack. Und zwar die gleichen, die ich da oben gefunden habe.«

Vern räumte die Fotos wieder ordentlich in den Umschlag und hielt den Kopf dabei gesenkt. Als er aufschaute, sah er verletzt aus.

»Wo hast du das alles gefunden? Woher wusstest du, wo du suchen solltest?«

»In Barretts Apotheke«, antwortete Joe. »Clyde Lidgard hat's mir erzählt. Er hat mir alles erzählt.«

»Clyde Lidgard?«

»Ich bin nicht zum Reden hier. Du musst reden. Aber jetzt, Vern, hast du zwanzig Sekunden, um dich anzuziehen. Denn wir verschwinden gleich und suchen meine Tochter.«

36

Joe raste auf der Bighorn Road aus der Stadt. Die rechte Hand hatte er am Lenkrad, die linke mit schussbereitem Revolver im Schoß. Der Lauf war auf Verns fetten Bauch gerichtet. Im Osten wurde der Himmel allmählich hell, und die Sterne funkelten nicht mehr so stark wie zuvor. Der Morgen war kalt und klar, die Straßen ausgestorben. Joe hatte das Gefühl, Vern und er seien ganz allein auf einer Welt, die sie selbst geschaffen hatten.

Sie fuhren zu Joes Haus zurück. Da Marybeth Sheridan eingeschärft hatte wegzulaufen, bestand die Aussicht, dass sie sich noch irgendwo in der weiteren Umgebung des Hauses befand. Jedenfalls musste die Suche dort beginnen.

Vern trug eine ausgeleierte Jogginghose, T-Shirt, Hausschuhe und Bademantel. Joe hatte ihm nicht mehr Zeit zum Anziehen gelassen. Als Vern den Wandschrank geöffnet hatte, um seine Sachen rauszunehmen, hatte Joe den Kolben einer Pistole auf dem obersten Regalbrett gesehen und Vern befohlen, den Schrank zu schließen und anzuziehen, was auf der Kommode lag.

»Jetzt könnt ich ’nen Schnaps vertragen«, sagte Vern.

»Halt den Mund.«

»Tut mir wirklich Leid, dass sich das so entwickelt hat, Joe. Und dass du überhaupt da reingezogen wurdest.«

»Halt den Mund.«

»Ich bin Unternehmer.« Verns Stimme wurde lauter. »Ich werde völlig missverstanden. Ich gehöre zu einer gefährdeten Art, genau wie du. Tut mir Leid, dass ich dir diesen guten Job nicht geben konnte, als du ihn endlich wolltest. Vor allem, da er jetzt wieder zu haben ist. Das hast du bestimmt nicht gewusst, hm?«

Joe schnaubte nur. Der versucht es einfach immer wieder. Der gibt nicht auf.

»Fast unglaublich, wie sich das alles entwickelt hat«, stöhnte Vern. »Was da für ein Schlamassel draus geworden ist!« «Sprechen wir lieber übers Vermasseln – war dir Les Etbauer in der Zentrale noch was schuldig?«

»Der ist mir immer noch jede Menge schuldig«, seufzte Vern. »Ich hab ihm seinen gemütlichen Job besorgt und ihn ein paar Mal gedeckt, als er zu besoffen gewesen ist, um zu arbeiten.«

Joe ächzte nur. So was hatte er sich schon gedacht.

»Mir sind 'ne Menge Leute was schuldig«, meinte Vern. »Der eine oder andere Gefallen könnte dir zugute kommen, wenn du einfach etwas lockerer würdest, was mich betrifft. Wir müssen in dieser Sache wirklich nicht auf verschiedenen Seiten stehen.«

Er sah Joe an, als wollte er abschätzen, ob er etwas nachgiebiger geworden war.

»Joe, ich will damit sagen, dass wir dir entweder wieder deinen alten Job besorgen können oder einen neuen bei InterWest. Wie du willst. Ich ruf Etbauer an, wenn du magst. Sogar Wacey könnte dich einstellen, wenn ich's ihm sage. Du hast jede Menge Möglichkeiten, Joe. Wir müssen hier wirklich nicht so weitermachen.«

»Halt den Mund, Vern«, stieß Joe mit zusammengebissenen Zähnen hervor.

»Eigentlich bist du mir auch was schuldig, Joe. Was glaubst du wohl, wie du mein Nachfolger wurdest? Ist dir klar, wie viele Jungs auf den Job scharf waren? Wade aus Pinedale, Charley Gardener aus Rock Springs ...«

»Halt die Schnauze.«

»Mensch, Joe«, maulte Vern. »Du könntest wenigstens höflich sein.«

Der Schuss krachte im Führerhaus des Pick-ups betäubend laut. Das Einzige, was das Klingen in Joes Ohren übertönte, war Verns schrilles Fluchen, als er sich verzweifelt nach der Wunde abtastete. In der Beifahrertür war jetzt ein fast zentimetergroßes Loch, eine Handbreit über Verns dickem Bauch.

Sie fuhren schweigend weiter. Es stank beißend nach Schießpulver. Und nach Urin, denn Vern hatte sich in die Hose gemacht.

»Wie ist Wacey in die Sache verwickelt worden?«, fragte Joe ruhig.

»Mann, das ist echt peinlich.« Vern umklammerte seine Oberschenkel, damit die Beine nicht zitterten.

»Wie ist Wacey in die Sache verwickelt worden?«

Vern fuhr sich durchs Gesicht und seufzte. »Wacey bei dieser Sache mitmachen zu lassen, war das Allerdümmste, was ich je verzapft hab. Aber er hat mir von diesem Schwachkopf Clyde Lidgard erzählt. Der habe ihm von ein paar kleinen Tieren berichtet, die er in den Bergen hinter der Schlucht gesehen habe. Wacey wusste natürlich von der Gasleitung, und er hatte von Miller-Wieseln gehört. Wie alle. Er hat zu Lidgard gesagt, er solle das für sich behalten. Es sei ein großes Staatsgeheimnis, von dem nur er und Clyde wissen dürften. So was mochte Clyde. Und dann hat Wacey mir davon erzählt.«

»Und dann bist du mit Wacey und Clyde in die Berge, und ihr habt die Wiesel ausgerottet«, sagte Joe. »Aber leider nicht alle. Und Ote Keeley und seine Kumpel haben die gefunden, die noch übrig waren.«

Vern nickte. Der glaubt, er hat sowieso nichts mehr zu verlieren, dachte Joe.

»Ote muss gehofft haben, dass du seine Anzeige fallen lässt, wenn er dir ein Miller-Wiesel vorbeibringt«, sagte Vern. »So bist du in dieses verdammte Durcheinander geraten.«

Joe ächzte nur.

»Ich hab euch beide, dich und Wacey, immer für meine Jungs gehalten«, sagte Vern. Die Stimme versagte ihm beinahe. »Meine Schützlinge. Wacey war immer ein bisschen hitzköpfig, aber zäh und entschlossen. Du warst der Unbeirrbare. Manchmal bist du etwas langsam gewesen und hast hin und wieder was verbockt, aber im Großen und Ganzen warst du deiner Aufgabe gewachsen. Und was ist daraus geworden? Wacey ist durchgedreht, und du zielst mit einem Revolver auf mich. Ich bin enttäuscht, Joe, wie sich die Dinge entwickelt haben. Wie konnte das alles bloß so in die Hose gehen?«

»Wer hat die Ausrüster umgebracht?«

Vern seufzte und warf dabei den Kopf zurück, als habe er Schmerzen. »Wacey. Und dann hat er Clyde umgebracht. Er ist einfach ein verrückter Hitzkopf. Er hat gern alles fest im Griff. Ich hatte ja keine Vorstellung, dass er so sein könnte. Das mit den Ausrüstern war nie vorgesehen. Er hat gesagt, sie wären betrunken gewesen, als er zu ihnen hochgeritten ist, hätten ihm ein paar Wiesel gezeigt, die sie aufgegabelt hatten, und große Reden geschwungen. Und einer wäre sein Gewehr holen gegangen.«

»Und dann hat Wacey Lidgard befohlen, oben zu bleiben und das Lager zu bewachen, bis wir kämen.«

Vern nickte.

»Ich hab mich gefragt, warum Wacey in der Nacht, bevor wir in das Lager geschlichen sind, so tief geschlafen hat«, sagte Joe. »Und wie er einfach dorthin marschieren konnte, als gehöre es ihm. Logisch – weil er die Nacht zuvor da gewesen war und genau wusste, was wir finden würden.«

»Wacey hat dafür gesorgt, dass Clyde zusammengeschossen wurde«, bestätigte Vern.

»Was gab's für Wacey dabei zu holen?«

Vern sank gegen die Beifahrertür. Es schien, als sinke er bei jeder Frage tiefer in sich zusammen. »Er brannte einfach darauf, Sheriff zu sein, auch wenn du das nicht glauben magst. Er wollte unbedingt der Größte sein.«

»Das glaub ich.«

»Ich habe Wacey gesagt, ich wüsste einiges über Barnum, was den bestimmt dazu bringen würde, aus dem Rennen auszusteigen. Früher stand Barnum auf Indianerinnen. Er hat sie angemacht, wenn sie betrunken im Gefängnis gelandet sind, und hat einige erwachsene Kinder im Reservat, für die er Alimente zahlt. Außer mir wusste das niemand. Und schließlich auch Wacey. Das gehörte zu unserer Abmachung, bevor die Sache schief ging.

So hat das angefangen«, fuhr Vern leise fort. »Ich wollte einfach nur jede Menge Kohle machen, und Wacey wollte unbedingt Sheriff sein. Ich wollte nur das dicke Geld, das ich nach all den mageren Jahren als Beamter einfach verdient habe. Und ich war schon verdammt nah dran. Die Umweltverträglichkeitsbescheinigungen waren ausgestellt, und die Gasleitung marschierte schon auf Saddlestring zu. Dann aber sind die Dinge durch Wacey außer Kontrolle geraten. Ich wollte einfach nur jede

Menge Geld, doch Wacey ist bei dem Versuch, alles zu vertuschen, durchgedreht. Je mehr er es verheimlichen wollte, umso schlimmer wurde es. Ich hab ihn gewarnt, deiner Tochter nachzustellen, aber er ist völlig überzeugt, dass sie was von ein paar lebenden Miller-Wieseln weiß. Er hat immer wieder gesagt, wenn er die finden und kaltmachen könnte, wär das Ganze vorbei.«

Joe war plötzlich nicht mehr bei der Sache.

»Was?«, schrie er.

Vern schaute verängstigt drein. »Das mit deiner Tochter wusstest du gar nicht?«

»Was wusste ich gar nicht? Was?!« Joe nahm den Revolver schnell von der Linken in die Rechte, schob Vern den Lauf unter die Nase und presste ihm den Kopf gegen das Beifahrerfenster.

»Um Himmels willen, Joe!«, brüllte Vern.

»Was???«

»Dass Wacey denkt, sie hält ein paar Wiesel als Haustiere.« Vern schielte die ganze Zeit auf den Revolverlauf. »Deshalb hat er sich was ausgedacht, um euch aus eurem Haus und nach Eagle Mountain zu bekommen. Damit er die Wiesel finden kann. Er hat mir gestern Morgen gesagt, er werde zu eurem Haus fahren und sie suchen.«

Joe drückte Vern die Pistole noch fester ins Gesicht. »Wacey hat meine Tochter verfolgt?«

»Bitte, Joe...«, flehte Vern mit weit aufgerissenen Augen und blinzelte nervös.

»Hat Wacey auf Marybeth geschossen, Vern? Ja? War es so? Hat er nach Wieseln gesucht und stattdessen auf meine Frau geschossen?«

Vern wollte eine Antwort stottern, aber Joe, der schon wusste, was kommen würde, schnitt ihm das Wort ab.

»Und dieses Arschloch war mein Freund«, sagte er mehr zu sich. Er dachte daran, wie Wacey ihm am Abend den Weg in sein eigenes Haus vertreten und ihn wieder auf die Straße gedrängt hatte. Wacey hatte dem Polizisten gesagt, er solle Vern suchen und ihm sagen, Marybeth sei niedergeschossen worden. Wacey, der Joe gegenüber betont hatte, er werde bleiben und über alles wachen, und dabei unruhig gewirkt hatte. Wacey!

»Mist«, sagte Joe, blickte endlich wieder auf die Straße und lenkte den Pick-up mit einem Ruck in seine Spur zurück, nachdem er Schlangenlinien gefahren war. »Sheridan hat doch Recht gehabt. Da draußen gibt's wirklich Monster.«

37

In den Bighorn Mountains geht die Sonne klar und schnell auf – Wogen grellen Lichts schäumen übers Gebirge, wenn der Damm der Nacht gebrochen ist. Gleißend fiel ein Sonnenstrahl durch die Windschutzscheibe des Pick-ups.

Knapp einen Kilometer vor seinem Haus bog Joe in ein Ebereschenwäldchen, schaltete den Motor aus und stopfte die Schlüssel in die Jackentasche.

»Steig aus«, befahl er Vern. »Das letzte Stück gehen wir zu Fuß. Er soll uns nicht kommen hören. Mach die Tür leise zu.«

Vern zockelte auf der Schotterpiste los, aber Joe winkte ihn gleich in den Straßengraben, schob den Revolver ins Halfter, nahm seine Schrotflinte, die hinterm

Fahrersitz lag, und lud sie durch. Vorsichtig stieg Vern in seinen Hausschuhen von der Fahrbahn in den Graben. Dort strahlte das von Raureif überzogene Schilf in der Morgensonne auf, und Verns Füße brachen durch die dünne Eisschicht.

»Das Wasser ist kalt.«

Joe nickte und gab ihm mit der Schrotflinte ein Zeichen vorzugehen.

»Ich seh aus wie ein Hanswurst«, murmelte Vern. Seine Jogginghose war vom eiskalten Wasser schon durchnässt. Auf seiner Nasenspitze prangte noch immer ein rotes »O« – der Abdruck von Joes Revolvermündung.

»Du bist ja auch ein Hanswurst«, sagte Joe. »Bleib im Graben und sag kein Wort, wenn wir in die Nähe des Hauses kommen. Du kannst dein Leben nur retten, indem du mir hilfst, meine Tochter zu finden.«

Vern stöhnte. »Dann sind wir fertig, oder?«

»Dann sind wir fertig.«

Keiner sagte dem anderen, was er damit meinte.

Bei Sonnenaufgang kroch Sheridan unter der Pferdedecke hervor. Sie war überrascht, dass ihr wollener Schutzschild voller Raureif war, rappelte sich auf und versuchte, sich wieder Gefühl in Arme, Beine und Gesicht zu reiben. Hunger hatte sie keinen mehr – darüber war sie hinaus.

Die Nacht war lang und schrecklich gewesen. Sheridan war dreckig und fühlte sich federleicht. Alles tat ihr weh. Ihr ganzer Körper schien von Kratzern, blauen Flecken und Dornen übersät.

Endlich konnte sie ihre Umgebung erkennen. Er aber auch – das wusste sie genau.

Statt auf den Felsblock zu klettern, wo sie vielleicht zu sehen war, kämpfte sie sich wieder durch die Wacholdersträucher am Fuße des Felsens. Sie achtete darauf, dass die Blätter dabei nicht zu stark raschelten.

Wacey stand nicht im Hof. Also war er entweder drin oder schlich sich schon an. Unglaublich, dass sie tatsächlich eingeschlafen war. Hoffentlich nicht für zu lange.

Dann fiel ihr ein Stück weiter entfernt an der Bighorn Road etwas auf – die Reflexion der Morgensonne in einer Windschutzscheibe. Da hinten stand ein grüner Pick-up, genauso einer wie Dads. Er war in den Bäumen abgestellt. Und weiter vorne zwischen Haus und Pick-up bewegte sich was im Straßengraben. Zwei Männer gingen durchs hohe Gras. Der erste war dick und trug einen langen, wallenden Bademantel. Und dahinter kam ihr Dad!

Sheridan atmete tief ein, kletterte um den Felsblock herum und rannte den Hang runter.

Wacey stand am kaputten Küchenfenster und nippte an seinem frisch aufgegossenen Kaffee. Als er am Abhang etwas Farbiges aufblitzen sah, trat er einen Schritt zurück, nahm sein Fernglas vom Tisch und blickte hindurch.

Sheridan Pickett rannte mit im Sonnenlicht wehendem Blondschopf den Hügel runter, als brenne der Boden unter ihr.

»Na bitte.«

Er hatte langsam geglaubt, sie sei vielleicht doch nicht da oben und das Heulen in der Nacht sei womöglich von einem Puma oder einem Kojoten gekommen. Die Jungen hörten sich manchmal so an.

Die nächste Aufgabe war wirklich nicht angenehm – aber notwendig. Genau wie das Abfackeln der Miller-Wiesel.

Mann, dachte er, wie tief bin ich gesunken! Erst hab ich drei schwer bewaffnete Jäger umgebracht, dann eine unbewaffnete Frau niedergeschossen. Und jetzt warte ich auf ein siebenjähriges Mädchen. Merkwürdig, aber das fällt mir gar nicht so schwer. Ich werd einen verdammt guten Sheriff abgeben. Schließlich versteh ich genau, was in Verbrecherköpfen vorgeht.

Wacey stellte die Kaffeetasse auf den Tisch. Er wollte schon nach seinem Gewehr greifen, aber womöglich würde sie wieder den Berg hochrennen, wenn sie ihn damit aus der Tür kommen sähe. Er wollte ihr nicht nachrennen oder sie vielleicht mit einem Schuss aus größerer Entfernung verfehlen. Sie war verflixt schnell für ihr Alter. Besonders als Brillenträgerin, dachte er. Er würde besser warten, bis sie hinterm Haus war, und dann rauskommen und sie einholen. Er kannte ein Sumpfloch am Fuße des Wolf Mountain, wo ein paar Jäger mal einen angeschossenen Wapiti verfolgt hatten. Das Tier war in den Sumpf geraten und – sehr zum Leidwesen der Jäger – darin versunken. Das war der geeignete Ort, um eine Leiche verschwinden zu lassen. Erst recht, wenn er sie mit Steinen beschwerte.

Als sie schließlich durchs Hoftor kam, trat er auf die Veranda.

Kaum sah sie ihn, erstarrte sie. Ihre grünen Augen waren jetzt riesig – riesig! Er versuchte es mit seinem freundlichsten Lächeln.

Merkwürdig aber, dass diese Augen von seinem Gesicht rüber zur Hausecke glitten. Er folgte ihrem Blick.

»Wacey«, sagte Vern mit tiefer Stimme. »Das war's, Kumpel. Wir sind jetzt fertig und sollten die Beine in die Hand nehmen, solange wir noch abhauen können.«

Wacey drehte sich irritiert zu ihm. Vern schien einfach aus dem Bett gekrochen und den ganzen Weg aus Saddlestring hergelaufen zu sein.

»Du siehst echt schlimm aus, Vern«, sagte Wacey. »Was hast du gemacht? In die Hose gepisst?«

Joe kam von der anderen Seite ums Haus. Wacey stand mit dem Rücken zu ihm und sah Vern an. Sheridan war ein Stück entfernt. Ihre Sachen waren zerrissen, und sie war über und über mit Dreck und Blut beschmiert.

»Was treibst du eigentlich hier? Und was redest du da?«, fragte Wacey mit schriller Stimme. »Ich hab die letzten Wiesel erledigt, und wir haben's so gut wie geschafft.« Er wies auf Sheridan und drohte ihr: »Keine Bewegung, Schätzchen.«

Sheridan stand regungslos da. Aber Joe wusste, dass sie ihn sah. Verrat mich bloß nicht, flehte er im Stillen.

»Lass uns verschwinden, solange es noch geht«, sagte Vern. »Sie wissen über die Wiesel Bescheid, und Barnum ist schon unterwegs.«

»Wie konnte das denn passieren?« Wacey fistelte fast.

»Erzähl ich dir im Auto.« Vern schüttelte dabei den Kopf.

»Nein, jetzt.«

Vern seufzte. »Lidgard ist doch tatsächlich aufgewacht und hat rumgetönt, was passiert ist. Jemand hat Fotos gefunden, die Clyde in den Bergen gemacht hat. Wir sind beide drauf.« Seine Stimme versagte. Wie vorhin im Auto. »Erinnerst du dich an Clyde und seine verfluchte

Kamera? Wir müssen hier verschwinden, und zwar sofort!«

»Noch nicht.« Wacey griff nach seiner Pistole. »Ich muss hier noch aufräumen.«

Joe erwartete, Wacey werde nun Vern angreifen. Aber die Pistole begann sich stattdessen Richtung Sheridan zu bewegen. Im Bogen kam sie aus Waceys Halfter, steckte dann in seiner hoch ausgestreckten Hand und funkelte im Sonnenlicht. Joe sah das und dachte an einen Fasan, der aus dem Unterholz bricht und davonfliegt. Dann hörte er, wie seine Tochter zu schreien begann… Wie kann Wacey das tun? Der Wacey, mit dem ich so oft im Morgengrauen Wapitis beobachtet habe, die aus den Bergen kamen, um Gras auf den Wiesen der Rancher zu fressen? Der Wacey, der früher so oft zwischen mir und Vern auf der Bank von Verns Dienstwagen saß? Der Wacey, der mit einem dämlichen Lachen erzählt hat, wie er bei den Rodeo-Hochschulmeisterschaften in Bozeman tagsüber Bullen und nachts Häschen in Schnallenschuhen geritten hat? Wie passt das alles zu dem Wacey, der jetzt auf meine Tochter zielt?

Joe schoss Wacey mit der Schrotflinte in den Ellbogen.

Die Wucht des Einschlags warf ihn herum, und er erblickte Joe. Der hatte in Waceys Gesicht noch nie blanken Schrecken gesehen. In der Faust noch die Pistole, flog Waceys abgetrennter Unterarm rotierend wie ein Feuerrad durch die Luft und landete schließlich in der Nähe der Pyramidenpappel.

Joe lud die Flinte durch und feuerte noch zweimal, und zwar auf Waceys Unterschenkel. Wacey krachte auf die Veranda und brüllte.

Vern stand erstarrt mit halb erhobenen Händen und

offenem Mund da. Sein Bademantel hatte einiges von Waceys Blut abbekommen.

Sheridan raste zu Joe, und er beugte sich runter, um sie in den Arm zu nehmen. Kaum zu glauben, wie fest sie sich an seinen Hals klammerte. Sie schluchzte, und er küsste und drückte sie.

»Deiner Mom geht's gut.« Er hob sie hoch und wiegte sie wie ein Baby. »Ich war gestern Abend bei ihr, und es geht ihr gut.«

»Ich hab mir solche Sorgen um sie gemacht«, schluchzte Sheridan. »Es ist alles meine Schuld.«

»Nein, Schatz.« Joe zuckte zusammen. »Glaub das bloß nicht. Du bist ein so tapferes Mädchen. Eine richtige Heldin. Deine Mutter wird stolz auf dich sein.«

»Ist er tot?«

»Schlimm, dass du das mit ansehen musstest«, sagte Joe.

»Er hat's verdient. Wirklich.«

Joe setzte sie auf den Boden, als er bemerkte, dass Vern sich vorbeugte, den Autoschlüssel aus Waceys Taschen wühlte und sich davonmachen wollte.

»Wo soll's denn hingehen?«

»Wir sind fertig – erinnerst du dich?«, sagte Vern über die Schulter. »Ich hab meinen Teil erledigt. Und du auf alle Fälle deinen. Ich hatte ganz vergessen, wie gut du in der Luft treffen kannst.« Er schickte sein berühmtes Lachen hinterher.

»Keinen Schritt weiter, Vern«, warnte Joe. »Wir warten jetzt auf Barnum. Du wanderst ins Gefängnis.«

»Wir sind fertig, Joe. Wir hatten eine Abmachung.« Vern war zornig. »Denk daran, dass du mir einen Gefallen schuldig bist.« Er versuchte es einfach immer wieder.

Wacey stöhnte auf der Veranda. Er lebte, verlor aber viel Blut.

»Halt an, Vern.« Joe schrie nicht, sprach aber laut genug, dass der ihn hören konnte.

Vern ging weiter am Haus entlang.

»Süße, schau weg«, sagte Joe streng zu Sheridan.

Sie gehorchte widerstrebend.

Joe hob das Gewehr und wartete, bis Vern weit genug entfernt war, damit ihn der Schrot nicht mehr mit voller Wucht erwischte. Dann schoss er. Vern plumpste wie ein Stein zu Boden.

»Mann!«, schrie er und krümmte sich. »Du hast mir in den Hintern geschossen!«

»Und das war gnädig. Wenn du versuchst aufzustehen, schieß ich wieder.«

Joe nahm Waceys Pistole vom Boden und steckte sie in seinen Gurt. Er ging zur Veranda und hockte sich auf die Fliesen. Wacey lehnte mit dem Rücken an der Tür. Mit dem unverletzten Arm presste er ein Bein an seinen Oberkörper. Der andere Arm hing wie ein gebrochener Flügel herab. Waceys Augen waren weit aufgerissen, sein Mund schien merkwürdig starr. Wie ein Knoten aus Wachs.

»Hörst du mich, Wacey?«, fragte Joe.

Der ächzte und nickte unter Schmerzen.

»Wacey – es gibt nur einen Grund, warum ich dich nicht erschossen habe. Verstehst du, was ich sage? Ich will, dass du darüber nachdenken kannst, was du meiner Familie, mir und den Ausrüstern angetan hast. Und dem Ruf der Jagdaufseher von Wyoming.«

»Hol einen Krankenwagen!«, zischte Wacey durch seine klappernden Zähne. »Ich verblute!«

»Verstehst du, was ich sage?«, wiederholte Joe ruhig.

»Ja, du verdammter Kerl!« stieß Wacey hervor. Er zitterte heftig.

»Nein«, sagte Joe und erhob sich. »Der Verdammte bist du. Und mit Vern Dunnegan sollst du in der Hölle schmoren.«

Joe nahm Sheridan in den Arm und trug sie ums Haus und durch den Vorgarten zur Bighorn Road. Beim Eingangstor setzte er sie ab.

»Sieh mal, Dad.« Sie zeigte die Straße runter Richtung Saddlestring.

Evelyn hatte Wort gehalten und den Sheriff alarmiert. Barnum raste an der Spitze einer Kolonne mit Blaulicht und Sirene heran.

Joe lehnte seine Schrotflinte an den Zaun und trat auf die Schotterpiste. Sheridan blieb bei ihm. Wie sein Schatten. Sie wird noch sehr lange mein Schatten sein, dachte er.

Siebenter Teil

Wildnis ist das Material, aus dem der Mensch gewaltsam das Artefakt namens Zivilisation geschaffen hat.

Niemand wird mehr die weite Grasprärie erblicken, wo die Steigbügel des Pioniers durch ein Blumenmeer glitten.

Niemand wird mehr die unberührten Kiefernwälder an den Großen Seen erblicken, die Wälder der Küstenebenen oder die riesigen Hartholzwälder.

Aldo Leopold: A Sand County Almanac, 1948

Epilog

Es war Frühling – oder doch das, was man in Wyoming als Frühling bezeichnet; zumal es eigentlich nur drei Jahreszeiten gibt, die einander überlappen: Sommer, Herbst und Winter. Frühling – so was findet woanders statt. Dort, wo im Mai Blumen aus dem Boden schießen, wenn es warm wird. Wo Hartholzbäume knospen und sich begrünen. Wo Blüten in den Himmel treiben, als wollten sie sich der Sonne opfern. Wo es unwahrscheinlich ist, dass alle Blumen und das junge Laub unter fünfundzwanzig Zentimeter schwerem, nassem Schnee begraben werden, der die ganze Flora ringsum absterben lässt.

Joe fuhr durch den Schneematsch vom befestigten Zeltplatz am Crazy Woman Creek nach Hause und dachte daran, dass er in den Rocky Mountains noch nie einen richtigen Frühling erlebt hatte und sich nicht wirklich bewusst war, was er bedeutete.

Für ihn und das Hochwild, für das er die Verantwortung trug, war der Frühling eine besonders grausame Laune der Natur – eine Jahreszeit, die alles Lebendige daran erinnern sollte, dass nur Weniges so war, wie es schien, und dass die Geschöpfe keinen wirklichen Einfluss auf den Lauf der Welt hatten, egal, wie gut ausgebildet, technologisch fortgeschritten oder instinktsicher sie geworden waren. Es war eine Jahreszeit, die daran erinnern sollte, dass man nichts für sicher halten durfte.

Bei Tagesanbruch glitt Joe so leise wie möglich ins Haus, zog in der Arbeitsumkleide die Winterschuhe aus und schlüpfte in die Filzpantoffeln, hängte seinen Parka, die verdreckte Jeans und das rote Hemd an die Garderobe und streifte sich seinen Hausmantel über. Den Texashut warf er auf die Ablage.

Heute war Sonntag, und er kannte seine Aufgabe: Pfannkuchen backen.

Nach einem Handyanruf vom Zeltplatz war Joe in aller Herrgottsfrühe aufgebrochen. Mitglieder einer Umweltschutzorganisation hatten ihm in Panik berichtet, ein »Schwarzbär oder Grizzly, der voll unter Strom steht«, streiche um ihre Zelte herum. Kaum im Lager angekommen, stellte Joe fest, dass der Bär in Wirklichkeit ein Elch und dieser Elch auch noch verschwunden war. Die Umweltschützer waren unzufrieden mit seiner Diagnose und versuchten, ihn zu überzeugen, die Schnüffelgeräusche um ihre Kuppelzelte bedeuteten Gefahr und nicht bloß Neugier. Aber Joe zeigte ihnen mit der Taschenlampe die Hufspuren des Elchs und einen noch dampfenden Haufen, den das Tier neben der Feuerstelle hatte fallen lassen – die Beweise, die zu seinem Urteil geführt hatten. Die Umweltschützer waren über den plötzlichen starken Schneefall empört und schienen Joe als Einheimischen dafür verantwortlich zu machen. Ihre Organisation war in Arlington, Virginia, angesiedelt. Seit fast zwei Wochen zelteten ein paar Aktivisten hier oben, um die Maßnahmen zur Bestandspflege der Miller-Wiesel zu überwachen. Sie waren allen und allem Einheimischen gegenüber durch und durch misstrauisch – schließlich war das hier das zurückgebliebene Land der Bergleute, Holzfäller, Viehzüchter, Häusermakler und Jäger. Nur widerwillig

hatten sie Joes Beweisführung schließlich akzeptiert und sich wieder in ihre 800-Dollar-Schlafsäcke gepackt.

Mit dem Schneebesen verrührte Joe in einer Schüssel Eier, Milch, Mehl, Backpulver und Buttermilch, fettete die Edelstahlpfanne und stellte sie auf eine heiße Herdplatte.

Kaum hatte sich bestätigt, dass es noch ein paar Miller-Wiesel gab, trat in den Bergen von Twelve Sleep County fast alles ein, was Vern Dunnegan vorhergesagt hatte.

Bundesrichter verfügten rasch den vorläufigen Stopp aller beruflichen, sportlichen und touristischen Aktivitäten in den Bergen und folgten damit Hunderten von gefaxten Anträgen von ein paar Dutzend Umweltschutzgruppen. Unterstützende Appelle trudelten von Öko-Organisationen aus Europa, Kanada, Grönland und Asien ein. Die Aufnahme der Miller-Wiesel in die Liste der gefährdeten Arten wurde in Rekordzeit beantragt und bewilligt. Das von Vern erwähnte Dezernat Gott wurde zusammengerufen, um das durchzupeitschen. Biologen und andere Naturwissenschaftler, Journalisten und Umweltschützer fielen in Saddlestring ein, belegten alle Hotel- und Motelzimmer und überfüllten die Zeltplätze. Beamte der US-Tierschutzbehörde flogen gruppenweise per Hubschrauber zum Ort des Massakers und fanden bald zwei weitere kleine Kolonien des Miller-Wiesels in der Umgebung. Untersuchungen zeigten, dass die Tiere ihre Ernährung tatsächlich umgestellt hatten – früher lebten sie fast ausschließlich mit Bisons, jetzt hauptsächlich mit Wapitis. Eine der Gruppen bekam den Namen Cold Springs Group, weil sie in der Nähe kalter Quellen lebte, die andere wurde Timberline Group getauft, denn ihre

Baue befanden sich an der Baumgrenze. Diese Namen wurden durch Medienberichte sehr bekannt. Mehrere Sender übertrugen den Fund direkt über Satellit in den Abendnachrichten, und nach Einschätzung eines berühmten Reporters war dies »die Wohlfühlgeschichte des Jahres«.

Der Leiter der US-Umweltschutzbehörde und der Innenminister landeten mit der Air Force Two auf dem kleinen Flughafen von Saddlestring und ließen sich – Ferngläser im Anschlag – beim Anschleichen an die Cold Springs Group fotografieren. Fernsehzuschauer waren von den Filmaufnahmen der Miller-Wiesel, wie sie da aufrecht, fiepsend und Rücken an Rücken auf ihren Bauen standen, begeistert. Das Parlament in Cheyenne erklärte das Miller-Wiesel nach einer widerlichen Debatte zur »offiziellen gefährdeten Art von Wyoming« und verwies damit Grizzlybären, Wyomingkröten und die im Bundesstaat frisch ausgesetzten Wölfe auf die Plätze.

Es kostete Joe viel Mühe, jegliche Interviews zu vermeiden. Die Ermordung der Ausrüster; der Schaden, den seine Familie genommen hatte, und die Bedrohungen, denen sie ausgesetzt gewesen war; Clyde Lidgards Tod und die Verhaftung von Wacey und Vern – all diese Ereignisse wurden in den Medien, wenn überhaupt, nur als Randgeschichten gebracht, die zur Entdeckung der Wiesel geführt hatten.

Eine der Kolonien – die aus achtzehn Tieren bestehende Timberline Group – starb buchstäblich vor laufenden Kameras, und die ganze Nation trauerte um sie. Die Obduktion enthüllte, dass die Tiere an einer Virusinfektion erkrankt waren, die vermutlich von einem der Hunde der Wissenschaftler übertragen worden war. Die Cold Springs Group schrumpfte ohne feststellbare Ursache von achtundzwanzig auf dreizehn Tiere. Es entstand eine heftige Debatte darüber, ob die restlichen Miller-Wiesel in eine Zuchtstation gebracht oder in Ruhe gelassen werden sollten. Biologen waren ganz aufgeregt – was tun? Das gerade erst geschaffene »Miller-Wiesel-Ökosystem« wurde um weitere gut 200 Quadratkilometer vergrößert. Jeder hatte eine Meinung, auch die Wild- und Fischbehörde von Wyoming, die vor Gericht um das »Sorgerecht« für die restlichen Tiere focht.

Die Wochenzeitung von Saddlestring schätzte, die Entdeckung der Miller-Wiesel habe zum Verlust von mindestens vierhundert Arbeitsplätzen in der Gegend geführt, allein in den Bereichen Land- und Forstwirtschaft sowie auf dem Erholungssektor. Jeden Tag hörte man von Familien, die einfach ihren Hausschlüssel bei der Bank ablieferten und die Stadt verließen.

Die Verfahren gegen Vern Dunnegan und Wacey Hedeman waren auf den Sommer verschoben worden. In der Stadt ging das Gerücht um, die beiden kämpften nun gegeneinander und jeder sei bereit, den anderen in allen Anklagepunkten zu belasten. Vern war zu einer Art Liebling stark rechts gerichteter Medien geworden und wurde oft in seiner Zelle über das Gesetz zum Schutz bedrohter Arten befragt. Bei seiner Zungenfertigkeit sonderte er ständig sendefähige Wortbeiträge ab, so dass seine Ansichten bei Umweltdiskussionen von vielen Seiten zitiert wurden.

Wacey hingegen war geächtet. Aus dem Bundesgefängnis in Cheyenne, wo er in U-Haft saß, sickerte durch, er habe eine Gruppe von Gefangenen angegriffen, die ihn wegen seines alten Berufs und seiner neuen Behinderung verspottet und als »den einsamen Arm des Gesetzes« bezeichnet hatten.

Les Etbauer, der stellvertretende Leiter der Wild- und Fischbehörde von Wyoming, hatte einen Tag nach Verns Verhaftung sein Amt niedergelegt. Die offizielle Stellungnahme der Behörde lautete, Etbauer habe bei der Suspendierung von Joe Pickett einen schweren Mangel an Urteilsvermögen gezeigt. Jagdaufseher Pickett sei unverzüglich wieder in sein Amt eingesetzt worden, ohne dass er gegen Etbauers Entscheidung habe Widerspruch einlegen müssen. Es gab sogar eine Belobigung und eine kleine Gehaltserhöhung für Joe. Etbauer war sofort als Berater des Gouverneurs eingestellt worden, um als Verbindungsmann zwischen dem Staat Wyoming und dem Bundesliegenschaftsamt zu dienen. Sheriff O.R. »Bud« Barnum wurde mit siebenundachtzig Prozent der Stimmen wiedergewählt – die übrigen dreizehn Prozent gingen an Kandidaten, deren Name nicht auf dem Stimmzettel stand, sondern von den Wählern hinzugefügt wurde. Zu diesen Kandidaten gehörten Haustiere, Marshal Matt Dillon und – mit zwei Stimmen – Joe Pickett.

Joe hatte in den Nachrichten verfolgt, dass die Gasleitung, die InterWest Resources zu bauen begonnen hatte, achtzig Kilometer vor den Bighorn Mountains mit einem Deckel vernietet und aufgegeben worden war. Trotz eines Untersuchungsausschusses im US-Kongress wurden keine ausreichenden Beweise dafür gefunden, dass InterWest hinter den Aktivitäten steckte, die Vern in ihrem Interesse unternommen hatte. InterWest fusionierte schließlich mit CanCal, damit überhaupt eine Gasleitung nach Südkalifornien gebaut wurde. Die Marktlage stellte sich aber so dar, dass Experten voraussagten, das Vorhaben werde womöglich jahrelang auf Eis gelegt.

Marybeth kam von ihrem Spaziergang mit einem Arm voller Sonntagszeitungen zurück. In ein paar Monaten wollte sie Maxine wieder ausführen, wenn sie selbst ihre Kraft zurückgewonnen hätte. Noch aber ging sie am Stock, und das Humpeln bereitete ihr Schmerzen. Den Labrador an der Leine zu halten war zu anstrengend für sie. Marybeth hatte schneller vom Roll- zum Laufstuhl gewechselt, von Krücken zum Gehen mit Hilfestellung, als die Ärzte für möglich gehalten hatten. Sie staunten über ihre Kraft – und ihren Willen. Eine völlige Genesung galt als sicher. Joe hatte nie daran gezweifelt.

Kaum waren sie aus Eagle Mountain wieder in ihr Haus in der Bighorn Road gezogen, war Missy Vankeuren zurück nach Arizona geflogen. Dort werde sie gebraucht, um die Kandidatur ihres neuen Mannes für den US-Senat zu unterstützen, hatte sie erklärt.

Jetzt saßen drei Kinder am Tisch und erwarteten Pfannkuchen. Sheridan und Lucy – nun acht und vier Jahre alt – teilten Tisch und Familie mit April Keeley, dem Pflegekind der Picketts. Das war Marybeths Idee gewesen, und sie hatte sie schon vom Rollstuhl aus verfolgt, nachdem sie erfahren hatte, dass Jeannie Keeley, Otes Witwe, die Gegend verlassen und nur ihr kurz zuvor geborenes Baby mitgenommen hatte. Der kleine Junge, den Joe bei Mrs Keeley gesehen hatte, war an Lungenentzündung gestorben, während April – das Mädchen, das damals krank im Bett lag – von der Mutter in Saddlestring ausgesetzt worden war. Mit ihren sechs Jahren war April nun die Mittlere und stellte Schritt für Schritt fest, dass sie Sheridan und Lucy trauen konnte. Marybeth hatte Joe erklärt, April – die vermutlich ein echtes Problemkind war – werde das Zentrum all der Liebe und Mütterlichkeit sein, die sich in ihr für ihr eigenes Baby aufgebaut habe. April begann nur langsam, sich Marybeth und Joe zu öffnen, obwohl sie quälend schüchtern war und sich ihrer Lage schämte. Marybeth verbrachte täglich viele Stunden mit ihr. Lucy war darauf natürlich etwas eifersüchtig, aber Sheridan schien es zu verstehen.

In den ersten sechs Wochen nach Marybeths Rückkehr aus dem Krankenhaus war die Lage für alle schwierig gewesen. Joe, Marybeth und Sheridan waren durch verschiedene, aber miteinander in Verbindung stehende Torturen gegangen. Marybeths Hass konzentrierte sich auf Vern Dunnegan, und Sheridan wetterte über Wacey Hedeman. Marybeth versuchte Joe zu erklären, wie sie sich damit fühle, ein Kind verloren zu haben. Und dass sie dieses Gefühl nie verlassen werde. Dass sie sich ihr Leben lang vorwerfen werde, das als Mutter zugelassen zu haben. Oft hielt Joe Marybeth nachts stundenlang in den Armen, wenn sie weinte. Und in anderen Nächten hielt er Sheridan.

Joe war sich darüber klar, die Gefühle, die Marybeth und Sheridan über das Geschehene hatten, nie vollkommen ermessen zu können. Indem er aber da war und zuhörte – so schloss er –, tat er alles, was er tun konnte.

Er hatte sich Sorgen gemacht, beide würden verbittert sein, aber das bewahrheitete sich nicht. Stattdessen waren sie alle als Familie noch enger zusammengerückt.

Nach dem Frühstück taten Joe und Sheridan die übrig gebliebenen Pfannkuchen und Speckscheiben in eine Tüte, gingen durch die Hintertür und ums Haus herum und setzten sich auf zwei Gartenstühle, die zur Rückwand der Garage gedreht waren. Es war inzwischen warm geworden – die Sonne schien. Der Schnee, der am Abend gefallen war, verschwand schon wieder. Ein kräftiger Schmelzwasserbach schoss durch den Canyon. Sheridan brach kleine Stückchen von den Pfannkuchen ab und riss den Speck in mundgerechte Portionen. Sie streute alles vor der Garagenmauer auf den Boden. Joe schnitt ein paar dünne Scheiben aus der Lende eines totgefahrenen Wapitis, das er in der Kühltruhe gelagert hatte, und warf sie dazu. Bald darauf kamen die Miller-Wiesel aus ihrem Bau geflitzt und schnappten sich das Futter. Joe und Sheridan sahen zu und tauschten manchmal ein Verschwörerlächeln.

Aus gutem Grund waren die Wiesel aus dem Holzstapel in die geräumige Höhle unter der Garage umgezogen. Sheridan – so stellte sich heraus – hatte zwar richtig damit gelegen, dass Lucky ein Männchen und Hippity-Hopp ein Weibchen war. Aber bei Elway hatte sie sich getäuscht – das war nicht der Sohn der beiden. Vor ein paar Wochen hatte Elway nämlich zehn Junge bekommen, von denen acht überlebt hatten.

Es war faszinierend, sie zu beobachten. Denn obwohl sie viermal kleiner als die ausgewachsenen Tiere waren, schossen sie genauso schnell unter dem Fundament hervor, schnappten mit den Vorderpfoten Futter und verschwanden sofort wieder im Bau. Als Joe einmal mit der Taschenlampe hineinleuchtete, sah er einen Haufen sich krümmender, fiepsender, langer, brauner Körper. Und alle Wiesel waren über diese Störung gleichermaßen aufgeregt. Von Zeit zu Zeit kamen die Jungtiere in die Sonne und versuchten, wie die Großen auf den Hinterläufen zu stehen. Joe und Sheridan lachten sehr darüber, wie die Kleinen das Gleichgewicht verloren, auf den Boden purzelten und sich wieder aufrappelten, bis sie ihre berühmte Stellung schließlich länger behaupten konnten.

»Sie werden allmählich groß.« Sheridan nickte zu den Jungen rüber und warf ihnen Futter hin.

»Stimmt«, sagte Joe.

»Dad, was passiert wohl, wenn jemand von ihnen Wind bekommt?« Joe wusste, dass sie über diese Frage schon ein Weilchen nachdachte. Er hatte Sheridan staunend zugehört, als sie ihm die ganze Geschichte mit den Wieseln erzählt hatte. Dann hatten sie einander versprochen, niemandem etwas davon zu verraten. Alle dachten, die Miller-Wiesel, die Ote Keeley aus den Bergen mitgebracht hatte, seien – wie Wacey gesagt hatte – im Holzstapel verbrannt.

»Na ja, ich weiß nicht genau«, antwortete Joe. »Auf jeden Fall ist das, was wir hier tun, nicht erlaubt. Ein paar Biologen würden bestimmt fuchsteufelswild werden, wenn sie dahinter kämen. Und viele andere Leute auch.«

»Aber das sind doch die, die da sind, wo ständig Miller-Wiesel sterben.«

Joe lachte. »Genau die sind das.«

Sheridan streute gewissenhaft die allerletzten Futterkrümel vor die Garagenwand.

»Du tust das für mich, oder?«

Joe nickte.

Sheridan setzte sich wieder auf den Gartenstuhl.

»Weißt du, Dad – diese Tiere sind ein bisschen wie unsere Familie. Sie sind in großer Gefahr gewesen, und jetzt geht's ihnen wieder ganz gut.«

Joe nickte. Bei solchen Gesprächen fühlte er sich immer unwohl.

»Wir sind ihnen irgendwie ähnlich, Dad, oder?«

Joe drückte ihre Hand. »Sheridan – manchmal sehen wir in Tieren etwas, das in Wirklichkeit gar nicht vorhanden ist. So was nennt man Übertragung. Vielleicht kannst du damit was anfangen.«

Sheridan musterte ihn. »Ist doch in Ordnung, oder?«

»Solange wir uns darüber klar sind, ja. Ich glaube, viele Leute sagen, sie würden etwas für Tiere tun, und in Wirklichkeit tun sie es für sich selbst. Sie sehen etwas in die Tiere hinein, was gar nicht da ist. Und das schadet den Tieren am Ende manchmal. Und anderen Leuten auch.«

Sheridan dachte darüber nach. »Übertragung«, wiederholte sie.

»Bei dem, was wir seit dem Herbst erleben, glauben die Leute auf beiden Seiten – also die Verfolger der Wiesel und ihre Beschützer –, Tiere seien wertvoller als Menschen«, sagte Joe.

Dann hörte er auf zu reden. Vielleicht hatte er ja schon zu viel gesagt.

Indem er die Miller-Wiesel behielt und die Kolonie nicht meldete, brach er zahllose Vorschriften und Gesetze – das wusste er genau. Und was er mit den Tieren vorhatte, konnte ihn vermutlich in ein Bundesgefängnis bringen. Man konnte ihm vorwerfen, Gott spielen zu wollen. Einige Umweltschutzgruppen mochten es als skandalöses Verhalten auffassen – als Straftat, die mindestens das

Todesurteil verdiente. Er versuchte gar nicht, sich zu rechtfertigen. Nicht mal sich selbst gegenüber. Schließlich spielte er tatsächlich Gott. Er fällte ein Urteil – einfach, weil er an dessen Richtigkeit glaubte. Und daran, dass es seiner Tochter vielleicht irgendwie gut tat.

»Wie lange können wir das noch tun?«, fragte Sheridan. »Den Miller-Wieseln helfen, meine ich.«

»Solange du willst. Solange du das Gefühl hast, dass es für dich wichtig ist.«

»Wahrscheinlich sind sie in ein paar Wochen so weit«, sagte sie und unterdrückte ihre Tränen. »Vermutlich fällt dann auch kein Schnee mehr«, gab sie widerstrebend zu.

Joe erzählte ihr, wo er die Tiere aussetzen wollte. Er hatte ein kleines, geschütztes Tal oben in den Bighorns gefunden, kilometerweit von Straßen und Pfaden entfernt. Es lag auf einer Wanderroute der Wapitis, und dort lebten jede Menge Maultierhirsche. Das Tal lag fast zwanzig Kilometer außerhalb des »Miller-Wiesel-Ökosystems«.

Sie schniefte und fragte, ob sie die Tiere je wieder sehen würde.

Joe versprach es ihr. »Diesen Sommer satteln wir Lizzie, und dann reiten wir beide zusammen in die Berge. Ich zeig dir, wo die Wiesel leben, wenn du versprichst, nie jemandem etwas davon zu erzählen.«

»Klar versprech ich das«, sagte Sheridan. »Ich kann Geheimnisse für mich behalten.«

Joe lachte. »Das weiß ich inzwischen.«